潮汐丛书

U0579289

流光浅藏

王燕婷 著

海峡出版发行集团
海峡文艺出版社

目
录

春花呓语丰海路

　　丰海路依傍着晋水，路中间的绿化带站着高大的棕榈树，底下则艳丽地盛开着一串红和万寿菊，璀璨的红和耀眼的黄，夸张地涂抹着丰海路的春色。它们是带着花朵来到这片土地的，密密匝匝，摩肩接踵，窃窃私语，似乎将从别处积蓄已久的财富拿来此处拼命挥霍，还没来得及与土地发生联系、产生感情时，鲜红干瘪成暗红，金黄枯槁为褐色，最终被整车载着匆匆离去，到底是这条道上的游客。

　　其实，丰海路向来不缺花。它倚靠在海边，一侧岁月的江水穿梭流淌，一侧大小庙宇烟火鼎盛。历史在地面平铺着，在地下沉睡。摩天轮于上空画了个巨大的圆，应和着坚挺于江面的晋江大桥。花儿从路的这头盛开，蜿蜒绵延而去，从树上长出来，从地里冒出来，躲在江边的滩涂之上，藏在女人的发髻之间。

　　初春，风仍是阴冷的。木棉花早已抖落满身的树叶，让出最宽绰的空间。或许很难再见到叶与花如此不相容的树，烈焰般厚重的花朵抽象地盘踞着光秃秃的树枝，继而，又一朵朵惨烈地坠地，那一声声粗重的叹息似乎想叩醒沉睡的春意。

　　隔着车道，路旁的宫粉紫荆，粉的或白的花瓣，两边细中间宽，娴静矜持，体态婀娜，别有一种小儿女的缠绵娇嗔之状。海边的春风不正经，夹着潮湿腥咸的海风，不断地摇晃那细长的树干，花瓣轻巧巧地飘，洒落一地。此时，丰海路一边是吴侬软语吟唱残月晓风，另

1

一侧粗哑的嗓子吼着大江东去。

待到木棉树的花儿掉尽，娟秀的绿叶爬满枝头，一串串豆荚挂满宫粉紫荆的树上，它们为这场早春的表演画上了一个个感叹号。

真武庙旁侧有大片绿地，波斯菊起初也是被安排驻扎在这里的，是此地的一群新移民。它们拥有阔大的地方可随意生长。这一片曾经的滩涂，如今已是优质的红树林。波斯菊的根须得以渐渐触及泥土的深处，它们是否窥见了掩埋其下的瓷器碎片、茶叶、香料、古船的残骸、异域的蚝壳？它们是否开始感知着这块土地的厚重与沧桑？没有答案。它们跃动在地面之上的美倒是显而易见的。

成片成片的波斯菊，叶子秀美风情，白、粉、紫，颜色深浅间杂有致，高挑的身姿就在春日暖阳下漂浮在微风里。花海里偶尔伸展几枝金盏菊，冒出粉团般的绣球花，周边无规则散落些三角梅与灯笼花，一时繁花如锦嶂。行人、蜜蜂、蝴蝶、附近的海鸟被吸附着，在其间游弋，整幅画面丰满极了。

丰海路遗存着古刺桐港繁华的印记，从真武庙、文兴宫到顺济宫，接连着美山天妃宫和长春妈祖宫，一路上年代感十足的宫殿，极具闽南风情。红砖墙加以精细的石雕，雕梁画栋，悬山式曲线燕尾脊，红瓦间以瓦筒压顶，或三开间或五开间。人们依然虔诚地依赖着它们的佑庇。穿插在这路上的也是闽南农村最为常见的夹竹桃。这群原住民，就在石道与墙角间长出来，花和叶都不张扬，散发着淡淡的幽香。它们穿行于一年四季，静静地陪着周遭的花朵开放与凋落。

丰海路临江这侧，如今依然存有文兴古渡和美山古渡的遗迹。堤岸砌了花岗岩，铺了自行车道。在堤岸的石缝，也有些不知名的野花，虽柔柔弱弱，但年复一年长着嫩枝，顶着细碎的花儿，将潮涨潮落的江水纳为它们阔大的背景，兀自花开花落。江面有四五十米的宽度，江水不深，也就十多米的水位，待江水褪去，底部两侧绿色水草极为茂密，有一两棵已经跨到江心中去了。再假以时日，这片丰美的水草将染绿整个江底。附近中学的女学生，最喜欢在潮退的夕阳里，光脚踩着松软的滩涂，摊开沾满泥巴的双手，双肩一耸，无奈于小螃蟹的速度之快、行动之狡猾。黑褐色的滩涂平铺着被顽皮的螃蟹扎出大小不一的洞，密密麻麻的，犹如绣上了朵朵花儿，排列着来自海底最深邃的美丽密码。

自行车道上时不时有行人背着夕阳慢跑而过，还有些骑着小黄人自行车追逐江风的人。一对老夫妻，时常相伴骑上三轮电动车在江边流连，丈夫在前妻子在后。老爷爷的脸棱角分明，与古渡口残留的宝箧印经塔上的僧人石像有着惊人相似的轮廓，眼窝深陷，眼神苍茫，料是久经了风雨的侵蚀。他凝望着江中小岛的中芸洲，缅怀他年少在岛上的牧耕时光。老婆婆与江水静默相对，任凭海风吹起红色的头巾，发髻上呈现一片似锦繁花。

与丰海路纵横交错的是云鹿路。云鹿古称"云麓"，古时的云麓盛开着一座大花园，蒲氏家族从遥远的阿拉伯国家带来了各种馨香的种子，在这里长出了芳香四溢的花朵，素馨花、含笑花、茉莉花、玉兰花……附近的女子本就爱花如痴，寻着花香而去，讨要数朵别在发髻间。闽地的子民存留着中原的遗风，自汉代中原妇女就有簪花的习俗，既可用于装扮又可以花驱邪。不知何时，一位聪慧的女子将鲜花串成串，如此繁复地缠绕在田螺状的发髻上，干脆将一座花园样顶于头间。她们一律长着圆圆的脸蛋，泛黑的健康的肤色，你很难去发现一张瓜子状的脸，似乎这种圆阔的脸型与后方发髻的形状才能相呼应。

从此，这种存留中原遗风又保有阿拉伯发饰风情的发髻就这样一代一代在这座海滨的小城传承下来。这些头顶鲜花的女子，头饰十分繁复，脚下却简单得不能再简单，不是踩着一双人字拖，就是打赤脚，渔女的质朴本色显露无遗。她们在海边种海蛎，坐在蚝壳屋用蚝刀挑出海蛎，随后挑着辗转各菜市场。她们头上的发髻是新鲜海蛎的商标。这方簪花围成了繁衍在这座海滨小镇的族群一个鲜明的符号特征。

　　每年农历正月二十九，丰海路沉浸在花的海洋里。那天是妈祖出巡的日子，妈祖是海神，佑庇着这里世代捕鱼为生的人们。是日，女人们早早地用生花熟花装点簪花围，挑着花篮及祈福的心愿，一路欢歌笑语而来。女人、花与江水，构成了世间最阴柔的风景。那可能就是丰海路美到极致的时刻了。

塔 的 坚 守

　　泉州西街的开元古寺香火鼎盛、殿宇宏伟、林木葱郁、曲径通幽、桑树白莲、古龙眼井、甘露戒坛……那动人传说在古寺里流转，故事里多有高于云端的神秘。而今天，我在这里与一对石塔遇见，闻到了古寺里最俗世的烟火气息。

　　"别时容易会时难，望断山河烟水寒。十六年来面目改，三千里外夫心安。鸿雁不传君不至，井边流泪付君看。"

　　南宋泉州南厢宣明坊有个柳三娘，十六年前，父亲一眼看中了梁安，认为他有异于常人之吉相，将三娘许配给他。后因生活窘迫，梁安从军，在滨州谋得官位，娶了将军的女儿为妻。柳三娘独守家乡，倍遭兄嫂欺凌。多少等待的日日夜夜，她在佛像前祷告，祈求家人平安，祈望丈夫早日归来。她的虔诚感动了上苍。三岁时被她托人带给丈夫抚养的儿子，竟在某一天，为追逐一只负箭的白兔，从遥远的滨州，奇幻般穿越到故乡的井边。柳三娘用绢布写下一首诗，交付儿子呈给丈夫。结局到底是美好，守得云开见月明。

　　在三月的午后，我听着八百年前的一段传说竟至入了迷。我无从去考证故事的真假虚实。只知道有个柳三娘的故事，让八百年后守庙的老李，一位七八十岁的老者，深情吟咏起诗作时，沟壑堆叠的双眼，泪水泛溢眼角。

　　在开元寺大雄宝殿的拜庭前，榕树掩盖下，一对五米多高的宝篋印经塔，如两位敦厚的老者静默相对。这种由五代时期南越王钱复仿阿育王塔创造的塔形，常见的多是小型金属塔，规制这么大的石塔，找遍全国恐怕也没几座。左边的石塔须弥座上，有段文字："右南厢梁安家室柳三娘造宝塔二座，同祈平安。绍兴乙丑七月题。王思问舍钱三十贯，乙酉年重修。"三十六年前的一场台风，刮倒了榕树，石塔被砸开，内里暗藏着五代时泉州刺史王继勋等善信雕刻的佛顶尊胜陀罗经幢。一尊银质鎏金观音像也深藏其间，背面刻着与石塔上相似的文字，铭刻的日期则提早了一个月，同样祈求"合家人口等增延福寿。"

这尊银质观音像是否就是陪伴柳三娘挨过十六载悠长岁月的神像？1145 年 6 月的某一天，一位女子怀抱着观音像，跋山涉水，轻踩真实的碎步来到寺庙，将一种执着的等待与对家人的爱，勒进石里，具体成塔的模样。

在佛前祈愿，又在心愿实现后，敬奉鲜花、瓜果、布幔、明镜、香炉、石塔等还愿的习俗早已有之。1025 年，北宋年间，南安一女子与丈夫舍资捐了一尊胜陀罗尼经幢。"南安县清信女弟子葛门陈二十二娘……夫葛二十七郎，为考妣二亲追荐……同保平安，特抽襄贿虔于当境神仙坊。"时至元代，伊斯兰教徒蒲力目与佛教徒妻子，在泉州承天寺的一座石炉的炉盖上留下祈福的印记："泉城孙府前保信士蒲力目，偕室李二娘仔……喜舍朝天炉入于灵应禅寺，永充供养。祈求现世康安。"

自古以来，这片饱经迁徙苦痛与动荡恐惧的区域，"俗信鬼尚祀，重浮屠之教"。人们的内心世界多么需要一个慰藉的神灵。普度众生、慈悲怜悯，因佛的庇佑，他们在遭遇困厄之际找到满满的精神依托。宋元时期，泉州取代广州一跃而成"东方第一大港"，经济繁荣促进佛教的世俗化。人们热衷于修路、铺桥、盖凉亭，建佛寺、造佛塔、供养"三宝"。在这场信仰的追寻里，那些操持家务、繁衍血脉、呵护家人平安的女人们，那些与生活有着更为细致接触的女人们，显然成了中坚力量，在众多的节庆祭拜仪式中出任主角。

柳三娘、陈二十二娘、李二娘仔……手持明灭的香烛，跳跃的虔诚佛光缭绕成朵朵祥云。"同祈平安""合家人口等增福延寿"，她们双掌合十胸前，或微仰着头，坚毅地与佛的目光相接；或微屈脖颈，口中喃喃唱颂。年复一年，日复一日，从软弱到坚定至执着，身姿永是挺立，只为一个家阻隔尘世的凄凄风雨。

这是一群怎样的女子？我的眼前只见寥寥数字，我多么希望追溯千年，一睹她们模糊在俗世的容颜。

是洛阳桥头的石塔上，隐约浮现的月光菩萨，椭圆的脸庞，眉眼低垂，俯视众生。难以触碰她的眼神，微翘的眼角流露的缕缕余光，泛着蚝壳般坚忍的光芒。塔身的佛教偈语、神秘的梵文，一笔一画间满溢对众生的慈爱与怜悯。

是海风拂过的宝盖山上的姑嫂塔。姑嫂二人日盼夜盼，用条石垒叠出痛楚的高度，将思念搓成风筝的长线。良人的船只从远方迟迟归来，暴风雨却在最后的关头毁灭了一场团聚。良人葬身海底，女人们化为瞭望的灯塔。千古的凝望，没有花好月圆的结局。唯有残酷才符合现实的基底。

祖母再次从梦中蹒跚走来。生于20世纪初的祖母，丈夫下南洋后负心而去，可她依旧坚强，绾起发髻，别上馨香的茉莉花，敞开柔弱的双手，用微弱的火烛之光，呵护一房子孙。

石塔背后的大雄宝殿里，妙音鸟传来优美的佛音，项挂璎珞，面若满月，身子嵌入榫口，托起拱梁，力量在沉重与轻盈间转换，双手向上托举。

在这片刺桐花燃烧成火红的土地上，男子们总是不满于土地的拘囿，不断地突围。他们身后的女子们，辗转千年，纵需艰辛地等待，即便被无情辜负，却始终依托着一份信仰，带着饱满的爱意，在故土家园坚守成塔。

石狮老街走一走

　　"读册郎"，是我们群的名字，好歹是县城一中的同学微信群，这样的群名听起来多少有点书卷味。但由于近来群里每天发的图片无非是旅游风景、各地的小吃。某天，群名被巧默默地改为"逛吃团"。从"读册郎"到"逛吃团"，节操一下掉了好几截。我曾据理力争过，但没啥效果。

　　群里在某阳光明媚的早晨，喊着到石狮去吃土豆仁汤的时候，我竟然没有拒绝。秋日高远的天空蓝得那么动人，拒绝显得格外矫情。我们几路人马从泉州各处匆匆杀到石狮的步行街。阿民充当本地导游和结账买单的好同志。

　　以前青阳下市街也有一样的大排档，从热气腾腾的摊点端来一碗碗面线糊、粉肠肉丸汤、肉粽或咸饭，在水泥浇筑的桌椅上吃得大汗淋漓，可惜那感觉已经在多年前如荒草般不知被拔到何处。石狮老街的大排档，电线缠绕昏黄的灯泡，长长的条凳，呼来喊去的揽客的乡音，亲切无比。掌勺老人的脖子已经僵硬侧偏，手脚仍是麻利。一个人用一辈子的光阴熬制一碗土豆仁汤。浓浓的香气里依稀就有活色生香的戏棚下，我们舍不得抹去嘴角最后一丝甜味的馋嘴童年。蚝仔煎对材质与火候有几近严苛的要求。大叔边炒边骄傲地举起四个手指头。这是我吃到的最好吃的蚝仔煎。蚝极新鲜，大蒜所占比例适中，菜品整体干湿度恰到好处，盘子边上还有一撮菜头酸，可以缓和口中的油腻。

石狮老街的润饼菜，配料里还是以红萝卜为主，再将自家做的麻糍压扁做底，一起裹到面皮里面。吃的人多，得排队。在排队的间歇，我们买了脆饼、蒜蓉枝、宝斗糕、花生糖。巧抱着装着润饼菜的餐盒，小心翼翼地在胸前捂得紧严。我们穿过老街城隍庙到观音亭旁的牛肉店，就着"Q 弹"的牛肉羹一并品尝，还行，润饼菜热乎乎的劲儿还没消退呢。

石狮的城隍庙，正对着半空中一座精巧的戏台，烟火一如既往鼎盛。观音亭前隋代的石狮子憨态可掬，它与飘散着各种俗世香气的老街相伴，穿越千年，互相成全。围绕着寺庙的食品店铺林立。这里离港口近，海鲜鲜得很。大鱼、大虾亮晶晶地在冰块上趴着。单是鱿鱼就有数种，大与小，生与熟，在竹箩筐里有序地竖着。鸡、猪脚、猪舌、成条的五花肉都过了油。鱼的腹部斜划着三刀，表皮被炸开，露着白嫩的肉。市场上各色的食品多是石狮人贯穿于一年四季各种年节的供品。年节到底是人神皆欢愉的日子。一敬神二敬人，神明只需享用香火及供品的香气，祭桌上的供奉，最终全告慰了人的肠胃。而人的祈求与烦躁在祷告声里又得到了抚慰。于是，老街永远热气腾腾。

胃只有一个，尽管眼睛永远很饿。芋圆、番薯粉包、肉粽……有些东西可以不吃，有一家茶餐厅即便再饱也不能推脱不去。阿民是祥芝人，年少时来石狮，有机会在茶餐厅吃上一回，回家后便四处炫耀。我们几个也都在石狮周边长大，关于石狮多少有些可说得出或说不出的年少往事，此刻也顺带被翻出来。盯着眼前的冰激凌和鸡翅，内心冷热交替。多说无益，低下头，一口冰激凌一口鸡翅。食物由手入口，继而，再往下走。或许这就是打开尘世幸福的最佳方式。

女　人　花

　　我们几个老同学是闻着花香而来的。丰海路处处都有花，路中间的绿化带，庙宇外的空地，蚝壳厝的墙角，格桑花、郁金香、绣球花、三角梅……传说中此处毗邻蒲氏家族的后花园，生活在这里的女子们，世世代代爱花爱到极致。她们以花相赠，将花供奉于神像前，把花衣穿在身上，花儿被串成串在发间萦绕成簪花围。

　　其实，闽南花多，女子皆爱花。我们的祖母们仍戴花。晨起梳洗，她们将头发往后束起，挽成圆髻。自家的院子或者深井处大多种着花儿，摘得一两朵来戴。小时，我常痴痴仰望祖母梳头的背影，看着绚丽的扶桑花、馨香的玉兰花、恬淡的菊花，被斜斜地掖进发髻边，白灰的发间忽而流淌出一抹绚烂的春色。可惜从母亲那一辈开始，头发剪短了，花自然也就无处安放。

　　我、豆子、培、芳、苹，安静地端坐在蟳埔渔村一间蚝壳厝内。身后站着位身材结实的蟳埔女。这里的女子大多长着甜粿色、方圆的脸，体格偏健硕，似乎如此才能撑得起头顶上那夸张的花饰。她娴熟地将我们的头发盘成髻子。绕着髻子，先系一圈桃花或茉莉的花苞串，再上一圈羞涩开放的玫瑰或含笑，由内往外三圈、四圈如微波在后脑勺荡漾开去。最大的一圈花，则选开得热烈奔放的素馨花或大红花绕着整个脸庞树立着，似招摇开屏的孔雀。最后加根筷子穿过发髻，金色的头梳别在头顶一侧。"够热闹吧。"蟳埔女边插花边感叹。

闽南语的"闹热"就是热闹之意。看镜子中花团锦簇的自己，人面桃花相映，平添了多少妖娆。

再选一件适合自己的花衣裳，和祖母们一样的大裾衫。上衣的扣子不在正中间，而在左手腋下。上扣时，我们不得不头朝左偏斜，头上花低垂，身上的花娇俏，就连英气十足的豆子，也萌生一段风流体态来。宽而短的大裾衫，短而肥的黑色裤，据说不至于被渔网勾住，也更适合行走在未退潮的海滩。

繁花满身，蚝壳厝里，我们凹着各种造型。豆子烧火焙做饭，虽然掀起的锅盖少了热气腾腾的真实。苹纺车，我织布，头上的花儿随着劳作的节奏一晃一荡。芳坐在院子里的竹凳上织网，拿着锥子开海蛎壳。挑起竹篓装作讨鱼归来的样子。提着扁篮，盛装出门，串门走亲戚去，或者到附近的庙宇、庵宫焚香祷告外出打鱼的良人平安归来。闲暇时，也会三五成群坐上低矮的土墙，天南地北地扯着。有时在巷尾偶遇，站着家长里短叽里呱啦一番。可也不能太亲热，挨近了头上花儿会纠缠一起，女人之间还得保持适度的距离。

女人天生是演员。我们边留影边演绎了渔家女一天紧张的生活。屋里屋外，这里的女人所肩负所承受的，颤抖在头顶的花儿都知道，它们一路相伴，一路守护着呢。女人如花。花与女人之间，原本存有深刻的懂得。她们一样为世间带来多彩的颜色、娇柔妩媚的姿态；她们一样孕育生命，以凋零换得延续的硕果。

我们褪下花的装束继续在海滩上为我们难得的聚会留个影。只是与刚才繁花似锦的合影有所不同。五个人着了三件黑色上衣，豆子和苹的裙上到底还有零星的几朵花。眼前的天与海有股芬芳的蓝，风和煦而温润。忽然有点后悔，何至于如此匆忙摇落了一身芳菲？

画 皮

晚上，我把妆卸了，一对半截眉毛抖动在镜子里，有些滑稽。

回想当时，化妆师一手刮刀，一手眉笔，关心地问我："你这眉毛很久没修过了吧？"

"眉毛还要修啊？"我惊讶地回应道。

"你应该去文一个，最新流行的雾眉，半永久的。"

雾霾倒是经常听说，雾眉还是头一回听说。永久就是没有期限，何来一半呢？

"可是，我有眉毛啊。等年纪大了，眉毛没了再去文吧。"

"眉毛有是有，稀疏了，没了形状。现在文眉都是小年轻在文。文了眉，早上如果没时间，就只要打点粉底，涂了口红，就可以上班了。"

她的理由挺充分的，文了眉以后，可以节省化妆的时间。而实际上，对于一个时常素颜上班的我来说，文了眉，每天早上出门一定要多花点时间，来涂抹那张脸，以求得配套一致。

"你扫一下我微信吧。"化妆师继续游说着。我的沉默不语让她误会成我心有所动。此次参加歌咏晚会，压轴节目是我们的大合唱。人生难得几回粉墨登场，再望着晃动的刮刀，在灯下闪烁的磷光，我顺从地点了下头，默默地拿起手机。我如此配合的态度也为我的半截眉毛埋下了伏笔。

妆化好了，铺了层厚厚的粉底，所有的皱纹、斑点都被遮掩了，嘴唇棱角更分明，突兀地猩红。化妆师给了一对眉毛，粗头细尾，眉峰曲折有致，脸上的五官果真立体了不少。

　　我终于发现我的脸上继斑点皱纹后，眉毛也开始绷不住了。人大抵矛盾，一边欣赏"好看的皮囊千篇一律，有趣的灵魂万里挑一"，而另一边，身体在做背叛灵魂的选择。世俗终究仍是依赖于这副皮囊。网络上曝光明星素颜照，可以说是惨不忍睹，还有二十岁的毛头小伙被四十岁的浓妆妇人骗财骗色。小年轻们不论是男生还是女生都早早地精致地修饰那张脸。这个时代已经沦落成看脸的时代。对于皮囊的松弛、外观的变形，我们这些油腻中年更心怀恐惧。比如我看着镜子里被涂抹后的另一个我，还是沾沾自喜的。

　　想起我每次在镜子前张开双手，左手捋着头发，右手拿着头刷，悉心地将我的白发一根根染上黑色。我张开手的姿势，攫取的样子，与电影《画皮》中手持人皮描绘的鬼何其相似。即使有法力的鬼怪，他在使用人皮的时候依然无法保证时刻新鲜饱满，也得在夜晚时褪下人皮来修饰一番。

　　可时光原是挽留不住，它一丝一缕具体地从我们的肌肤中消逝。我们企图借助各种先进的科技手段，为稀疏的眉毛重新造型，打针拉皮，隆胸丰臀，以此来对抗岁月的侵蚀。在与岁月的这场较量中，我们的皮囊却在积极地泄露着我们实际存留在世间的长度，它是流年真实的代言者。它一年比一年放松，堆叠每一处褶皱，聚集每一点斑点，为岁月遗留印章。它舒缓、慵懒而自在。而我们的内心却越发紧张、严肃而坚硬。我们还是计较，还是在意，一层层地涂，一笔笔地描，非得为自己的皮囊，描摹出异样的色彩，然后沉浸在所谓短暂易逝的遮掩快乐中。

　　俗是免不了的了。为那个浓墨重彩的我发个朋友圈，让心满足一下。同事秒回复："这是你吗？我差点认不出！"怎么说呢，我也不敢确定。晚上回家，化妆棉卸掉了铅华，镜子里映着的那对眉毛倒是真的只剩半截了。

夏蝉·乐

蝉蜕于浊秽，以浮游尘埃之外……

季节交替的河流，暗流涌动。多年蓄积于春泥中的沉默，在某一个夏日，被一束光惊醒，从泥土的深处爆裂，一点点地朝着地面的光，接近。

透过浊水污泥，仰望蓝天。冥冥中自有一棵笔直、葱郁、茂盛的树在等待，端正自己的初始姿势，为将来的飞翔滑动出最优美的曲线。背负躯壳，张开坚韧有力的双脚，嵌入树枝，垂直攀爬，漫过枝丫，穿过层层叠叠的叶子，贴近一处最安全的所在，安心地等待一场破蛹羽化的蜕变。

从背部的坼裂开始，如拉链般一道道地将身体暴露在空气里，呈现拱形的脊梁。在夜的暗黑里，宽而扁的头上车灯般清澈的大眼闪烁着。再加把劲，努力地将尾部挣脱后，与飞翔就只剩一阵风的距离了。第一缕晨光撕裂夜的薄纱，破晓的风吹干潮湿的翅膀，终于可以放开喉咙歌唱，一夏一生，乐此不疲。

不念过往，亦不期将来。单纯的童年里，遥望深井，为一场缱绻的雨而痴迷；端坐小院，为一片痴缠的月光沉醉；摇着蒲扇，在红砖上仰卧成诗，极认真地去聆听来自屋顶木棉树上密密匝匝的鸣叫。花费整个夏季的时光来折纸，串珠子，去冥想、发呆。流逝的时光在午后的蝉鸣里，不断重复简单的节奏，满溢清新而悠长的旋律。

明月路在中芸洲上。洲是个小岛，小岛上有江滨小城最美的风景。江边的风，时而急促，时而舒缓，总能带着一股潮湿的爱意。它的上空布满蝉鸣的网，与绿树、繁花混杂着，为浓烈的七月呈现季节最勃发的生机。昏黄时分，蝉儿仍在无止息地鸣叫，或粗粝或低沉。长长的声线，自一个细微的点渲染开去，从一片叶传至另一片叶，由一棵树接到另一个树，电波般在路上空颤动。小蟾蜍成群地在草丛与过道上静静地跳跃，如匍匐的褐色枯叶。青蛙藏在水沟深处，时不时用劲吼叫，试图打断那持续的旺盛的生命宣言。鸟儿们扑打着双翅，尖叫着，在两旁的树间穿插飞翔。狗儿也开始闲不住了，"汪汪汪"的，想加入这喧闹的合奏。夜色慢慢重了，其余的声响都已疲倦淡去，唯有蝉仍仰着高亢的歌喉，它们才是夏之乐章的主角。最喜走在夜色阑珊的明月路上，短短几分钟的路程，可以忘却很多，又记起很多。

大阪的心斋桥，纵横交错着街道，是物的海洋。螃蟹爬到了商店的招牌上，夸张的血红颜色，张着巨大蟹脚，紧紧地钳制着。嘈杂的人们在不知不觉中集体沦陷。纷乱的颜色，高低错杂的压抑，以及令人窒息的挤迫，催促着逃离。顶着昏重的脑袋，拖着麻木的双脚，在街的尽头，寻到一个狭窄的小径。拐角处，扑面而来一阵热燥的蝉鸣，仿佛于遥远草原上邂逅一曲深情的牧歌，似江南水乡河两岸的红灯笼飘荡入心间。

从最初逼仄的空间，努力地攀爬，饮啜露水与汁液，高居树梢的蝉儿，选择四季中最火热的时节，穷尽一生去歌唱、去飞舞。直白而简单的生命，快乐似乎不必有太多的附着。

王彬街夜色的霓虹之下

她的眼里全是戏。

夜有点深，马尼拉王彬街上的路灯，散发着迷离的橘红色光晕。王彬街是菲律宾的唐人街。自小耳闻祖辈曾在这里辛勤打拼，又多有发迹，迁移到其他区域。王彬街充斥着乡音，华人也是举头可见，一时有错认他乡为故乡的感觉。

杂乱狭窄的王彬街几十年如一日，污垢丛生。每至夜幕降临，街道旁或窄或宽的五脚架，早已被本地菲律宾人占据，黑的破的衣服及被褥，褴褛、邋遢。人们借以梳理思考或玩乐不肯睡去的夜晚，与他们有何干系？一切不那么明晰，内心反倒安稳些，适合入眠。而出色的演员，在暗黑的夜里以巨幅的布幕为背景，粉墨登场。

酒店旁有家7·11店，我正挑选货架上摆放的饮料，有人轻触了我的手肘。转身，一对清澈的大眼睛仰着对我。一个菲律宾女孩，六七岁的样子，光着脚，穿着一套花布的短衣裤，上衣的第一个扣子松开了，左手掌向上摊开着。这个街头到处都有菲律宾的孩子在打闹着，或向路人乞讨。无声胜有声。如果她开口说话，用不大道地的闽南语或普通话不停在你身边"钱钱钱"地喊，如苍蝇般嗡鸣，你会觉得厌恶。她啥也不说，把所有的情感酝酿在眼神里，再配合长长的睫毛一起扑闪扑闪。

虽事前已被告诫不用理会这些纠缠不清的乞讨，然而我实在无法拒绝这略带天真的请求。她极快地背过身，将所得的零钱并着一个狡黠的微笑送给身旁的一位小姐姐，两个小虎牙俏皮地绽放在空中。当她回过头，笑意于瞬间收拢。再次与我面对时，脸上已调整回之前可怜的神情。从货架上拿出一条巧克力，她一路跟着我到收银台，先指着自己的肚皮，继而双掌合十，依旧将大眼睁得无辜且深邃。表演颇有些油腻，欢喜雀跃着离开的小背影却依然不乏孩童满足的天真。

我折回酒店已接近夜晚十一点。附近酒楼的宴会刚结束，人们踩着醉意返回酒店。乞讨的孩子们掐着点涌到酒店门口。只见小女孩双膝跪地，左手扯着一位中年男子的裤脚，时而缩回来，与右手合并于胸前做祈祷状，脸上满是急切的哀求。可能见惯如此场景，男子自顾自走着。这场乞讨并不顺意，她不得不夸张她所有的肢体动作，一边跪地紧随，头一俯一仰，额头每次低下都几乎触碰到水泥地面。男子不胜其烦，一张纸币被抛出优美的弧线。女孩手随身起，速度飞快地扑上。她手中扬起的纸币如小小的旗帜，几个孩子追随着她，跑进了黝黑的街头。她应该是这小小国度里的最出色的演员。

酒店旁的麦当劳外有宽阔的五脚架。相对于其他门店前逼仄的台阶，这里是宽敞舒适的住所。五脚架零散地躺着几家人。适才那对生动多彩的眼眸每夜都会在这里合上。女孩身旁还有她的母亲，一个年长点的姐姐。与她家相邻的恰巧也是一位年轻的母亲带着两小女孩。这家的光景显然不如她们，三人皮包骨的瘦。一天的表演动用了所有的表情与动作，可能换来不错的收入，女孩如倦归的鸟儿收敛了羽翼，安然入睡。她上衣的第二个纽扣继续向下散开，一片胳膊胸脯与隔壁那位瘦削母亲呆滞绝望的眼神一样，毫无掩饰地袒露在夜色的霓虹之下。

城 的 身 姿

那时我的城，只能算是一个村。

石灰在黄土上，刷出雪白的起跑线，我以标准起跑姿势蹲踞，等待身后带着白色宽檐帽的发令员那声激动人心的枪声。每年的"六一"节，村里头都以极简陋的设备，却用最郑重的态度举办仪式感十足的校运会。我在村里奔跑着。村里有它口口相传的谚语，"输人不输阵"，这个奔跑的理由也许就足够了。

我从村里头跑到了县里，县里也是村啊。偌大的县城也就只有工人俱乐部前面的一个灯光篮球场。一个体育场，仍是黄土飞扬的荒凉。但无论怎样，这块土地它似乎是不安分的。它不仅催促着我们跑，自己也跑得飞快。我跑完了属于我的学生生涯。当我回头再看看我的村，它已是一座挺拔的城。二十年的时间，一座接着一座体育场馆拔地而起。数不清有多少来自五湖四海、不同肤色不同语言的运动员聚集在这座城里，奔跑、跳跃，去突破身体的极限，向着更快更高更强的目标前进。

阳光、海滩、比基尼……施琅大将军巍峨的塑像旁侧，奔放的摇滚音乐，黄蓝白相间的排球在上空穿飞，满沙滩的大长腿，黝黑的脸庞，比阳光更灿烂的笑容，语种不同的运动员发出音调音阶相近的呐喊声。当沙滩排球遇上了衙口美丽的海滩，一座城展现出最优美的跳跃姿势。海浪翻涌着，一波接着一波，一座城的脉搏大概就从这里延伸开去。我裸露的十个脚趾头深深嵌入衙口细软的沙滩里。母亲说她的外祖父当年也是从这个海湾，也是赤着足，踏上渔船下南洋，他是去远方找一双鞋吧。他断然不会想到，他离开后的四十年，一双鞋子就在隔壁村的小作坊诞生。再过四十年，整个世界的人们脚踩的运动鞋，十双就有两双产自家乡。

而今，我是穿着自家做的运动鞋、运动衣，站在这座城市的中心。齐整的赛道两旁挂满了这个城市的骄傲。我们用一万张笑脸喜迎"晋马"，以最大的热情接纳天下宾客。千万人身着整齐的服饰从这座城呼啸而过，一座城以奔跑的身姿沸腾狂欢。千万个脚步在叩问着这座城市四十年的风风雨雨。一双鞋，从无到有，从繁华到没落，再到浴火重生。奔跑的人们遗留在地面上的每个印记似乎都在叙说着种种不易与艰辛。从五店市到草庵再到石井书院，一路上的风景从来自五湖四海的人们艳羡的眼中滑过，在我的泪水里模糊。

世纪大道有阔大的双向十车道，沥青路面一辆辆自行车疾驰而过。缤纷的服饰，炫酷的帽子，令我目不暇接。风一般的汉子们，身体俯冲向前，眼睛直视前方，奋力争先。脚下的速度再加快，身体倾斜的弧度再加深。他们在演绎着一座城非一般的速度与激情。摔倒了，爬起来，重新再来。没有人天生是赢家，只有以不懈的奋斗、不服输的干劲，咬着牙往前冲，才能直达终点。脱颖而出的英雄们，仰起头，挥舞着强劲有力的拳头，为自己的拼搏喝彩，为一座城市欢呼。人们的目光都聚焦在这里，媒体以各种方式向世人展示一座城市的活力。这是一个创造奇迹的地方，它敞开胸怀等待 2020 年来自全世界的中学生健儿们。

一个人有他行走世间的姿态，一座城有它矗立尘世的身姿。你看到了吗？我的城，它挺拔、奔跑、跳跃、奔腾不息。

姑娘，你还好吗

十五点十九分，泉州开往汉口方向的动车。

我坐在 C 座，身边 B 座上是一位二十出头的姑娘，黑色的破洞紧身束腿裤，内里一件单薄的卫衣，外面裹着驼色棉衣，神情有些落寞，但与我四目交接的时候，眼神还是友好的。

莆田站到了，上来一拨人。一位五十多岁的莆田大叔示意要走进我们这一排。姑娘连忙起身走到过道。列车又开始启动，我瞅着大叔坐到了 A 座的位置，扯了一下姑娘让她坐回原先的位置。

"没座啊？"我在她坐定后，随口关切地说了一句。岂料这句话犹如按下水闸的启动按钮，她的泪水哗啦啦地喷涌而出。

望着我愕然的表情，姑娘边哭边哽咽地倾诉起来。

小姑娘是漳州人，在石狮某个影楼当客服。她找了个男友，是金井一家服装厂的裁剪师傅。两个人都各自经历过一场婚姻，也各自有一个四五岁的女儿。交往了一年多，据说男友对她还不错。她为自己女儿买衣服玩具，也都不忘会为男友的女儿买上一份。刚过完年，不知出于什么原因，男友在微信里扔下一句"我走了"，之后，更换了手机号码，消失得无踪影。

姑娘发了疯似的四处找寻，坐着动车，像无头苍蝇一般。第一天去了厦门和漳州，第二天去了浙江，均无功而返。接连两三天的时间里她都睡不着。昨晚实在太累了，到泉州朋友家借住了一宿。朋友看她悲伤憔悴的样子，好心劝她别找了，又提醒她如果真不死心的话，也要好好分析一下男友可能去的地方。于是，她忽然想起，她送过男朋友那把苹果手机，有她自己设定的 ID（账号）。查找一番后，显示手机在南昌某一个小区，她赶忙买了一张去南昌的动车票，无座的。

我不知如何去安慰她，只能下意识地问她关于孩子谁照料啊，现在也该要上班了吧之类的话语。成人的世界里，要抛下一切，满世界去找一个存心要躲着你的人，需要成本，包括情感与物质方面。

还好，她在十八岁就生下的女儿，一直由她爸妈照顾着。影楼那边的事，她已经辞了，只是这几天手头价值近万元的两三个拍摄单不得不将日期往后推。至于新的工作，这几年她积攒了一些客户资源，重新找一份并不难。毕竟年轻，有的是时间与本钱，可以任性，可以不计一切听任自己内心情感的驱使。

"其实，你的朋友说的对，不要去找了，如果他存心躲你，你又何必呢？可能过几年你回头来看这件事，你会觉得你很傻。你也是经历过一场婚姻的人了，怎么还这么不成熟呢？"我对着不停抹眼泪的姑娘说着。

"是啊，我身边的朋友都劝我不要去找。可这件事情，估计我也有错吧。其实，我跟前夫离婚的时候，我一滴泪也没有流。我要当面去问问他，问清楚了，可能就伤心个两三天，找不到他，我会伤心一辈子。你知道吗？我做了四五年的影楼客服，我已经学会如何揣摩各种不同人的心理，有时候做得好，一个月可以有一两万的提成呢！可是我一直没办法摸透他的心理，有时真不清楚他心里在想什么。"

想起来闽南的一句俗语：睡破三领（件）被五领席，也摸不透尪（丈夫）的心腹着。男人与女人的思维本来就存在很大的差异。何况两个人的感情，有如一条由两根线绕成的绳索，时间长了，很难保证两条线都保持那种缠绕弯曲的状态。假若其中一方连一声招呼不打，就松了、散了，而余下的一方可能会因为无法得到呼应，会有猝不及防之下伤心惶恐。一段情感如果沦落为剃头师傅的担子的话，兀自热着的一个，的确需要一段时间来弥合自己的伤口。

姑娘一边哭一边讲，可能情绪太激动，引来了周围吃瓜的群众。五十多岁的莆田大叔，看着这位年轻漂亮的姑娘，"啧啧"可惜。"不要去找了，说不定他已找了别人。我们莆田，村里头好多三十多岁的男孩，大学毕业，家里盖的楼房好几层，就是找不到老婆……"言语之下，恨不得立马把女孩介绍给亲戚邻居家的孩子当媳妇。

"才两三天的时间，他没那么容易就找了别人的。"姑娘一脸笃定。

"很难说，说不定他很早就另外有了人呀。你今天要是找到了他，让他把欠你的手机和花过的钱都要回来……"过道上一位三十多岁的矮胖的男子，义愤填膺道。

人们在揣测某一件事情总会带着自己的思维定式。

"不会的，他没找。"女孩说道，"他苹果手机的 ID（账号）是我，我如果要查他微信的信息，随时都可以……"在众人的安慰之下，姑娘渐渐平息了自己的情绪。取出了自己的苹果手机再次去查找。显示手机的位置转移到小区附近的一家超市。

吃瓜的群众又开始议论纷纷讨论着即使姑娘来到手机所在位置附近，男友不想见她，照样找不到啊。

"对了，到时你就报警说你的手机丢了，但 ID（账号）显示就在这附近。"这个好方法令姑娘破涕为笑。

"来不及再轰轰烈烈，就保留告别的尊严。我爱你不后悔也尊重故事结尾。分手应该体面，谁都不要抱歉，何来亏欠，我敢给就敢心碎……"车厢里回荡着一首曲子。

分手应该体面。可是又有哪段感情在分手的时候，没有百孔千疮呢？有哪一个还沉浸在爱河里的人，能那么理性地尊重可能的故事结尾？只是，当断则断，各自走散，较之互相亏欠、藕断丝连，或许更好受些。

列车，继续朝前奔驰着。姑娘，愿结局能如你所愿……

金娘的木匣子

　　金娘躺在田埂上，春天的田野里，能闻到泥土苏醒的气息，还有青草淡淡的芬芳。这是金娘闻了一辈子的味道。就像今天，她紧紧抱住木匣子，赤着脚，在纵横交错的田埂上，她感觉自己如同身后涌起的清风般舒展。身体越变越轻，手中的木匣子也一样轻，轻得如同天边的那朵白云……

　　金娘发疯不是一天两天的事了。自从前一次她昏倒在田里，被邻居及时将她从田里抱出来，家里的人就不再同意金娘去种地了。可现在看来，不让她去种地，倒还害了她。

　　六十岁的金娘是不必再去种地了，金娘有钱。她有一箱子的黄金呢。大家说起这件事都一脸的艳羡。金娘的丈夫李年健在印尼曾有家工厂，最后卖掉了，换得了三麻袋钱。"三麻袋啊！"大伙谈论的时候，很自然地伸出三个手指头。

　　金娘有个长约三十厘米、宽与高大约二十厘米的木匣子，上了层朱红色的漆，是她娘家带过来的。金娘八岁时被领到李家，父母将她卖给李家当童养媳。李家父亲很早就下了南洋，在印尼摸爬滚打，挣了钱给家里建了房，闽南的官式大房子，五开间四榉头。但彼时交通不便，唯一的水路交通，风急浪高，李家父亲回来的次数极少。李家母亲守着儿子年健，怕门户单薄，将金娘买来，待时机成熟，花好月圆，让金娘给李家开枝散叶。

年健自小心有大志，读了几年私塾，一心想去南洋找父亲。李家母亲担心时局动荡，这一去，遥无归期。然而，孩子的心捆不住。母亲寻思着早点让他们圆了房，能为李家留个种，如此一来无论年健到了天涯海角，心中在故土总有个牵挂。

有说女大十八变，过了六七年，金娘到底没有长开。年健比他大两岁，个子拔到了一米八。他写信让父亲寄来申请出国的手续，紧锣密鼓地为自己筹划出行。对于母亲给他安排的妻子，他没怎么上心。好在金娘人勤快，又老实，一天到晚在家里田里忙活，颇得母亲的欢心。

圆房的仪式，大概是母亲发现金娘"转大人"（闽南称女子来月经）半年后的事，年健办好的出国手续被母亲中途截了糊，锁在抽屉里，说好两个月后再给他。

时间一到，年健如脱了缰的野马，马不停蹄地前往厦门港口，买了前往印尼的船票。而这两个月中，估计他也不甚积极，从后来的迹象表明，他没有如母亲所愿，留下一儿半女。

年健来到印尼，有父亲的照应，开始大展拳脚。过不了两三年，和父亲一起买下了一片橡胶园。年轻又帅气，能干而多金，年健很快被父亲的一位朋友，当地的一个富翁其实也是一名华裔相中了，想要将女儿嫁给他。

"娶某（妻子）时，生儿运。"好运气接二连三，挡也挡不住。漂亮的中印混血儿妻子，四五年的时间为他生了两男一女。

人们都说还没见过这么漂亮的女人，穿着丝绸的绣着花卉的旗袍，腰肢还那么轻盈。人们还说从没见过这么漂亮的小孩，三个小孩除了肤色比较暗沉外，五官极其精致，眼睛圆滚滚，鼻子高挺，一头的卷发，像小天使一般。年健带着全家回到乡下老屋的时候，乡里人闻讯而来，把房子围得水泄不通。

年健怎么就愿意回来呢？还不是李家母亲托人写了一封信，谎报军情，以她身患重病为由把年健给骗了回来。

年健的父亲在印尼娶了当地的女子为妻，生下了一儿一女，一对"番仔囝"。现在年迈体弱，回乡的路途遥远，差不多断了回家的念头。年健到底还是孝顺，想着母亲操劳一辈子，携家带口踏上了归乡之路。

刚回家的年健，一时成了十乡八里的集体偶像。年健两年前寄了一笔钱，让母亲在村头买了块地，修了一座红色的两层番仔楼准备给母亲养老用。这幢南洋骑楼式建筑，年健在二楼屋顶的显要位置题了字，曰：铭恩楼，以感念母亲的恩情。

年少有为，意气风发，娇妻爱子。金娘望着年健以及带来的新妻子和一窝孩子，竟然一点恨意也没有，乡邻们艳羡的神情令她倍感骄傲。金娘忙里忙外为李家母亲打下手，迎送客人，伺候年健一家子，心里美滋滋的。

年健以为这是他人生的一个很好的开端。岂料，这其实是二十几岁的他的人生巅峰。

转眼回家也一个来月了，年健念着印尼工厂的事，吩咐印尼妻子收拾好行装，买了船票准备返回去。印尼小姐的心比他更焦急，暂不说她思念自己娘家的人，带来的三个小孩，都是四五岁光景，一个多月来不知是不是水土不服的原因，不是发烧就是拉肚子，折腾得她一点力气也没有。

临出门，年健发现坏了，他找不到一家人的护照。里里外外，找了大半天愣是没找着。年健望着厅堂端坐的不动声色的母亲，似乎明白了什么。

无论年健如何晓之以理，动之以情，母亲还是不肯把护照拿出来。焦头烂额的年健，像困兽那样在家里的青石板上上蹿下跳。

金娘忽然想起，前几天晚上经过婆婆房间，透过婆婆房间的布幔，里头跳跃一阵子火光。

　　母亲如此莽撞的决定，让年健万念俱灰。年健起码半年的时间没走出家中半步。后来，印尼排华开始，事实证明母亲的决定只是让年健回国的时间提前了三五年而已。

　　隔年开春，年健总算重新振作起来。村口的新房子也已经全部建成。寻了个好日子，在李家母亲的主持下，年健带着印尼小姐和三个孩子搬进了新房子。李家母亲年纪大了，在旧屋子里住习惯了，就和金娘留在原先的古大厝里。

　　高兴劲儿还没过，谁料到这三个孩子咋就没这个福分呢，一个接着一个走了。人们有说这房子"轻土"，先前那是一块坟地，也有说房子大门对着村里的道路，犯冲了。

　　年健在金娘和印尼小姐逐渐隆起的肚皮下，挺过了这次打击。金娘勤勤恳恳，一年到头在田地里劳作，收获粮食养活一家子。年健余生的最重要也用来播种，耗费他所有的精力在开垦印尼小姐身体的这块"地"。

　　起初年健辗转于新屋与老屋之间。但后来，年健前脚一到老屋，新屋请来伺候印尼小姐的婢女后脚就跟过来，大嚷大叫，说是印尼小姐癫痫病发作，躺在地里口吐白沫。几次三番，年健也心烦了，除了白天偶尔过来看看母亲外，夜晚从不在老屋过夜。

　　不久，金娘和印尼小姐各自诞下了一个男婴，金娘的还早了两个月。此后，印尼小姐的肚皮没闲着，连续生了四儿两女。金娘也认头认分，守着婆婆和儿子，耕种着李家一大片地，没有其他怨言。

　　孩子大了，年健在新屋请了个私塾老师，给孩子们上课。金娘的大儿子每天都到新屋和弟弟妹妹们上课和玩耍。时间一长，孩子不愿回家去，嫌家里冷清，不如这里热闹。金娘给年健送粮食的时候，去瞅过，毕竟是亲兄弟、亲兄妹，一大群孩子一起安静读书一起嬉笑打闹，的确很开心。

　　说来也奇怪，金娘生的这个儿子，就像金娘模子里倒出来一样，五短身材，宽宽的头额与脸颊。印尼小姐生的那群孩子个个似足了年健的样子，身材高挑，额头凸出。金娘常痴痴地望着这群追逐的小孩，仿佛看到童年时，一个金娘和一群年健在戏耍。

不是婆婆临终前，将金娘的卖身契并着自己的几根金钗和一枚金戒指留给金娘，金娘几乎忘了自己还有一个木匣子。木匣子放在床底下，表面的红漆已经暗哑，还有几片漆开始剥落。金娘打开木匣子，细心地将婆婆的遗物放进去，又把自己的卖身契，白色的一张粗麻布认真折叠一遍。

老屋的夜晚，从深井照进来的月光是冷寂的，孤身一人的金娘常常坐在一张小竹凳上，怀里抱着小木匣，痴痴地望着头顶的夜空。

年健不去做事，孩子又多，单靠回国时的老底和金娘种作的粮食，生活开始入不敷出。到底天无绝人之路，年健当年去印尼后，提携了自己两个拜把兄弟。年健回国后，全靠两个拜把兄弟为他维持印尼的工厂。印尼排华后，两个拜把兄弟卖掉了工厂，得了九麻袋的钱。至于这些钱如何辗转带回国内的细节，人们众说纷纭。

年健没忘记金娘这几年的默默付出，分了好多钱给金娘，多到金娘两三个木匣子都装不了。金娘毕竟是过来人，她亲眼看见中华人民共和国成立前，手中的钞票一夜之间变成一堆废纸。金娘花了好长一段时间，将一张张的钞票置换成沉甸甸的金条。

金娘从未看过那么多的金子，现在就藏在她的木匣子里。满满的亮澄澄的金子啊，金娘在夜晚的竹凳上，悄悄地打开一小缝隙，金子的光芒倏地照进了金娘的心里。

白天金娘给木匣子包裹上一层蓝底白花的粗布，放进竹筐里，一头放着中午的饭菜和茶水，挑着到田里耕种，肩头沉沉的，金娘的心里头也沉沉的，有种从未有过的踏实。

渐渐地，金娘夜晚也不睡，搂着木匣子吃吃地笑，白天耕种时眼睛也离不开那蓝布包裹，眼神闪耀着异样的光芒。年纪渐大，金娘常年风湿酸痛，可自从有了这些金子，金娘竟然精神亢奋，手脚格外灵活。

金娘手搂着匣子晕倒在田埂上，好心的邻居喊来年健，年健就再也不让金娘去田里了。

闲下来的金娘先是哪里也不去，紧锁着老屋的前门后门，安静了好几天。

几天后，人们看到金娘抱着木匣子奔跑在田埂上。一见人，口就张开，"呵咻呵咻"地笑，手上的木匣子敞开着，里面空了……

28

听　月

安海的铺境巷子可多了，一个接着一个，参差交互。在广全巷和露竹巷交界处，有一座带花园的房子——尺远斋。花园布局小巧有致，内有玲珑剔透的太湖石假山、小石曲桥、四角亭子，以及微波荡漾的水池、花边围墙、透花窗棂……还有高达两米的石笋和高四尺的海参石。登临假山高处，南可眺望白塔、安平桥，北可遥看龙山寺。而真正让这极具中国古典园林特色的花园远近闻名的是里面的一处小楼，名曰：听月楼。

风雨有声可听，而月有色无声，只适合观望，此楼为何偏偏以"听"来解月呢？

文化底蕴丰厚的安海，在明代万历年间出了一位进士、翰林院编修黄志清，娶了泉州城内的大家闺秀邱小姐。尺远斋在当时为黄志清所有。黄志清在自家花园内为爱妻仿月亮上广寒宫的样式建造了一处小楼，与园内的假山相映成趣。中秋佳节，黄志清为竣工的小楼题字——赏月楼，却一时笔误，将"赏"写成了"听"。待到他打算重写之际，夫人邱小姐在旁感叹，"听"比"赏"更妙，并旋即赋诗一首。

"夜静楼高接太清，依楼听月最分明。摩天咿哑冰轮转，捣药叮咚玉杵鸣。乐奏广寒声细细，斧柯丹桂响叮叮。偶然一阵香风起，吹落嫦娥笑语声。"

银蟾光满，才子佳人临轩对月。听！一轮明月咿咿呀呀地从天边升起，玉杵捣药的叮咚之声，广寒宫似有若无的乐声，吴刚伐桂的叮当斧声，嫦娥低眉浅笑声，伴着桂树扬起的阵阵香气，扑面而来。聆听天籁，月不再冷寂无语，嫦娥不再悔恨滴泪，吴刚的斧头竟发出泉水般的清冽之音。月亮声色甜美、温暖、动人，谁说月色有形有色而无声呢？

闽南人喊月亮为"月娘"，一厢情愿地赋予月亮凡人的情思。古往今来多少人对月抒怀，千里寄相思，可有谁曾揣测月之心声？当年的农历八月十五该是一个极甜蜜的夜晚，邱小姐细腻的内心如月光般皎洁。兰心蕙质的邱小姐一扫古人望月伤怀的愁绪，将无声冷月翻出热烈活泼的一面。聆听天籁，万物有声，关键是你愿不愿意敞开心扉用情去听？

关于听月楼的传说，有许多细节真耐人寻味。比如，黄志清写错了字后，有人说他很懊恼，也有说旁人见了笑话，邱小姐连忙作诗为他圆了场。再如，邱小姐写完这首诗后，备受人们推崇。邱小姐怕自己锋芒太露，一说为顾及丈夫的颜面，假托此诗为辛弃疾所作。一说此诗乃辛弃疾的诗作，而身为解元的黄志清竟然未听闻，邱小姐为避免丈夫尴尬，便说为己所作。流传千年的故事，民间总是在捕风捉影或就着自己的意愿添油加醋。但无论哪一版本都好，人们都在极力塑造一位心思细腻、善解人意的邱小姐的形象。于是世世代代的人们记住了一位温婉如闽南秀丽山水、恬静似柔美月色的闽南女子。

细思之下，听月之举实有冥想式的雅趣，属于人与月的一次对话，或是人与自己内心的一次呼应。无声之月可听，有声之人更可听，听月亦是人与人之间的你唱我和。而今，林立的高楼阻挡了曦月，喧嚣的车水马龙淹没了呼唤。熙熙攘攘之中，如若不听，还无法辨析彼此内心的真实声音。

早晨，山城

年少的梦很深，深到骨子里。年岁渐长，身体堆积了太多杂乱的印记，梦都浅了。凌晨四五点钟，我起身对着窗。

学校的宿舍偎依在半山腰，窗对着青山翠竹，远望依旧是山与横亘于山脚的溪水。此时眼前是灰黑的巨幕，一片缥缈的朦胧隐去了翠竹、菜畦、房舍，一切似乎都还在沉睡。偶有一两只醒得早的公鸡，扯着嗓子喔喔地啼鸣。白天山脚下的菜地里有两只狗，此时似乎仍在互相计较、撕扯，有节奏地你汪几声我回几声。

春情勃发的三月，山城一直浸泡在水里。在静谧的早晨，土地濡湿成片，我能闻到似有似无的泥土的气息。松软的土地应该开始热闹了，虫子伸着懒腰，树根挣扎着往深处长，花瓣在开裂，果实继续膨胀，菜叶被露水压弯了，黑色的泥一点点地被拱起，极细微地挪移着。远处有几点暗淡的路灯光，依稀可辨远山的形状，溪流蜿蜒，石桥逶迤。对面小学的教学楼还在安睡，那是它一天难得的清净时分。

很久没有那么早起，去深闻村庄清晨的气息。小时住在乡村，早起的记忆都与年节喜庆的火烛气息缠绕一起。睡梦中被大人催醒，洗净脸庞，换上新衣裳。据说这是一天中祈福的最佳时段，清新的意念更容易通达天地。屋前的院子与屋内的深井涌动着清晨白色的雾气。大厅香炉跃动的红点，烟雾升腾。大人祈福的心思，与小孩模糊迷离的双眼，坠入如梦如幻的意境。

一如此时，在闽北群山环绕中，历经一夜的沉寂，所有的浊气被涤荡。伫立清晨，与树与花与鸟，与山与水，仅仅一窗之隔，吐纳共生。

空气饱含潮湿的水气，每一次吸纳都带着澄澈天地最初的软柔气息。若是在城市，早起无眠之时，断然不愿意拉开窗帘，让自己毫无掩饰地暴露在空荡荡的视野里。沉默的双眼其实很担心与对面窗口或许也难以入睡的目光相接。居住在有山有水的地方，有山踏实的依傍，有水深情的滋养，人大概是放松的。卸下防备，仿佛也是生长在泥土里的一棵树、一株草，盛开的一朵花，蠕动的一条虫，自由自在、安安静静地醒或睡。不必顾虑打扰了谁，抑或被谁打扰。

乡村的夜很静，入夜很早，醒得亦很早。城市的夜与白天的界限不分明，路灯或商铺的灯火延续着白天的亮度，夜依旧喧闹，热闹得不肯将息。身体总是很仓促地疲惫睡去，又不得不在次日早晨手忙脚乱地开启重复的模式，其间能留予灵魂独处的时间其实很少。

如果在距离你陷入尘世繁忙之前，恰好就有那么一段时间，能与如黛的远山相对峙，看溪流微波荡漾，听好鸟嘤嘤相鸣，闻竹叶簌簌作响。细数往事，思念人，通体轻盈畅顺，意念宁静。

待阳光从山背后的层云后，缓缓地泼洒大地。晨辉一点点地撑开遮蔽的雾烟，在阳气上浮的瞬间，沉积于心底的美好和几乎遗忘的意愿，与方才仍然氤氲成团的远山一起清晰明了地推到你的眼前。

后　头

　　离高考还剩两三个月，我们几个同宿舍的姐妹对着模拟考试的成绩心灰意冷。丁比较决绝，她当场收拾了宿舍的行李推着自行车就回家。她爸啥也没说，转头交代了她妈一句："明天让媒人来家里。"丁吓得边抹眼泪边回了学校。

　　可待到大学一毕业，丁就急吼吼地嫁人了。我笑丁怎么就不怕了呢？到底女大不中留。母亲也笑出了眼泪："你怎么就不回头呢？我在后头，站在罗湖关口，一直看着你们的背影。"彼时新婚宴尔，小别之后看到来相接的他，心飞得比人还快，快到把母亲凝视的目光给扯断了。

　　或曰："女人是叛徒。"之子于归。她们的确背叛了自己出生成长的家园，然后兴高采烈地朝前奔去，投入到另外一个陌生的地方，与一个人结合，把原本的家遗弃在后头。我们的闽南语，就将娘家称为"后头""后头厝"。

　　娘家称"后头"，仔细斟酌一下的确有其丰富的意蕴。"后"与"前"相对应。"前线"及"后方"，"皇天"及"后土"。"后"的本质里有初始、倚靠、包容、孕育之意。这是一个母性意味浓厚的词。

　　某一天，"后头"将你盛装打扮，为你置办嫁妆，送你去"前头"，去当一个宜室宜家的媳妇。他们期许你一个幸福的未来，并没有告诉你可能的山高水险。

就这样你被推向"前头",世界赤裸裸地呈现在你眼前,没人再为你挡风遮雨,你要和一个来自不同家庭的人朝夕相处。这一路并没有想象的那么好走,多少人得熬过一番互相撕咬至互相剥开再到彼此容纳的过程。你被血淋淋地打开,你甚至怀疑那个不是原来的自己。柴米油盐的介入,令你的生活五味杂陈。你曾经不屑于古人"洗手做羹汤,先遣小姑尝"的小心翼翼以及"妆罢低眉问夫婿,画眉深浅入时无"的忐忑不安,如今看来却是何等甜蜜浪漫。这个时代你要承受远不止如此简单琐碎。时代在逼迫你使出浑身解数,同时去演绎几个角色,或者可以说,你要成为与那个他并肩战斗的好兄弟。

"后头"最初的愿景和你实际的生活状态,永远存在着买家秀和卖家秀的距离。他们会以为你有着风吹杨柳、小河流水的惬意。可实际生活中,忽然一阵风、一片云以及豆大的雨滴,让你丢鸡跑鸭,吓坏背后的胖娃娃。

身心疲惫之余,哭着喊着要回"后头"的人大有人在。比如远在澳门工作的瑜,要回到家乡也得在路上花上将近一天的时间,累及工作或子女,常未能成行,看到她在朋友圈的眼泪心中也颇不是滋味。跟随先生去了加拿大的云,每年春节都要乘坐十来个小时的飞机回来一趟。即便有山水阻隔,回"后头"的念头却是不会变的。

"叛徒"常常以"卧底"的身份喜洋洋地回来。就像一颗星星每天按照既定的轨迹不知疲倦地走,一有机会回到最初熟悉的位置。那儿有相似的味蕾、相似的思维,还有谈也谈不完的共同记忆。朋友圈里,看到女伴们晒回到家的各种美食,庭院里从小到大养的一朵花开一棵树结果,年迈的父母慈祥而愉悦的容颜,都有一种感同身受的轻松欢快。

欢乐易逝,稍做休憩,你还得启程。毕竟这里只是"后头","前头"才是你立身处世的位置。然而,幸好有个"后头",容我们笑着喘口气。

灶 脚 人 生

　　母亲一辈子没有一份正式的工作，然而她的工龄又最长。她说她守了五十几年的厨房，从沙塘一直守到香港。"哎，到现在还得守。"话语外有些骄傲带点哀怨。

　　母亲在她二十一岁那年嫁到沙塘，除了用她的身体孕育生命，还敞开自己的手守着家里的厨房，保持着一个家热气腾腾的温度。闽南的厨房被称为"灶脚"。人有脚，猫、狗、鸡、鸭、猪有脚，椅子有椅脚，桌子有桌脚，戏台有戏棚脚，眠床有床脚，井有井脚，深井有深井脚，厨房有灶脚。脚与地面的距离最近，位置低了，接得了地气。有人守着灶脚这个阵地，一家人过得分外踏实。

　　多年后母亲深刻地领悟到为何祖母会为大学生儿子娶一个初中学历的农村姑娘做儿媳，大概就是想找个人接管灶脚吧。后来叔叔娶了婶婶，师大体育系碰到外语系的，说起话来都不利索了。万一父亲当年寻个大学生做老婆，家中的灶脚岂不就没人管了吗？

　　没人专职守着灶脚，一日三餐升腾起的炊烟哪会那么准时、那么温热。外出的父亲一踏进家门，第一句话一定会问："你妈呢？"还用问，她在灶脚忙活着呢。到了十几岁的年龄，我仍赖在母亲的膝盖上，我们一起坐在灶膛前。我用手拨着舔着火舌的木柴，目光掠过母亲的胸膛，火焰卷着热浪一阵阵袭来，烤得心里火热火热的，话也藏不住了，倒豆子一样朝母亲倒。锅里冒出的水蒸气飘散在灶脚里，夹杂着饭菜的香气，足以慰藉身体以外的东西。

闽南人的灶脚，当然不止关系到一日三餐那么简单。没人守着灶脚，逢年过节祖宗、神明吃什么？红方砖砌成的烟囱面上，灶君司命端坐着，神态慈祥。灶君司命执掌人间烟火，每到节庆或家人生日，都得备上食物点上香讨好他一番。大年三十的年夜饭、清明节的润饼菜、端午节的粽子、冬至的红丸子、各个年节提到祖祠拜祖宗的荤素菜，从灶脚里从母亲的手里流淌出，如同一串串色泽鲜丽的祈福梵语。

五十来岁的母亲追着儿子们来了香港。大哥家的灶脚开始有了家乡的味道。晚上，灶脚的抽油烟机轰轰响，煤气灶上母亲炖的汤，哧溜哧溜地冒着热气，大伙就循着汤的滋味早早地回家。侄子、侄女拉着他们奶奶的手，叽里呱啦地用闽南话东拉西扯。母亲一说话就爱咳嗽，大侄女一听咳嗽声，忙不迭地关窗倒水。

母亲守了大哥家的灶脚，分身乏术。二哥家便请了个菲律宾工人，三十几岁，没结婚没牵挂，一门心思都在雇主的家里。一天到晚默默做事，偶尔说起话，还有点腼腆羞涩。忽然有一天心脏病犯，"扑通"倒在卧室里，送医院急救，总算渡过难关。回菲律宾养病后，不久竟然听到她过世的消息。

三哥家是铁打的营盘流水的阿姨。原先在深圳，灶脚里有煮饭的阿姨，带孩子有带孩子的阿姨。饭点一到，阿姨们得准时开饭。小区的阿姨们定时聚一起晒太阳聊天，带来的孩子们在一旁你推我搡。三哥事情多，难得能几回在饭点回家，冷菜冷饭没少吃。三哥家现在离母亲住的地方近了，三天两头带着孩子们去蹭饭。汤美菜热，满脸红光，不亦乐乎。母亲笑着说："你们胃口可真好啊！"三哥似笑非笑："能不好吗？"

到底还是母亲守着的灶脚更知冷知热。

埕　下　井

　　母亲说井枯了，问我要不要回家看一看。我想都没想，回了一句："怎么可能没水呢？"在我心中一直执拗地以为那口井从来是不会枯竭的。

　　早前的家并没有井，母亲一大早赶到村里的解放军驻地，一个叫作"救革"的地方挑水。井没有井沿，井面用几条石板隔着，中间还留有空隙，人挑着水在石板上跨来跨去，甚是恐怖。衣服得挑到塘岸头的溪边去洗，溪边的淤泥一直很滑，要特别小心。抽水机站也有洗衣服的地方，邻居马晋的妻子大中午去洗，一不留神，掉窟里去，人就没了。

　　在我出生的前一年，家里决定挖一口井，于是请来一位风水师勘定位置。母亲疑心风水师可能出于因地制宜的考虑，将井的位置安排在紧挨着护厝西边的埕上。如果照房子整体格局来看，这座五开间四榉头的房子，西边接了护厝，东西两边已经失衡。现在又在西边挖了井，东边愈发单薄。住在东边的母亲有时仍会因此耿耿于怀。然而，无论如何，井在埕上的出现，给家里带来了极大的便利，母亲繁重的劳作轻松了许多。

　　这口在家门的井，井孔直径大概六七十厘米，深十来米，井壁由条石砌成，井沿是水泥浇筑的，四周也铺了水泥。我们称井边为"井脚"。井脚位于西面，每天日照时间长，井壁的条石从未长过青苔。

一年四季，井底涓涓长流，而井面却总平静得犹如红砖墙面盛开的花。它越平静水就越清澈越甘甜。我们吃喝用度全依赖它。

瑟瑟发抖的冬天早晨，一盆刚打上来的井水，明晃晃地在朝阳中冒着热气，用手掬一把扑脸上，温暖从指间弥漫至全身。夏日炎炎，心急火燎地从外面赶回来，想要提桶水来降降温，还得躲着大人。因为水实在太冰了，大人怕你浇到身上以后关节会发炎。到了傍晚，火辣的阳光仍躲在石墙和石埕上，取来井水一泼，只听得石头冷得"嘶嘶嘶"直叫，一股股呛鼻的粉尘如青烟扬起，热气腾腾的房子、院子一时清凉了许多。

现在，母亲在井边洗完衣服，可以直接将衣服晾在院子里。祖母经常拿个小凳，就着个大大的铝制的盆，将家里的锅碗瓢盆拿出来逐个刷洗干净。母亲总能感同身受主妇们的不易，即便后来房子围了院墙，她也会起大早，把东西两边的院门打开，让左邻右舍来挑水。如果碰到井水不多的日子，她就打够一家人一日所需，其余的尽量让邻居们去挑。从曙光熹微到暮色降临，来家里打水的人从未断过。

这么甘甜的井，平日里都不怎么舍得用，农村世事多，等到逢年过节用得着水的地方才敢大手大脚。以前，农村普度得大宴宾客。时值盛夏，家里桶啊、盆啊全都搬到井边。请来的厨师把买来的鱼啊、肉啊、菜啊拿到井边清洗。支起个简易灶，把家里灶台上蒸年糕的大锅置于其上，一盘盘美味佳肴就在井边完成。装满水的盆里浸泡着啤酒等饮料，冰冻效果堪比冰箱。年底除尘，也全仰仗这口井将房子内内外外清洗干净。用井水浸泡过的糯米，碾成粉，蒸出的碗糕、年糕带着井水的清香。年兜夜晚，挑了井水，把家里的两个大水瓮里装到满溢，再往里头扔两三个红枣、硬币，保佑来年丰衣足食、财源滚滚。

孩子们一般都很调皮，但我们家的孩子个个温顺得如井水般。男孩只是偶尔会在玩捉迷藏的时候，躲到井里面。女孩们用龙眼或荔枝籽，挖空，在顶端两侧用针各戳一个孔，拿来细线，穿过缝隙，做成迷你小水桶，放到井里去提水。我们还曾在井里养过一只鳖。一年后，水太清了，根本没东西吃，这只鳖被饿出一副仙风道骨。无奈之下，把它带到村里的池塘放生。

井里的水清新甘甜自不必说，每天用井水来洗脸，皮肤特别白嫩细腻。不看别的，单祖母那张光滑的脸就很能说明问题。大姑母第一次从菲律宾回来，就讶异于我们兄妹几个与旁人不同的白净。有这样美容效果的井，可受附近的姑娘、媳妇青睐，纷纷来这里打水回去洗脸。有一回，家里的黄狗不知为何把我的小腿咬了一下，三四个齿印留在上面，母亲赶忙拿了把银汤匙，就着井水刮伤口，直至伤口处的黑色血刮干净。过不久，伤口就结痂了。小时候磕到碰到是常事，有什么破皮流血的，第一个念头就是赶到井边，泡泡井水，伤口很快就没事。

闽南的雨水充沛，井里的水一般很充足，连续下几天雨，井面会不断上升，有时俯下身就可以舀到水。1980 年，叔父们从菲律宾回国。那年雨水特别多，井都快满了。六叔公那几个在菲律宾出生长大的"番仔团"，舀着井水，泼来泼去，玩得不亦乐乎。院子里的鸡和鸭，张开翅膀围着他们转，扑腾扑腾、屁颠屁颠地乱跑。哥哥们提水给三叔公冲澡，三叔公总说："再一桶，再一桶。"二叔公望着井边追着水玩的鸭子说道："啥都不用煮，就这种番鸭炖一只。"这些鸭子吃着这口井的水长大，再用井水去炖汤，满满的故乡香甜之味。

如果碰到久未下雨，井水渐渐浅，水桶的绳子快不够用，水开始变混，那时就该淘淘井了。淘井是件有趣的事。刚开始大哥下去淘，后来轮到三哥。他们两人没少在捉迷藏的时候躲进井里，下井这事，做起来驾轻就熟。井底一直都会冒出涓涓水，所以淘井前多余的水一定得先清干净。淘井的人张开双手双脚，攀着井壁的条石，双脚扣进条石的缝隙，整个人呈一个"大"字，就这样慢慢地下到井底。将井底的淤泥用桶装满，让上面的人一桶一桶提上去。淤泥倒出来，里面有石子、螺丝、媳妇姑娘的小饰品啥的，偶尔也有掉下去未能勾起的水桶。

后来，流行把水管接进井里，再用发电机，把水抽到屋顶的蓄水池，在家里装上管道水龙头就可以用上井水。然而，这样一折腾，井沿的白色水管乍看就像捆绑在井上的绳索，水管铁锈的味道很快盖过了井水的新鲜甘甜。邻居家的旧房子开始垫高翻新，井渐渐没那么多水。我们一家也已经不住那里了。三四年前，家里的房子翻建，垫高了石埕。井沿被剥离，井口架上五六条方形石条，井被埋在了埕下面。

六角状的井沿被弃置在院墙外，石板有一面刻着父亲撰写的三个大字"龙泉井"，落款为"一九八九年蒲月"（后来井沿和石埕又翻建了一次）。字龙飞凤舞，是印象中父亲写过最有气势的字。我提醒帮忙打理房子的亲戚，把井沿挪进院子去，想搁在埕东边的角落，结果却遭到了反对。民间认为废弃的井沿不能再竖起来。可惜那两瓣石井沿最后只能杂乱地斜躺在院墙外。

"当时封井口的时候，井里还有水吧？"我忽然想起了一个很重要的问题。

亲戚回道："有的，时不时还会冒些水出来。"

这下可好，我想告诉母亲这口井在石埕的下面依然润泽，涓涓不息。

五月节的风炉火

"没食五月节粽,一领破裘唔甘放。"祖母坐在厅口的藤椅上,枣红色的大裾衫外,罩着件薄薄的毛衣,望着深井上空认真下了好几天的雨,念叨着。她一旦开始碎碎念,时间便滑得快。不过几日,她口中的五月节来了,时节就快进入夏至。有种炎热,会如同密网编织的蝉鸣,从邻居家的木棉树透过屋顶一阵阵地侵袭而来。

在母亲看来,五月节较之年兜、清明、七月半来说是"小节仔"。母亲口中的"小节仔"细究起来大概指这个节日不需大动干戈、大肆操办,不会让这些闽南小媳妇忙得透不过气来。她是不懂孩提的我们对五月节自有另一番情怀。

五月节是一年里香味最特别、戏份特别多的一个节日。

每逢佳节倍思亲。大小年节时,我们先得到公厅(祖祠)祭拜祖先,谓之"孝公"。一碗煎饼、一碗粽子,在荤素菜里显示着节日的特殊性。闽南每到农历四五月,天好似破了个窟窿,或淫雨霏霏,或雨下如注,连绵数日,地板墙壁湿漉漉,东西发霉变质,令人苦不堪言。我们搅拌着麦粉加入糖与水,下油锅煎成一片片麦饼,希望能将天上的漏洞补起来。拜完了祖宗,提着扁篮来到自家的田地里。此时稻子就快成熟了,现在正是关键时期,准备几碗祭品与田头土地公好好沟通一下。摆在田埂上,麦饼、粽子、蛏、饭和几个时令水果,祭拜完,蛏肉剥下来,蛏壳串成长长的船型。再过一个月,期待着这条船载米载粟，载到喜笑颜开。

回到家，麦饼重新放油锅里煎过，糖与麦的香味交织起来的清香以及外脆内糯的甘甜，最是令人惦记。而此时，家里烟斜雾横，升腾起另一种令人倍感神清气爽的香味。但凡节庆，人们欢庆之时，往往不吝挥霍火烛鞭炮，以惊天动地的声响配合浓烈夸张的烟火气息。五月节也毫不例外。

我们从护厝的柴草间取出红泥小风炉，这个小小的风炉就是闽南人俗称的"风炉火"，在礼俗里扮演着重要的角色。新人结婚，新娘进大门定要踏过风炉火，"新娘过门跨火烟，明年添财又添丁"。家中老人去世，送葬归来，也得在风炉火上去去晦气才能进家门。五月节里，我们先在灶膛将木炭炽热地燃点，将之放入小风炉里，苍术与蝉蜕角铺在上面，放进房间里，封闭了门窗。炉里明灭扑闪的红光一点点地感染黄褐色的苍术与蜷曲的蝉蜕。须臾，苍术、蝉蜕角释放出中药的芬芳，升腾的浓烟在猛烈扭转，兴冲冲地往屋里的每个角落奔去。那隐约中夹杂缕缕烤肉香的浓烟，追得蚊子、蟑螂、蜘蛛无处可逃。

春末夏初，万物复苏于春，而生长于夏，各种毒物也日益显示着它们旺盛的生命力，四处肆虐。人们备受绵长的雨季以及毒虫的侵扰。据说以前的人们体质较差，卫生条件低下，恶病、病疫时常泛滥成灾。南朝时的梁人宗懔《荆楚岁时记》："五月俗称'恶月'，多禁忌。"其实我也一直怀疑我们口中的五月节并不是特指端午节那天，或许包含了整个农历五月。农历五月在一年中显得特别难挨，但无论如何难过，总是要过，而且要过得热热闹闹，生活才能红红火火。先祖们应该是想尽了各种方法来度过农历五月的。

吃粽、煎饼和焚烧苍术、蝉蜕角，是遗留至今的"家常戏"。其他的，例如在大门上悬挂榕枝和艾叶、制"午时茶"、炒"午时盐"、贴"午时联"、泡雄黄酒、洗艾草澡，以此来驱虫避邪、除秽灭菌。

在雄黄酒中加入少量朱砂，涂在孩子的手心、脚心，或者在额头上写"王"字，寄予孩子生龙活虎的愿望。小孩胸佩装有香料及雄黄的"香袋仔"，手系五色线拧成的"续命缕"。只可惜，很多细碎的习俗随着时间的流淌正逐渐消逝。

这些全都属于五月节的小戏，而大戏还在后头。

五月节即端午节，是旧时泉州人禳灾去恶的节日。"端"字有初始的意思，因此"端五"就是初五。按照历法，五月正是午月，因此"端五"也就渐渐演变成现在的端午。《燕京岁时记》记载："初五为五月单五，盖端字之转音也。"《礼记》云，端午源于周代的蓄兰沐浴。古人五月采摘芳香的兰草，沐浴、除毒。屈原《九歌·云中君》则曰："浴兰汤兮沐芳，华采衣兮若英。"后来延伸出的各种驱邪除祟的内容大抵源于此。伟大的爱国诗人屈原又恰在此日投江，端午节于是又加入了缅怀这位伟人的内容。

如果再往前追究，端午节可能还有一个前身，称为"龙子节"。四千六百多年前，人们伴河而居，伴河耕种，繁衍生息。弯弯曲曲的龙身就是九曲十八弯的河流的象征。炎黄子孙以神龙为中华民族的图腾。是日，备好猪、牛、羊和各种果品等丰盛贡品，以最虔诚的心对着河流顶礼膜拜，然后将祭祀品中的五谷之类撒向河流，恭请龙王保佑全年风调雨顺、五谷丰收。

《说文解字》解释"闽"字时说："闽，东南越，蛇种。"所谓"蛇种"，意为闽越人以蛇为先祖。或曰："闽在海中。"闽越先人刀耕火种，干栏而居。《说苑·奉使》称："越人劗发文身，灿烂成章，以象龙子者，将避水神。"在恶劣的自然环境里，先民们迫切希望与自然和谐相处。他们尊奉蛇以及以蛇为主体综合物的龙作为图腾，加以崇拜、祭祀。他们自认为龙子，断发文身，出入江海时便可避让蛟龙、蛇怪。这其实就是原始巫术里的模仿术。至今，处于闽越之地的我们，仍然笃信五月初五是龙王的诞辰。我们的两个大戏很明显与龙王、水、船相关。

清乾隆《泉州府志·风俗志》载："是月（五月）无定日，里让禳灾，先日延道设醮。至期，以纸为大船，送五方瘟神。凡百器用皆备，陈鼓乐、仪仗、百戏，送水次焚之。近竟有以木舟，具真器用，以浮于海者。"另有一段文字记载："（农历）五月初一日采莲城中，神庙及乡村之人以木刻龙头击鼓锣迎于人家唱歌谣。劳以钱或米酒。"

在石狮市的蚶江镇，五月节这一天，各乡各里的人群争相涌向古渡。祖祖辈辈生活在海上的渔民们对水的崇拜和感恩无法言表，便乘上小船，驶向海面，拿着戽斗水桶，盛起海水泼向对方船上的人，互相嬉戏，一时间水花四溅，分不清哪是人哪是船。海平面上，人们的嬉笑声、喊声与水声交织成一片。海对面台湾鹿港小镇的人们也赶来了，两岸对渡的船只在蚶江的海边追逐泼水，以这种欢快的方式互相传达祝福与吉祥，交融情谊，祈求平安兴旺。岸上另有热闹的狮阵表演。沿海大通道五王爷庙戏台旁，火鼎公火鼎婆、拍胸舞、公背婆、矮仔摔跤、彩球舞、大鼓凉伞舞等民俗表演精彩纷呈。近旁还有传统的攻炮城游戏，考验着人们的勇气与体能。

这是世界上唯一的"海上泼水节"，最早见于明代。南迁开发八闽的中原先祖融合纪念屈原的端午民俗与闽越族的龙子节，形成独具特色的传统民俗节日。清朝年间的对渡碑记载："蚶江为泉州总口，与台湾鹿仔港对渡，大小商渔，往来利涉。"还有一曲《欢喜船入港》的民谣，"欢喜船入港，我君走船人，蚶江与鹿港，对渡来通航。海峡起风浪，隔岸等亲人，相思两地牵，盼君守空房。欢喜船入港，两岸心相同，盼君早归航，泼水喜团圆"，更是唱尽了一水相隔却割不断、浓于水的血脉之情。

晋江市安海镇的三里街、五里桥端午节"嗦啰嗹"的旋律萦绕在整个古镇的上空。安海建镇已有八百八十八年的历史，它依山临海，海湾曲折，海面开阔，风浪小，早在宋元时期就已是泉州海外交通的重要港口和避风良港，百舸千帆，客商云集。明朝政府施行"海禁"，安海港不衰反而兴盛，和漳州的月港成了走私船只的安全港。三里街上十户九商，酒肆林立，车水马龙。安平商人的足迹走遍天下。明末，安海镇为郑芝龙、郑成功父子府邸所在地和根据地，也因此惨遭清政府的两次围剿。相对于晋江内陆的区域，位于港口的安海，在历史长河里经历更多的风霜雪雨，繁华与苦难相交集。人们对于平安的渴求显得更为迫切，"安平"曾成为他们的镇名，五里桥也正称"安平桥"。五月节的"嗦啰嗹"本来广泛地流传在泉州、晋江、石狮一带，如今只有安海很好地传承了下来。

　　五月节于安海人而言，是一年里仅次于年兜的重要年节。一大早，大人、小孩沐浴更衣，穿上崭新的夏装，提着煎饣追到五里桥头的白塔，登上白塔将煎饣追投入江里，以此祭奠伟大的爱国诗人屈原。他们唱着"嗦啰嗹"的曲调，抬着龙头挨家挨户进行采莲。有人认为这种诙谐风趣的驱邪消灾习俗，乃古越族人的遗风，歌唱中的"嗦啰嗹"据说是古越族人辟邪去灾的咒语。采莲队伍由铺兵、旗手、花婆组成。两个头戴清兵笠、手掌幡旗的旗手，踩着醉步走在前列。旗上写着各种祈福的吉祥语，旗的顶端绑着榕枝、艾叶与鲜花。一位扮相邋遢不堪的铺兵（古代负责巡逻以及递送公文的兵卒），挑着竹竿，一头挂着锣，一头绑着个生猪蹄系着双草鞋和装酒的夜壶。壶中烈性的雄黄酒供旗手饮用，旗手才能踏出真实的醉步。极具喜感的花婆紧随其后，花婆是闽南人婚嫁里的媒婆。因扮相举止滑稽，一般由男子充当。头包乌巾，顶插大红花，身着大红衣裤，腰间别着大红丝巾，脚踩绣花鞋，一手挎着装有玉兰花的红漆扁篮，一手摇着蒲扇。五月节清晨，前面四人沿途敲锣打鼓，后由四人抬着一具木雕老龙头，徐行压阵。采莲队伍在"龙王出世除灾难啊，嗦啰嗹哪，啰嗹哩啰嗹啦"的乐曲声中，载歌载舞，游街串巷。旗手挨家挨户舞旗拂扫，驱邪求安，主人礼施红包，并燃放鞭炮送出门，花婆则回赠白玉兰花或小型木雕龙头。

　　现在中国端午节独一无二的民俗——安海"嗦啰嗹"习俗，早在十年前被列入首批国家级非物质文化遗产扩展项目名录；七年前，蚶江端午闽台对渡习俗也被公布为第三批国家级非物质文化遗产名录。这些曾经活跃在闽越大地上鲜活生动的习俗，沉寂多年后，又在这片土地上，在人们的欢歌笑语里，发出美好的祈愿……

床　母

　　在古老的闽越大地上，人们向来信巫事鬼。汉晋时期，北方汉民
迫于战乱纷纷南迁，来到一片山高林深、瘴雾弥漫的原始所在，与南
方的子民们相融合。人们一起顽强地应对生活，有时迫于自然力的伟
大，难免要求告神灵以求护佑和指示。闽南人极其复杂的民间信仰也
许就来源于此。

　　闽南人的衣食住行、生老病死都有相对应的鬼神需要祭拜。这囊
括了天神、地祇、人鬼，甚至日常生活中使用的器物也附有神的影
子。大门口秦叔宝与尉迟恭守卫着，灶脚有灶君司命掌管着，就连日
常栖息的床竟然也有神，人们谓之"床母"。闽南人口中的"床母"，
广东人称为"床头婆"，潮汕人称为"公婆"。如今，大城市已鲜见
祭拜。但在闽南的农村，特别是晋江的农村，人们依然热衷于祭拜这
位民间的床神。

　　关于床母的传说，一说与凄美的爱情故事有关系，但故事始终上
不了台面。流传更广泛的，则言床母床公即周文王夫妇。他们生育了
九十九个孩子，后来又收养了雷震子。人们说他们育有百子，便奉他
们为床神。民间祭祀床公、床母的习俗，早在唐代已经形成。宋代杨
循吉有"买糖送灶君，酌水祀床公"的诗句。当时不论是宫廷还是
民间，普遍敬奉床公、床母。为了讨好床神，求得床公、床母的庇
护，以酒祀床母，而以茶祀床公，谓"母嗜酒、公癖茶""男茶女

酒"。聪明的民间百姓甚至了解他们的嗜好，极力投其所好。清代《清嘉录》亦有记载："荐茶酒糕果于寝室，以祀床神，云祈终岁安寝。俗呼床神为床公床母。"起初床公、床母同祀，然而不知从何时开始，床公渐渐被人们忽略，在晋江也早就只祀床母了。

晋江人对于子嗣的重视，直接反映在对于床的重视上。人生的三分之一时间在床上度过，这张床还得承载着繁衍子嗣的任务。人们称床为"眠床"，新人结婚前必须大张旗鼓准备打造一张富丽堂皇的眠床。通常做床的木料选用优质的杉木、樟木、楠木等，三面围屏，或十八堵或二十四堵。聘请能工巧匠雕刻人物、山水、花鸟等，上朱红色漆，辅以鎏金黑漆，精雕细镂，古色古香。新人结婚，"轿前盘"（男女结婚前男方将礼品送往女方的一个仪式）那一天，男方家中要进行安床仪式。仪式神圣，丝毫不可含糊。安完床，准备三五碗祭品拜祭床母。是夜，找个生肖好、家世好的男子陪着准新郎在新床上睡一晚上。结婚当夜，挑一个健康可爱属龙尤佳的小男孩在新人的床上滚两三下，随嫁妈一边念祝词："翻落铺，生打捕（男孩）；翻过来，生秀才；翻过去，生进士。"俗称"滚床"，祈愿新人早生贵子。

从此，床母开始承担起重大的职责。她是床的神，管的是床的事，关系到夫妇安寝、妇女生育、儿童健康。小孩子在床上睡眠的时间特别长，年幼弱小，后来床母就专司护佑幼儿。

因为小孩多，床母为了便于照顾，就在每个小孩的身上做记号，以此来区别。大多数的小孩身上，主要集中在屁股区域，会有大小不一的青色印记，那就是床母做的标签。床母主要负责在小孩睡觉的时候照料他、逗他玩。不信，你看那丁点大的婴儿，在梦里皱眉、嘟嘴、咧嘴笑，各种表情丰富可爱，这是床母在"浪眠"呢。床母尽忠职守，给小孩做起最早期的智力开发。

一般来说，从孩子满月开始就祭拜床母，接着四个月，"度晬"（周岁）都记得要祭拜。有些家庭生了第一个小孩，珍贵得不行，周岁内的小孩，逢上每个月孩子出生的农历日子里都要进行拜祭。除此之外，一年里的大年节，例如年兜、清明、七月半等重要的日子也须祭拜床母。

每年的农历七月初七，既是七娘妈的诞辰也是床母的生日。床母与七娘妈同为闽南儿童的保护神。这天，家家户户在小孩睡的房间前支起一张桌子，备办丰盛的祭品犒劳七娘妈与床母。桌子旁照例摆放着一个小凳子，祭拜七娘妈的同时，还得到房间里头对着床呼请床母，小凳子原来是给床母垫脚用的。据说床母身形矮胖，得垫着凳子才能享用祭品。

床母的职责蛮重大，但她的性格又特别随意。床母没有具体形象的真身，故没有塑像，至于神位嘛就在床上。祭品不用多，或三碗或五碗；菜式也不挑剔，以香饭为主，糖粿、蛋、豆腐次之。忌用酒，床母本是嗜酒之人，万一吃醉，不能照看婴儿。床母是女神，通常在祭祀时要剪几件漂亮的"床母衫"给她。闽南在农历正月十五拜"代人"时准备"代人衫"，农历七月初七为七娘妈裁制"七娘妈衫"，这两种衣衫都有专门人家制作，上街可以买到。"床母衫"却简单得多，自己动手取来红色纸张，剪个边距四五厘米的方形，中间对折，在对折线中间，剪出一个倒三角形，尖尖的点并不完全剪断，然后将三角形往后压，左右两侧各剪一刀，做出袖筒的样子。

至于祭拜过程也显得短促，点三炷香，香燃到五分之一，赶紧撤了祭品，把金纸与"床母衫"一并烧了，未燃完的香就插在眠床脚镂空处。床母性子很急，又忙着照料孩子，哪有那么多时间慢慢享用祭品。或说祭拜久了，床母容易宠溺小孩。如果小孩走亲戚串门，晚上睡觉前，记得先用简单的祭品讨好孩子睡觉那张床的床母，床母自然会尽心保庇每一个睡在床上的孩子。否则，床母也可能因为没享用到祭品不开心，也会做出在孩子睡梦里捏他小屁股这样的举动。

话说闽南的鬼神多达两三百种，而像床母这样性格丰富、有血有肉的形象恐怕不多。还是民间说得好，床母其实也就是人母。

番薯咧，芋

　　"番薯看作芋"，闽南的俗语里用这句来调侃看错了对象。可不是，番薯与芋就是一对好兄弟，无论在外形或肉质上都存有很多相似点。闽南多丘陵，气候温热，沿海和岛屿土地贫瘠干燥，多沙砾地，海风又大，水稻产量不高，而对生长环境要求不高的番薯与芋，一直以来与闽南人患难与共。

　　闽南人的故事里，同父异母的兄弟俩各吃着番薯与芋长大。后母疼惜自己的亲生儿子，给他吃价格较昂贵的芋头，而前人的儿子只能吃番薯。结果，吃番薯的哥哥越长越壮，吃芋头的弟弟越来越瘦弱。

　　番薯聪明老道接地气，芋头显得老实木讷又略微尊贵。要说作为食物方面，芋头的作用显然不及番薯；而闽南人热衷于祭祀天地鬼神，从挑选祭品方面看，番薯的地位远不及芋头。

　　《诗·小雅·斯干》："君子攸芋。"这要算是与芋相关的最早的文字记载。此处的"芋"意为"大"，君子盖了大房子，居其内以自光大。《说文解字》："芋，大叶实根，骇人者，故谓之'芋'。齐人呼为'莒'。"古人见到这种叶子宽大的植物时，惊讶道："吁，叶子真大！"待挖出了滚圆的根块，又惊讶："吁，根块真大！"于是，这种植物便被叫作"吁"。去掉口字旁，加上草字头，成了"芋"，以示其为植物。《泉州府志》亦有记载："芋，一名'蹲鸱'，一名'土芝'，大者为芋魁。""蹲鸱"一说来自《史记·货殖列传》："吾闻汶山之下，沃野，下有蹲鸱，至死不饥。"芋头——远远看去，就如一只猫头鹰蹲在那里，着实骇人。

芋是世界最古老的作物之一，中国是芋的起源地之一。到了唐宋时期，芋的种植技术已日趋成熟。"我与瓜蔬味最宜，南来喜见大蹲鸱。归去传取东坡法，糁玉为羹且疗饥！"宋朝名宦王十朋担任泉州知府，最喜以芋熬粥，此诗足以见他为官之清廉、生活之简朴。

闽南称芋魁为"芋头"或"芋婆"，用来与芋仔、芋孙做区别。"芋"在闽南语中与"护"谐音。又加之芋头的形状有大芋头连着小芋头，颇有子孙绵延繁密的直视感。闽南人爱把芋头摆上供桌，以寄寓他们希望得到天地神明祖先庇佑、子孙繁衍之意。"衣食"是闽南祭品中最重要的一种，民间的红白喜事皆不可或缺。面线三两束，小毛巾折叠围裹纸折扇，再以红髻绳系之，生花熟花若干，带叶的连理芋芳以红色纸条拦腰黏住，这几样是"衣食"构成的基本元素。在一年中的大小年节的拜祭桌上，结婚的盘担里，老人的丧事分发给子孙的礼中，长满黑色须发的小芋头必定静默地躺于各色物品间。

中秋节，将芋头切碎，与米粉同炒，中午时分去祠堂拜祭先祖，蒸熟的番薯与芋头盛上碗，祭拜土地公，曰为"孝金孝银"。粉嫩的番薯与松香的芋头，颜色一金一银，有着金银满屋的深意。番薯其实也是可以当成贡品的，然而却已改变了形态，即将番薯蒸熟、剥皮，肉捣烂成泥，与糯米、糖揉为一体，取椭圆形状下油锅炸，曰炸枣。中秋节里，番薯唯一一次以原生态的形式被端上供桌。

番薯又称"地瓜""甘薯""朱薯"等。番薯不是福建的原产物，那么它是如何来到福建的，至今仍是众说纷纭。人们更倾向于明万历年间侍御苏公琰《朱薯疏》内的相关记载："万历甲申乙酉间，漳潮之交有岛曰'南澳'，温陵洋舶道之，携其种归晋江五都乡曰'灵水'……甲午乙未间，温陵饥，他谷皆贵，唯薯独稔，乡民活于薯者十之七八。"番薯原产自南美洲，后传入南洋，再由广东传入福建，这条线索应该是可信的。

明中叶，番薯、玉米、落花生及烟草等主要农作物相继传入闽南。对闽南民生影响最大而有影响时间持续最久者，非番薯莫属。明代中叶，福建人口日益增多，稻米不足维生，这种对生长环境要求不高的番薯，十数年间在闽地迅速传播。闽人称南洋为"番邦"，来自国外的甘薯亦被冠于"番"的名号。除了明万历年间闽地遭遇的饥荒外，至中日甲午战争失败后，台湾被日本抢占了，素来仰仗台湾米供给的泉州一时出现了粮荒，人们靠咬薯根度日。抗日战争期间，闽南沿海被日军封锁，晋江县城内有市无米，许多的空旷地、荒地短短时间里都辟成了种番薯的园地。番薯可生吃可熟食，亦可切成片或者磨成粉储藏，极大解决了荒年无物充饥的难题。

番薯作为闽南地区粗粮中的主粮，在人道不殊的世路中，走过了一段段悲愤郁结的岁月，沉淀在骨血中，就有挥不去的番薯情结。闽南村落里总有几个男孩的小名叫作"番薯""番薯憨""薯仔"。说一个人带点傻气，就说他长着一副"番薯面"，生就一个"番薯肚"。闽南方言没有卷舌音与唇齿音，说起普通话来，发音上难免尴尬，常因"鸡母屎半黑白"被外人调侃为"番薯腔"。关于番薯的俗语也生动地穿插在日常生活当中。"送番薯还芋"，说的是人际交往中的礼尚往来；"输人唔输阵，输阵番薯面"，要跟上大流别掉队失了颜面；"番薯胜过小人参"，言指番薯的营养功效，也指不要因为物品的鄙贱而忽视它的作用；"时到时担，无米才煮番薯汤"，意为船到桥头自然直；"番薯三科（块）汤照甲（搭配）"，喻其知分寸；"番薯大块先挖"，谓遵守成法，不能乱了次序；"番薯生在半壁岸"，喻其顽强的生命力，或指有才德的人。类似的俗语不胜枚举。

我们这一代人仍是在番薯与芋所弥散的香甜气息中成长起来的。比如，如今只要闻到炸芋头的香气，思维就直接跳跃到年近除夕的那几天。家家户户的厨房里，都摆着一堆芋，芋头好吃，然而剖皮时容易过敏，大人们得忍受着手发痒红肿的苦痛将芋皮刮去，后切块撒上盐巴，炸熟待祭祀用。或将芋头切成丝状混合地瓜粉，做成个扁圆的坨状，上锅蒸熟。食用时，切片干煎，蘸上酸辣酱，肉质"Q"甜，兼有芋头与番薯的甘甜与爽滑。也可切片同包菜及海蛎同炒，菜与海鲜的味道填补了芋头本身的清淡。这些都属于年节的味道。平日里，如果逢上大人心情好，他们会到街市买些小芋艿，去皮，同糯米、肥肉、虾米、香菇搅拌，做一餐芋饭来吃。小芋艿在锅里，冒着胖乎乎的小白脸，外皮粘连，入口糯香，滋味无穷。

小时候家中种过番薯，就在村头白塔林的山上。白塔林是村里坟地集中的地方，种番薯田地就在那里附近，地上的土是干的，较之泥泞的水田踩上去放心多了，白天去采摘也不怕。先把地瓜藤牵拉到别处，再刨开点黄土，遇到还小的地瓜，就再次将它掩埋；找到块头大的，才动手挖出来，"番薯大块先挖"。小时爱吃地瓜粥，常垫着凳子，盯着锡锅里，金黄的番薯块与白色的米粥快乐地翻滚着。番薯的加入，为寡淡的三餐注入了甜丝丝的趣味。番薯为粗粮，大米为细粮，粗细搭配也是极有营养的。

因为没经历过只吃粗粮的尴尬岁月，对番薯的喜爱至今未曾改变。当时耳闻祖辈对番薯的感觉却全然不是这样。村里一个叫作阿凤的女人，是祖母的纸牌友，南曲唱得特别好。在她眼里《孤栖闷》这是小曲小调，她唱的可都是《出汉关》《长台别》这样的大嗦曲。阿凤原本嫁到深沪，家里头穷，只有祖宗的忌日方能吃上米饭，平日皆以番薯作为口粮。长时间吃番薯泛酸恶心，吃怕了的阿凤问她大嫂："家中何时再做忌？"此言一出，被大嫂骂个狗血淋头。相比之下，我们的番薯情结更为甜蜜。那年高考结束，我们班一大群人，跟随着石狮的同学到他们家的地瓜地里烤地瓜，过程少不了穿插顺了隔壁田地的大地瓜，糊黑了手与脸等故事。多年后的聚会，烤地瓜的味道依然令我们唇齿生香。

　　沧海桑田，世事反复，人们生活水平提高，粗粮倒成了香饽饽。年节也少有人如此大动干戈，免了炊糕、炊粿各种麻烦。那些曾经不堪生活窘迫而下南洋谋生的番客，凭着与番薯一样吃苦耐劳的精神闯出一片天下。每逢良宵佳节，谈起家乡的芋圆菜包粿，自有张翰莼鲈之思的感叹。在他们的眼中，家乡的芋头与番薯不啻珍馐美食。番薯与芋的地位不同以往，就说番薯价钱都比米贵。只在感觉胃口不大好时，想着要不买点番薯来熬粥吃，肠胃显然更恋旧。曾在龙湖吃过美味的芋圆，那家芋圆店店面小、位置偏、店主又傲慢。人是矛盾的，来到一家陌生的店面，若碰到过于热情的店主，倒也受用，却难免心虚；碰到食物真正好吃，店家又带点恃物傲人的气势，倒会诚惶诚恐起来。每个芋圆也就半个拳头大小，里面裹有肉馅，再撒上花生末与白糖混合的粉末，各种香气混合扑面而来，简直一点抵抗力也没有。

　　广东早茶里有款蒸排骨，排骨下面照例会垫些小块的芋头。芋头吸收了排骨的肉汁，香甜可口。宴席上芋头经常会藏在排骨或者其他食材之下，女人们发现，一律伴着"哇"的一声："有芋头啊！"接着，跟捞到什么山珍海味一样欢喜雀跃。有时，想着如此美味的东西也殷勤地分享给儿子，然而却总被嫌弃，于是口里很自然地嘟囔一句："狗唔呷芋。"真有一种良辰美景无人与共，找不到知己的失落。至于儿子对"狗"这样的称呼倒也不排斥。闽南口语中猪啊狗啊，如果语境亲昵，那是爱到深处的言语流溢。通常还会跟他碎碎念些"不能挑食啊"之类的话语，换来的依旧是漫不经心的"哦哦哦"。如此被敷衍，难免有情绪："哦哦哦，番薯咧，芋！"（闽南语"芋"与"哦"同音）

　　生长在炸鸡香气里的新一代，可惜已经体会不到番薯与芋带来的情怀。

糜饭五谷力

常驻印尼的记者朋友林大哥今早晒了朋友圈，配图上有稀饭一碗、菜一盘，并附文字一段。文字说明显示他人在缅甸首都机场，异国他乡的早晨能吃上一碗家乡的白粥，内心颇为感动云云。显然，这一碗白粥慰藉的不单是肠胃而已。

同事的女儿，小学三年级，长得结实，甜粿色的脸庞，圆通通的，两颊泛着红晕。我夸赞她把女儿养得好，她说那全是婆婆的功劳。大字识不了两三个的婆婆，养小孩就是三顿"糜饭撑伊饱"。这便是其中的诀窍。

从小到大，我们没少听家里的老人碎碎念"糜饭五谷力"，提醒着我们珍惜粮食，认真吃饱每餐饭。"糜"在闽南语中为粥。"饭"多指干饭。"谷"原来是指有壳的粮食。"谷"字的音，就是从"壳"的音来的。平常俗称的"五谷"分别为稻、黍、稷、麦、菽五种谷物，北方稻子少，也有将稻换为麻的。后来五谷泛指粮食类作物。闽南地区气候温湿，盛产稻米。五谷中尤把稻谷列为首位。稻谷一年可以收获两季，农历六月收刈为早稻，十月收刈为晚稻。早稻碾米为"早米"或称"春米"，晚稻碾成的米称"晚米"。早米适合煮糜，晚米适合烧饭。大米就成了闽南人的主食，每日三餐。早晚餐糜，午餐饭。闽南虽有不少优质点心，但闽南人并无吃点心的习惯。我们都有个朴实的传统认知，饱含天地营养精华的谷物，才是身体源源不断的

55

力量源泉所在。

　　追溯到遥远的古代，去年采集的野生稻子不经意间掉落，来年竟长出了沉甸甸的稻穗。终于可以停歇追逐猎物时疲惫的脚步，在水草丰美的地方，结庐而居，日出而作日落而息。春耕，夏耘，秋收，冬藏，周而复始地运转，从年头到年尾，宁静地繁衍生息。五谷丰登、子孙繁茂之际，人们便载歌载舞，感谢天地神明的庇佑，绵密而富情趣的岁时节庆于是乎被延伸出来。古人将"食稻衣锦"视为"生人之极乐，以稻味尤美故"。孔子曰："食夫稻，衣夫锦，于女安乎？"至节日佳期，更不吝将自己种出的米做成精致可口的米食，与天地神明同享。"牺牲既成，粢盛既洁，祭祀以时。"《孟子》里，人们用谷物祭拜谷神与土神。

　　七千多年来，中国广袤的土地生长出来的稻谷滋养一代代的子民。当初生活在丰饶平原的闽南先祖，被战乱所困扰，一路迁徙，渐渐失却了水草鲜美的先天优势。闽南山地多平原少，气候多变，七八月间的台风肆掠，甚至会在顷刻间将收成毁于一旦，但他们依旧埋头耕耘、撒播希望。中华民族勤劳不息的特性在他们身上熠熠生辉，在扶篱荷锄间，他们学会了忍耐与包容。他们要付出比一般农民更多的努力，用于与天地对话、融合。这片贫瘠的土地上，辛勤的汗水终于绽放出丰收的喜悦。在长期与土地共生的环境中，成就了一群与稻谷一般有着坚强躯壳又饱含韧劲的闽南人。

　　闽南人相信谷粒中藏有超自然的灵力，称为"谷灵"。因此，在重要的生命礼俗以及岁时节庆，延续着先祖的传统，准备各有特色的特殊米食，并在米食上做出许多象征吉祥的花样，用以祈福。大米贯穿了他们生命的始终。闽南人在婴儿出生后的十四天，家中将大米与猪肉、香菇、虾米、生姜和油同炒，做成油饭分送亲友乡邻，希望初来世间的婴儿借助谷物的力量"头壳硬"。满月、四个月、周岁、十六岁，则把混了肉、香菇、虾米、鸡蛋的大米连同亲人的祝福一起裹

56

进了绿色的粽叶里，呈于天地神明之前。结婚时分送的糕粿、搓的红丸，也都是米食翻出的花样。到了七八十岁生日，家人会准备大米和食用油，与亲朋好友一起分享，感恩天地赐予福寿。及至去世，子孙依旧会在各个年节与他的忌日里，盛上满满的米饭，以此告祭亡灵。

一年中的大小年节，祭拜祖宗神明的供桌上，白色米饭在五彩纷呈的荤素菜里尤其显得耀眼。年兜夜晚，先把家中的米缸堆满，再取来木或瓷盆，装上大米，铺满糕粿、橘子、芋头，插枝红色的春枝，一盆盆的"过年饭"，预示着年年有余。至于端午节的粽子，对应各个节气的糕粿、糖粿、状元丸、红丸，无不寄予着闽南人对米的热爱、对美好生活的祈愿。

糜饭五谷力。岁时更替，农业生产方式不断地进步，人们逐渐从繁重的农作中脱身，然而从一颗颗小小的种子身上萌发的力量却由口入心，深深根植于闽南人的血肉里。

来一碗土豆仁汤

　　一方水土养一方人，一方小吃暖一方胃。初冬的闽北已经让你冻得手抖脚抖。我和小曼决定到街上去觅食，让热乎乎的食物温暖一下身体。上星期当地的朋友介绍他们的第一粗面的店里的水饺与自家做得很相近，特地去品尝了一番，馅料的确很新鲜。这星期打算去试试他家远近闻名的粗面。小店在县政府边上，小小的店面，客人倒是络绎不绝。老板娘围着 L 型的灶台忙活着，身后的三四层簸箕上，铺满一堆堆粗面、细面、扁面和水饺。我们叫了一粗一扁两碗面，两碗扁食。面的做法极简单，备好碗，在碗底下点酱油花生酱。面从锅里捞出来，再加点豆芽和韭菜，一起放入碗里，端到客人面前让各自搅拌。看着邻桌吃得口齿生香的样子，我们也满怀期待。

　　先是扁食的清汤让我们俩觉得了无生趣，扁食入口味同嚼蜡。小曼埋怨着，怎么不拿大骨来熬点汤呢！面条，特别是粗面，圆滚滚的，即使拌了酱料后，酱料的味道仍很难渗进去。吃到口中，面的碱味强势占据所有的味蕾。勉强吃了一半，再没有胃口。两人缩手缩脚走在细雨蒙蒙的街头，刚才虚空的肠胃似乎并没有得到应有的慰藉。

　　"我怎么感觉吃了等于没吃呢？"我嘟囔着。

　　"是啊，要不我们再找点什么别的吃？"小曼心有同感。

　　只是这里有啥好吃的小吃呢？记得街头拐角处有几家摊点，到了傍晚推着三轮车来，锅灶也都在车上，热气腾腾的。人们就在小凳上围着一个小方桌吃得不亦乐乎。我们一家家瞅了过去，仍是"老三篇"，扁肉、拌面、瘦肉羹。如此相似的味道，只能再次触及刚才失望的记忆。

"如果能有一碗……"我的话还没讲完，小曼用夹生的闽南话截了一句："土豆仁汤。""土豆"是闽南语花生的叫法，花生即种在地里的类豆物。顺着眼前三轮车上腾起的似曾相识的烟雾，我的内心对于食物的渴求从混沌变得清晰。小曼是位广西姑娘，在北京念大学时被泉州的帅哥同学拐到了闽南来。二三十年的他乡生活，早已将她从里到外改造成一个泉州人。当我们备受一种不咸不淡的味道折磨的时候，直觉一起告诉我们，需要浓烈的口感来冲刷麻木的味蕾，一碗香又甜的土豆仁汤可能就是最好的拯救。

南北西东贯穿的城关，街头不乏各种名号的饮品店，店面的颜色或有差异，里面的设施配料大同小异，卖的也是口味大多一致的奶茶。土豆仁汤的用料简单，煮法却考究，选个头饱满的"土豆"先剔去疵粒，用开水浸泡后去膜，加水置砂锅内以文火熬煮，等"土豆"熟了才能放糖，续熬至花生烂透为止。做成鲜甜可口的土豆仁汤，没有技巧与耐心是不行的。我们注定无法很豪气地说一句："老板，来一碗土豆仁汤！"

"我二十来岁毕业那年来的泉州，在东街的店里，生平第一次吃到了一碗土豆仁汤，就喜欢上了它。"失落的小曼带着遗憾，只能借助曾经的往事去消解涌起的食欲。"就好比你第一眼就喜欢上了我们泉州帅哥那样？"我调侃她。真心佩服为一个人为一句誓言，千里迢迢地背井离乡，投入到一个之前完全陌生的所在，几乎要割断从小生长的根脉。所幸，泉州似乎也没辜负她。比如东街的一碗小小的土豆仁汤，让她触及一种前所未有的新鲜甘甜。她先是喜欢一个人，后来逐渐喜欢上了这个人生长的土地上的林林总总，那该是幸福的吧。

我在什么年纪喝上第一碗土豆仁汤的，有点模糊了，但如若想考究一下在哪里喝到了，却能估摸得八九不离十。以前村里头家里娶媳妇，要办"筵桌"（筵席）宴请宾客。菜式的头尾两道菜是甜品和甜汤，头尾甜，喻示着喜结连理的新人吉祥圆满、多子多孙、爱情美满、长寿多福。土豆仁汤是一道呼应开头、卒章显志的极重要的菜式，宾客们喝完这道好意头的汤，沾染了主人家的喜气后，才能算圆满结束筵席。小时候形容一个小孩长到可以独自吃饭了，常说这小孩可以带去吃"伴房"（结婚的筵席）。说不定我就是被牵着小手带去赴喜宴时喝到了第一碗土豆仁汤的。或许离开时还在手帕里捎着一两个肉夹包，欢天喜地回家去。

小时候的村里，常请戏班子来演酬神戏。闪烁着明亮艳丽色泽的戏台推至夜晚村庄的高处。它逾越人们的视线，演绎人间百态，疏泄人们的爱恨情仇。大人自是被唱腔被情节弄得神魂颠倒。他们怀里的小孩，鼻子耳朵比眼睛更忙碌。抱着一长串油甘枝的小贩就在不远处来回逡巡，甘蔗摊的甘蔗已经截成一段一段，春卷、菜粿、油条都下锅了吧，"哧溜哧溜"是面团在油锅里膨胀发出的响声，那一锅沸腾的油得待到观众全部散去才会平息。装在大锡桶的面线糊散发着浓浓的大骨香味，各种配料一一排列。椭圆形的土豆仁，小小的白色的身子轻盈地随着热汤在上下翻滚，每一阵热气冒起，都完美地融合了土豆的芬芳和蔗糖的甘甜。土豆仁汤和炸油条的摊点常紧挨在一起，如果恰好又逢上冻得缩手缩脚的冬天，一口土豆仁热汤一口香脆的油条，人间美味大抵如此吧。

"六月十九三项新"，新粟新芋新土豆。闽南的土豆，是明代万历年间从琉球群岛传入的，所以我们称土豆为"琉啊豆"，其中小种土豆特别香甜也称"小琉豆"。土豆要在农历的二三月下种，到了农历六月就可以收成了。连着土豆藤一起收到家里，新收成的土豆还带连在根须上，沾着泥土的芳香，剥开壳来，一粒粒粉嫩得可爱，做成土豆仁汤，土豆仁酥烂不碎，入口即化，甘甜爽口，甜而不腻，汤色乳白，味儿倍香。应时应季的土豆仁汤最为鲜美。闽南人家几乎都会做这道汤点，大街小巷卖土豆仁汤的摊点也不少。

至于其余收成的"土豆"放到厝埕上去晒，土自己会掉落，晒干后可以保存。晋江特别是衙口做的花生可是远近闻名。中学在晋江一中就读，外面小店的女儿把零食担挑进学校，虽屡遭学校保安驱逐，却仍依然顽强地出现在我们需要的时候。她不断变换交易的地点，馋嘴的我们心照不宣地找着。我最常买包本地的盐焗"土豆"和几颗纸包的话梅糖，将"土豆"与话梅糖同时放入嘴中咀嚼，土豆的香脆混着话梅的酸甜，口味夹杂成整个年少的味道。

闽南人对于"土豆"的热爱，有句非常直白的俗语：顶面开花，下底结子，"大人囝仔爱呷卡死"。闽南人的确将"土豆"用到了极致。整吃散吃碾碎吃，林林总总的吃法足以让你眼花缭乱。先说"土豆仁"下油锅炸过之后，粉红色的外衣变得红彤彤，熟透了的"土豆仁"带着一股红的喜气，暗自迎合了闽南人的口味。闽南人爱红色，一些颜色不够鲜艳的祭品都被煞费苦心地将"红番仔药"（红食用色素）染红，用红纸圈起来装点。"土豆"可是争气，加热后自带红色，让闽南人心生欢喜。生日或请客人的面线，平日里煮那碗咸饭，上面铺的几颗红艳艳的土豆仁是就餐时口齿生香的前奏。

用洁净的"土豆米"与蔗糖一起熬制的香甜酥脆的花生糖是闽南人最爱的一种古老小吃。据说在古代兵荒马乱的时期，为了携带方便，有钱的人家将饴糖与麦芽熬制而成的麦芽糖和花生加在一起熬煮，再切成一小块一小块的，就是世界上最早的花生糖了。当一盘新鲜炮制的花生糖，遇上一杯醇香可口的铁观音，是浮生偷得的半日闲暇，是午后最美丽的一段邂逅。

直接以"土豆"为原料的除了价廉物美的土豆糖外，亦有土豆糕、土豆酥、贡糖等。至于将"土豆"作为配料的就无法计数了。"土豆"会藏在五香卷、粽子、莲子糖、芋圆、菜包等食品中。而碾碎了的花生末与黑芝麻、白糖一起做成的馅料，常占据了闽南糕粿的核心位置。糕粿是闽南民俗中重要的祭品与礼品。它们的皮可以由糯米、面粉、地瓜等不同的食材做成，但馅料却通常极其相似，花生则是里面必不可少的原料。春节拜天公的龟粿，普度的炸枣，结婚分给亲朋好友的大花包等。元宵节的状元圆也是以花生为馅。清明节，卷个润饼菜，在铺完的海苔上，再加洒一层花生与白糖混杂的粉末。

孩子满四个月和十六岁，也要做龟粿拜祭七娘妈及馈赠亲友。结婚，除分花包外，还送土豆糖、莲子糖。水煮的"土豆"可以当作果品来拜神。为家中过世的老人超度之后，将五谷、土豆、钱币、红枣及糖果洒出来，让子孙们捡来保存，饱含着子孙繁盛、富贵吉祥的寓意。

在闽南，有太多与"土豆"相关的小吃，有太多与"土豆"相关的风俗，一时半会可说不完。寒冷的冬夜，从渴求一碗热气腾腾的土豆仁汤而开始打开的话匣子，还真舍不得合上。

畅

听闽南人讲话真有意思，醇醇的古音古韵。闽南话看似言简意赅，言外之情却充沛丰盈。

走路说"行"，跑则为"走"。喝水说"饮"，稀饭称"糜"，筷子为"箸"，锅儿喊作"鼎"。头顶的天空叫"天顶"，脚踏的土地叫"土脚"。太阳为"日头"；月亮可美呢，叫"月娘"。听到虚假的传闻，忍不住会说"捏"（捏造）；义愤难平，更是冲口喊"谤"（诽谤）。倘若得到了合理解释，恍然大悟，自然带出一句"焉耳哦"（这样啊）。遇到顺心之事，心情愉悦，斯文点说"欢喜"，狂放点就感叹"爽""畅"！

以"欢喜""爽"表达痛快、舒服之意，闽南话与普通话没啥区别，而"畅"就颇可玩味了，估计只有闽南人可单凭一个"畅"字表达舒心畅快之情。

《韩非子·说林上》："登台四望，三面皆畅。"隰斯弥拜见田成子，田成子和他一起登台观望四方，三面都没有遮蔽。《周易》称"美在其中，而畅于四支"，犹如将黄谷完好地保存在仓库里面，以便能够通达地向四方供给。《易·坤》里的"畅"有"通达"的意思。农历三月三，"天朗气清，惠风和畅"，和煦的春风吹拂，一群文人雅士聚集会稽山阴之兰亭，"一觞一咏，亦足以畅叙幽情"，曲水流觞，吟诗作赋，纵展情怀。"且恁偎红倚翠，风流事、平生畅。"

仕途上屡逢阻塞的柳永，无奈之下"忍把浮名，换了浅斟低唱"，流连烟花巷陌寻求安慰。然而此"畅"绝非他真正所要的快乐。他一生抑郁，潦倒终老。

可见，畅的基本释义为"无阻碍，不停滞"，引申为"痛快，尽情"。人生如逆旅，不如意者十有八九。"若无闲事挂心头，便是人间好时节。"顺心顺意之时，怎一个"畅"字了得！闽南人口中的"畅"，是一个很口语化的词语，可作名词，亦可作形容词。形容一个人心情好，常说"畅头"。爱玩是人之天性。如果一个人玩的程度，已经逾越了常人的标准，太耽于吃喝玩乐，开始有些放浪形骸，闽南人会摇摇头怪这人爱"畅"。唉，就是一个"畅团"！倘若一个人积极向上、乐观生活，又常谈笑风生、惹人高兴，咦，就是一个人见人爱的"畅仙"了！

世易时移，人们生活水平也提高了，对于玩乐所持的态度不再那么严肃拘谨。"畅"的语义色彩更趋于中性，现在多用来表达痛快的感受或形容一个人无忧无虑、达观开朗。不过，"畅"字在老一辈闽南人眼中依然存有禁忌。一般情况下，不可在女子面前轻易使用"畅"或"爽"字，有亵渎之意。究其原因，可能得考究"畅"最初的含义。

"畅"为形声字，从申，从易，易亦声。"申"意为"繁殖子孙"，"易"意为"播散"。"申"与"易"联合起来表示"子孙繁衍播散"。原来，古时的人们个个与愚公相似的念想——子子孙孙无穷尽。"子孙繁衍传播"既指父生子又子生孙的纵向繁殖，又指子女和孙子女的各自婚配。除了纵横两向的人数扩张外，还包括时间的连续和居住地域的扩大之意。由此看来，"畅"最初含有交配繁衍无阻碍的意思。闽南语中的"爽"与"畅"，意思较为相近，但是"爽"偏向于感官的刺激与舒适，"畅"的语义内容囊括了生理与心理两方面的通透欢愉。

闽南有句俗语："人生三大畅,娶某生团做阿公。"这里精练概括了闽南人视为人生至乐的三件事,表达出来的情怀恰恰契合了"畅"为"子孙繁衍传播"的最初意义。闽南族群极重视先祖的祭祀与子嗣的传承。无论是大宗家族还是小姓弱族,都建有祠堂以祭祀列祖列宗,所谓"家家建追远之庙,户户置时祭以资"。浓郁的祖先情结既是对中原宗教规仪的传承,亦是杂糅了本土文化旧俗的因素。男婚女嫁乃人生第一要事,男方一般得早个两三年找木匠打造一张镂刻精美的雕花婚床,鎏金黑漆,极具华丽之能事。婚礼中各种烦琐的礼节足令人眼花缭乱。待到生了男孩便是普天同庆了,孩子满月、周岁及十六岁的日子家中一片忙碌,祭祖、酬神、宴宾客。

"州南有海浩无穷,每岁造舟通异域。"闽南人自古爱闯荡,临江靠海的天然优势,促使他们不断驾船出海冒险。宋元时期,闽南作为"海上丝绸之路"的起点,风光一时无二。闽南的大户人家每置船出海贸易,船货资本颇巨,不敢轻易假于他人之手,而本人或亲生的孩子掌船又怕海阔浪大,于是出海的人家往往喜欢抱养子来掌船,自家的儿子放在家中照顾"公妈"(拜祭祖先)。到了近代,闽南华侨出洋者众多,又常将自己的孩子带出继承父业,抱个养子在家守顾门户。除此之外,若本人无子而以兄弟、堂兄弟或族人之子为子的,俗称"拨过房"。兄弟几个当中有未成年夭折的,家族中的主事者也经常以抱养或拨过房的形式来为之"顶柱"(作继承人)。

这些习俗如今已经缺少存在根基。无论抱养还是拨过房都呈现着闽南人的执着追求。他们极在意自己的生命有接连不断的延续,他们无比渴望自己在世间匆匆而过的身影有人铭记,曾经的脚印虽历经岁月的磨蚀依旧有迹可循。他们希望自己就是一棵大树,顶天立地,枝繁叶茂,根茎深深地扎入世代繁衍生息的热土,无止境地纵展蔓延。何其畅快!

清　气

　　从前，闽南地区有对兄妹自小没了父母。嫂嫂嫁给哥哥后，因为没有公婆，只能留在家里带孩子操持家务。一日三餐、打扫卫生、喂鸡养鸭，农村家务事特多，怎么也忙不完。跟随哥哥出门干农活的小姑子回到家，却总是挑剔且指责嫂嫂没把家里卫生做好。后来，小姑子结了婚也生了孩子，嫂嫂去探望她，小姑子手忙脚乱地忙着给孩子换尿布，看到嫂嫂进屋来，急忙将一个大碗倒扣在桌上。巧的是，赶路口渴的嫂嫂欲拿起桌上的碗倒水喝，却赫然发现碗下那一堆小孩的排泄物。"清气小姑碗盖屎"自此广为流传。人啊，可别老是"嘴红红，讲别人"，互相体谅才应当。

　　闽南人表达"干净"就用"清气"或者"清气相"。同为闽南语系的潮州话里有基本相同的表达。至于粤语和客家话说起"干净"，发音与普通话差别不大了。闽南语乃是古汉语的活化石，以"清气"来表达干净的意思，隔着久远的岁月，不知源于何处。

　　《说文解字》曰："气，云气也。"云者，地面之气，湿热之气升而为雨，其色白；干热之气，散而为风，其色黑。气乃宇宙中流布着的无形却又极其重要的物质。它虽看不见，却可以转变可感可触的形式。于人而言，一个人在世间行走，全凭一口气。人呱呱落地之时，吸入第一口气；到老了，寿终正寝时咽下最后一口气。"清气"应该是偏正结构的词语，清之气。"清"作为形容词，有清明、清净、清新、清正之意，可与"污""浊""邪""煞"相对。屈原《楚辞·渔父》里就有一句，"举世皆浊我独清，众人皆醉我独醒"。如此一来，"清气"可理解为天地之间"清正阳明之气"。

若说到闽南人爱清气，"十二月尽，不论大小家，俱洒扫门闾去尘秽、净庭户，以祈新岁之安"。闽南人在除夕之前，农历十二月廿四日送完灶神之后，家家户户都要进行一年一度的大扫除（古曰"筅尘"），即对居住的宅子做全面彻底的清洁。这种仪式早在宋代已有相关文字记载。闽南山多林密，天气潮湿，多瘴气。特别在梅雨到来的端午节，病菌肆虐，疾病横行。人们多在端午节，用雄黄酒喷洒墙壁角，小风炉里点燃通术、蝉蜕脚熏房子。家里娶新娘、老人做寿、孩子周岁，宴请宾客之前也要将房子清扫整洁。入厝（乔迁新居）前，要用"三牲五果""谢土"（感谢土地爷），告知天地神明要进这个房子居住了。进门的仪式里，除了带上好意头（好兆头）的金银钱币，还要随手带着崭新的畚斗扫帚进来，表达自己感念恩赐的同时定当保持房子的洁净。

闽南人似乎很早就已意识到人为自然一分子，保持居住环境的洁净，实际上就是与自然的和谐共处。不够"清气"则会"褴褛""腌臜"。去除了"浊气"，才能神清气闲。仔细想来，整洁的外部环境的确与宁静的内心层面相得益彰。其实闽南语中的"清气"还真不止表达外部环境的整洁干净。

秦汉之前地处偏僻的闽南原是闽越族人聚集的地方，人们"信鬼神，重淫祀"，"越人俗信鬼，而其祠皆见鬼……"西汉以后，几拨中原士人衣冠南渡，带来了道教、佛教及其他民间信仰。"举头三尺有神明"，闽南人笃信大千世界万物有灵。于是，闽南人崇拜自然、祖先、历史人物、神仙鬼怪、动植物、生活器物……本土的鬼神加入外来的鬼神构成了闽南极为繁盛和复杂的多神教体系，数一数这些鬼神竟然多达数百种。

　　如此一来，人不再是生存空间里的唯一显灵神物，冥冥中有些肉眼看不见的东西与人时刻相伴相随，有时或与之擦肩而过。据说不做亏心事，基本也就相安无事，但是如果你行差踏错，可得小心一点，闽南话说"堵到无清气"，即不清气的东西（邪气、煞气）可能会伤及你的身体或精神。

　　因此，闽南人对清气的解释不仅仅停留在表面，直接延伸到精神层面。人们肉眼看得见的所在要清气，至于肉眼看不见的地方更要清气。

　　此时的清气应该是接近于阳气、正气，与阴气、邪气相对。《楚辞》："高飞兮安翔，乘清气兮御阴阳。"清气为光明正大之气。

　　闽南人逢庙必拜，见佛磕头。你在街头巷尾的庵宫里遇上拈香的阿婆问道："拜什么神？"她会喃喃自语："阿弥陀佛，有烧香有保庇。"闽南古大厝的核心位置——大厅，是人们家居祭祀的地方，神明的牌位、香火和祖宗的遗像都陈列在这里。香炉上红光闪烁，红烛高照，四时瓜果、精致的点心虔诚陈列。村村有当境的神佛供人祭祀朝拜。大大小小的寺庙、道庵、宫观、祠堂林立于街头巷尾，神像前的红绸布幔经年烟熏火燎，呈现暗红的神秘。

　　人们用香火连接人神、阴阳两界，借助惊天动地的爆竹来进行驱邪除祟，选择最接近光明的颜色——红色来作为生活的底色，用光亮来点燃不息的信念。闽南人刻意地讨好神明，祈求从身体到精神的清气。拜祭完后，其心情通常特别舒畅，神清气也爽，应对生活的自信力也增强了。

　　人们一心诚敬，固守着一方信仰的田地。这种特有的祈祷方式融于闽南人的生活每个细节里头。这样的信仰不断地延承，对于鬼神的敬畏与虔诚，在人们的骨子里沉淀出一种道德的自律。

　　我们来看看南朝王僧达《答颜延年》的诗："崇情符远迹，清气溢素襟。"王冕亦有一首《墨梅》："我家洗砚池边树，朵朵花开淡墨痕。不要人夸好颜色，只留清气满乾坤。"这两首诗里，清气亦引申为天地间光明正大之气。

晋江五店市朝北大厝的看埕堵上刻着泉州举人、著名书法家曾遒书写的家训格言："一心为善，正念时时在前，邪念自然污染不上，如太阳当空，魑魅潜消，此精一之真传也。"清气更接近于正气，与邪气相对。房子的主人为旅菲华侨庄朝北，据说当年他的房子还没建好，遇上了抗日战争，他毅然将自己所有的积蓄捐给了国家，大厝的木作没有上漆，门口埕也没铺设条石，而朝北的精神却因为这些缺陷而永远被人们缅怀。梧林古村落也有类似故事的小洋楼。主人旅菲侨胞蔡顺义原本想在新盖的洋楼开设批馆。抗日战争爆发后，他将装修的大笔资金赠予政府。中华人民共和国成立后，蔡氏家族将楼借予乡民作学堂直至 1987 年。

闽南有句俗语：德行若好，风水免讨。深受儒家、佛、道思想影响的闽南人，骨子里讲究个人的修身养性。泉州关岳庙门口的对联："公平正直入门不拜无妨，鬼诈奸刁到庙倾诚何益。"石狮城隍庙门口的对联：神本是聪明正直，汝何须果酒香李。类似意思的对联，在星罗棋布的庙宇门前，不乏踪影。比起一心诚敬，闽南人更讲究一心向善。

闽南人所谓的"清气"，的确饱含着朴实而可贵的精神自觉。

年 之 味

　　"年，谷熟也。"年味最初的祈愿应是希望在丰收里饱尝谷物的芬芳。要品味最浓烈的年味的话，得到农村去，去看禾苗的根须扎根的土地，几千年如何反复酝酿甘甜的美味。一座以母亲河命名的所在，我的家乡，每到岁末年初，我们以"两两香香"虔诚祭拜先祖与天地，以"红红火火"的意念，祈祷"甜甜蜜蜜"的生活。在那里，有最热烈的祷告，有最浓重的色彩，还有如土酒般醇厚绵长的年味。

两两香香

　　农历的腊月十六尾牙直至农历正月十六，整整一个月的时间，家乡晋江到处烟斜雾横，始终沉浸在火烛的缭绕中。家家户户的厅堂、灶脚（厨房），街头巷尾大大小小的寺庙、道庵、宫观、祠堂，香炉上红色的线香明灭，两旁烛光跳跃，香火缥缈，祥云环绕。

　　"两两香香"，供奉于神明面前，迎春接福。"两两香香"这是个极有趣的闽南词语，前一个"两"为数词，后一个"两"为量词。前一个"香"是形容词"芳香"之意，后一个"香"是名词。而相同的词语在闽南语中，不仅词义不同发音也不同。

　　甲骨文的"香"，形如容器中盛禾稻黍，指五谷之香。远古时，中华民族的先祖在祭祀中燔木升烟，告祭天地。到了殷商时期，出现了甲骨文"柴"，指的是手持燃木的祭礼。手执燃木邀天集灵、祀天供圣，燃香祈福的意念与姿势，深深镌刻到我们的骨血中。双掌合十，凝神屏息跪拜，这一举就是三千多年。直至今日，或许因现代化的进程许多人渐渐放下了合起的双掌，而在晋江，人们可以接受去除一些不必要的繁文缛节，而手中秉持的那炷香，却是不肯轻易放下。

"有烧香，有保庇。"一炷清香，是接通天地神灵和先祖的信号，是传递福祉的使者。我们依稀记得先祖一路南下颠沛流离的脚步，将生命的印章镌刻在自家房子青石板做的门楣上。在我们朴实的认知中，人从来不是一个独立的个体，应该更像树干上的某一圈年轮。每至佳节，家人团聚一堂，不忘翘首往前，慎终追远，且祖宗的恩德铭记在心。我们同样心怀敬畏，笃信天地万物有灵。岁末年初的祭祀大典上，点燃手中的香，一如既往虔诚地祭天、祭祖、祭神。

"迎春接福""出入平安""财源广进""事事顺意"，他们低语祷告，借助袅袅香烟。可能很难再找到一处地方，人们对未来的美好有如此执念，也很难有一个地方，那么直截了当地表白他们的内心渴求，大胆而放肆，直接而热烈。虔诚地插上那炷香，他们也因此得到了某种加持，无比勤奋努力。

红红火火

红色，千百年来一直点缀在中国人的生活里。地处闽南的晋江，位于中国的南部，这里有一大部分的赤土埔。我们将脚下的红泥烧制成红色的砖，贴在我们居住房子的墙面，铺在地上，层叠在屋顶上的筒瓦，耀眼成大片的"闽南红"。

红色是光明，是热烈，它代表喜庆、吉祥、兴旺，还可以祛凶辟邪。传说中"年"怪兽就特别怕红色，到了过年，人们以铺天盖地的红来将它驱赶。

一到年关将近，眼前总晃动着一个身着枣红色大裾衫的身影。"唐山人爱红。"祖母不止一次在我的耳边反复唠叨，逢年过节，她和母亲一定要穿上红颜色的衣服，也叮嘱我们穿衣首选红色。她不断地引导、强调，深化着后辈对于红色的喜好。

晋江的女子，一旦结了婚，就得担负起家族祭祀的重任。她们恪尽职守，忙忙碌碌。春节，你总可以在晋江大街小巷无意中邂逅一位身着通体红色服饰的女子。她们头戴红色春花，手挽红色扁篮，神色匆忙地走在祈福的路上。

春节于她们而言，是最大的年节。她们从腊月开始就陷入忙碌中。邻近年兜（大年三十），她们安排男人们将家里大大小小的门贴上火红的春联，她们则将主要阵地——灶脚（厨房）牢牢守住。炊糕、炊粿、炊芋丸，炸鱼块醋肉菜丸子……簸箕一个个地摆，一层层地将香气叠放。

她们用巧手翻飞出各种喜庆的祭品。糯米丸搓成红的，炊出的糕与粿，要盖上红色的印章。祭祀的芋头、鸡蛋得涂上红颜色。供桌上的过年饭插上一朵红色的"春枝"。水缸米桶里摆几个红枣。她们似乎不想放过任何的小细节，所有与年节相关的食品、物品一定得带着炫目的红。

年兜夜晚，全家其乐融融围炉，吃着代表团圆的年夜饭。女人们便带着全家在院子里点燃干稻草、番薯藤，长幼有序"跳火群"，让火的亮光驱走岁暮的寒气，开春崭新的生活定然红红火火。

炊糕炊粿过大年

年关一近，地处闽南沿海的晋江小城，浓烈的年节气息已然盖过了呼啸的北风。家家户户在忙碌中早忘却了寒冷的侵袭。从浸泡大米开始，到备好煮炊的用具，再把灶膛的火焰熊熊燃烧，大鼎小鼎里的水热浪翻涌，竹蒸笼里，碗糕、发糕笑逐颜开，甜粿平滑冷静，咸粿内涵丰富……

炊糕炊粿过大年，主妇们的巧手把年的氛围推到了色香味俱全的极致。喜庆的糕粿带着人们丰收的骄傲，为年节披上了一身华美的盛装。在这座留存着中原繁复飨祀的小城，糕粿在祭品中的地位仅次于"三牲"，它们成了人神之间沟通的重要媒介。人们祈愿神明赐予福祉；告知先祖，子孙何其勤奋努力。高高的供桌上，碗糕、发糕中间绽放的星星圆点，犹如神明洒落凡间的璀璨红花。足有一尺长的龟形粿，面上盖着红色印章，神秘而庄严，仿佛能借此开启穿越远古的旅程。

一敬神二敬人，结束祭拜后，这些糕粿还满足一家老小的口腹之欲。糕粿的米香、蔗糖的甜味、爆竹红烛的火气，萦绕成我们心头最难割舍的年味。如果年离了糕粿，就好比春天见不到怒放的花朵，晚宴里少了香水与美酒，断然是索然无趣的。

在我们的口中，"糕粿糕粿"，糕也是粿，粿是米食制品的一大统称。《广韵》有云：净米也，又米食也。潮且暖的小城多植水稻，由此衍生出的米食亦不少，粿就是其中之一。在这小城里，当年不知是谁第一个将米磨成粉蒸成粿，是为神明、先祖呈上最虔诚的祷告，为即将出海远行的亲人备好干粮，抑或为犒赏出征的士兵，或者只是为迎合节气糅合进草木的芬芳，以御寒祛病强身？至今仍无一个清晰的源头以作追寻。只是一味地相信，那揭开锅盖的一刹那，白色的烟雾由浓至淡，内心的愿景也渐趋明晰。粿带着大米的芬芳传递着殷殷的祝福，满载着希望，当足以抵御各种忧惧的困扰。

"三月三日采鼠曲草和粉为粿，荐祀之余。"直至清代的《晋江县志》看到相关记载，当时的晋江人早已将"鼠曲草和粉为粿"，摆上祭桌，还作为彼此间馈赠的礼物。鼠曲粿估计是粿家族中的元老了。《本草纲目》早有关于粿的记载，"取花研末，和米粉作粿，炙熟食之"，主治气喘痰鸣。农历三月三日，古代的上巳节，万物复苏，柳绿花繁，人们于河水边举行祈福祛灾的仪式。春雨刚过，顶着黄花的鼠曲草早已漫山遍野疯长。爱吃鼠曲粿的孩子们，忙着在田埂上采摘鼠曲草，田埂湿滑，一不小心从上一层田埂摔到下一层田埂，摔得满身是泥，而手中的鼠曲草却是攥紧不放。"爱吃鼠曲龟，顶（上面）丘（田埂）跌下丘，跌卡规（全）身躯……"一首有趣的闽南语歌谣从遥远的年代传唱至今，飘散着潮湿的童趣。

回到家中，鼠曲草在石臼里被捣出春天颜色的草汁，加上糖与糯米磨成的粉一起揉成团，以碾碎的芝麻花生作馅，再将面团一面压进龟形的模具，一面垫上竹叶或芭蕉叶，翻转模具，一个龟形粿就成了，接下来就上蒸笼蒸熟。龟是人们心目中延年益寿的神兽，龟仔粿寄托了人们祈福的情思。曾祖父早年在村里的街上曾经开过一家粿炊店，遗留在家中的模具仍清晰地看到完整的乌龟的形状。后来的龟仔粿，形体已经简化成椭圆的扁状，省略了龟壳的纹理和首尾四肢。

农历正月初一或初九祭拜天公，龟仔粿会被加入红色食用色素，做成红龟粿。家里有小孩四个月、周岁、十六岁，大家也都制作龟仔粿，拜祭神明，分赠亲友同享喜悦。至于小孩满月则有另外一种满月粿。满月粿呈圆形，外层是软糯白色的糯米皮，中间凸起，点上红点，里面是淡黄的豆馅，味道清甜。因其形体似乳房，我们也被称之为"猪母奶"，寓意母亲奶水充足，婴儿健康成长。

当人们提及粿，我心中总默认为龟仔粿。小时候，除了主食外，食品类别很少。逢年过节的糕粿显得分外诱人。偶有村人家有喜事分发粿，珍贵得不得了，眼巴巴地看着大人用剪刀剪成五六份，分到手上，不管不顾地就往嘴里塞。新鲜的粿黏度特别大，吃完粿，手指头和粽叶上仍是黏糊糊的，也不计较，一一啃个干干净净，但最后的残余非得大人拉去用热水才能清洗干净。

随着时间的推移，粿的种类越发繁多，聪明的人们制作出各种类型的粿以满足其余节庆的需求。按构造分，粿分有馅和没馅；以味道分甜或咸。比如，龟仔粿就是甜的有馅的；年兜的甜粿、咸粿没馅，一甜一咸。咸粿选用粳米，待到米泡足了水，一颗颗米粒饱满丰腴，将之磨成浆，取葱头、虾米、花生仁炒香，同米浆煮沸，入模，进蒸笼炊熟。甜粿用的是糯米，更软。可以切片单吃，也可滚层鸡蛋液，薄薄煎一遍，蛋衣绵柔，粿肉黏软。农历正月十五的状元丸，严格意义上也是粿的种类之一，白色的糯米皮裹着花生、芝麻馅，咬上一口，馅汁流淌，唇齿留香。端午节除了绑粽子外，一大早还要煎麦饻以补天，希望梅雨季节快快过去。农历七月普度节，将煮熟的地瓜去皮捣成泥，与糯米黑糖揉成团，炸成圆形或条状，称为"炸枣"。"七月初七七娘生"，搓糖粿，红的白的小米丸，中间戳了个凹状的点，传说用以盛放织女的相思泪。日常生活中也有各种粿的存在。妇女坐月子吃壳粿也称"姜粿"，生姜与糯米粉加酒合成，煎成粿状，可去湿寒。还有以白萝卜丝拌入的菜头粿，以芋泥为馅的芋头粿，以韭菜作料的韭菜粿。味道形体，不一而足。

地处闽南的小城生活有滋有味，各类美食应有尽有，而米食一直以来都是人们餐桌上的主食。至于节日的供桌上，人们不会忘了摆上应景的糕粿，那是再多山珍海味都也无法替代的祭品。糕粿俨然成了小城人们心目中德高望重的老者，身负使命穿行于四时节气里。平日里虽不常相见，但每次见面，都会带来一种久别重逢的热烈感动。

迎　春

"好一朵迎春花，人人都爱它。好一朵迎春花，迎来大地放光华……"若干年后，我穿梭在中国香港繁华的商场，耳边萦绕着这首曲子。繁华的都市，最浓厚的年味仿佛只回荡在同一首粤语曲子里。

特别怀念小时在闽南度过的春节。年兜夜，闽南老家古大厝里，我们把母亲房中红色的条椅搬出来，将围着红桌裙的八仙桌架上去，俗称"三界桌"，选择在大厅口的位置，透过天井，无阻拦接近天空。红蜡烛竖起，"三牲五果六味斋"摆上，红龟粿、咧嘴笑的碗糕堆起，最香的茶与最美的酒次第排开。前排正中的位置留给用红碗盛的白米饭，饭要满到像小山堆一样。饭堆的中间立着喜气洋洋的春枝——一朵连接天地的"迎春花"。

敬天祭祖是闽南春节的主题。新年的第一场祭礼，插在白米饭上的春枝犹如早春时节绽开的第一朵花蕊。

两片红色的纸张剪裁出花瓣的模样，一朵或数朵，中间插一根细长的竹篾，花蕊处缀饰一点金纸，纸面写上一个"春"字。这在闽南人和台湾人口中称为"春枝""饭春花""春花"。"春"在闽南语中与"剩""存"谐音。春枝插在米上，祈求来年花开富贵、五谷丰登。

"年，谷熟也。"来到邈远的农耕时代，劳作的农人处于一段比较尴尬的时段，但只要跨过万物凋敝、寸草不生的寒冬，便可迎来生

77

机勃勃、万象更新的春天。"牺牲既成，粢盛既洁，祭祀以时"，人们烹羊宰牛、洗净大米诚心祷告天地、先祖，寻求庇佑。偶有发现早开的花朵绽放在枯枝之上，人们欢欣鼓舞采摘来，将这春之使者作为承载美好寓意的祭品。

地处亚热带的闽南，四处繁花盛开，不用刻意寻找，花儿自然而然与你相依相伴。晋人衣冠南渡，带来了盛行于中原的簪花习俗。民风淳朴、原乡的自然信仰与图腾崇拜很普遍的闽南，很快接受且光大了这一习俗。

只是鲜花容易凋谢，于是闽南人以自身的直觉与审美趣味，创作丝线缠绕的春仔花、纸扎的春枝用来替代鲜花。用"熟花"来统称人工制作的花，以此区别称为"生花"的鲜花。待到明代，祖籍闽南的刑部右侍郎洪朝选返乡祭祖，看到色泽鲜丽的春花或插于妇人的发髻或立于祭品中，大为赞赏。闽南的民俗礼节——簪花礼似乎通过了官方认证，迅速广泛传播。

新春的供桌上，如旗帜般飘扬的春枝下面是身着枣红色大裾衫、梳着发髻别着春花的祖母。她摇摆着小脚，焚香对天祷告："天公保庇全家内外平安顺意……"全家大小，长幼有序，拈香顶礼膜拜，向着屋外拜三拜，转过身对着供桌拜三拜。"拜出去，好财气；拜进来，添丁和进财。"祖母伫立在我们身侧，不厌其烦地为每一个子孙重复颂语，一如既往地主持开春的祭礼，带领全家祈福纳祥。

每回想起祖母，我都是不由自主扬起了头，就如仰望供桌上的春枝。我几乎相信全家能在闽南老屋几十年如一日，过着似庭院月色般平静安谧生活，全赖于一次次虔诚的膜拜。

想念如花般盛开。"插起那迎春花，芬芳播千家；插起那迎春花，人人齐共欢乐下……"在通往春天的祭礼里，立于高处的灿烂鲜艳的"迎春花"，与早春的第一缕阳光相接，领着我们朝着幸福温暖的方向奔去。

来，甜一下

始于腊月止于开春农历正月十六，闽南始终胶着在一股诱人而黏稠的甜香里。

人们对甜味有种出自本能的喜爱。婴儿张口吮吸第一口母乳，尝到了人生第一种甜味，内心滋生出温暖、安全、满足的情愫。在闽南，这片依山偎海的所在，阳光与雨水充足，甘蔗在此扎根，密集成林。家乡晋江，明代商人、慈善家李五带领乡人大面积种植甘蔗，提炼蔗糖。在某一次台风倾覆糖仓之时，李五甚至意外发现了黑砂糖的制法。这黝黑的土壤历经播种收割，层层酝酿，早已甘甜成蜜。人们于是有了充裕的资本大手大脚地挥霍甜味，将蔗糖与大米、花生、水果等或揉捏或发酵，制作花样繁多的糕点、果脯，让温润而绵长的甜味渗入日常生活，特别是喜庆的日子里。

春节于闽南人来说是最隆重的节日，他们敬天祭祖，对天地、先祖表达发自肺腑的感恩之情。借助惊天动地的爆竹声，带着火焰般炽热的红，呈上"三牲五果六味斋"、鲜花、香茶、美酒作供品，他们高声颂扬天地神灵的庇佑、先祖的恩德，辞旧迎新，禳灾纳福。甜味是荡漾在这场春之颂歌中的主旋律。

炊粿炊糕过大年。起先，甜味藏在糯绵的米浆里。灶膛的火熊熊燃烧，大锅里的水沸腾了，米浆装入杯盆搁置在蒸笼上，水汽升腾，烟斜雾横。不多时，圆滚滚的甜粿、白胖胖的碗糕，挤得闽南人的灶脚（厨房）满满当当。大米的清香融合糖的甘饴从灶脚飘散，迂回曲折地熏染了整座房子，还从烟囱从门窗的缝隙跑出去，与邻里的炊烟汇聚，蒸腾出闽南年底热热闹闹的烟火气息。烹制好意头的糕粿，将之作为主祭品，甜丝丝地告慰先祖，拜祭天公，讨好各路神灵。

神灵与祖先显然是悦纳这种甜蜜的膜拜的，如若不是，日子怎么会越过越红火了？闽南人更加笃信带着甜味的祷告，自然带来蜜般的生活。

大年三十，人们照例会在家中备好"甜碟"，例如上了红漆的塑料或木制的圆或方的盘子。盘子里分成好几格，每一小格放入不同的甜味小食，糖果、蜜枣、山楂、冬瓜糖、杨梅脯……其中断不能少了三种寓意浓厚的小食。金橘糖，人们到山野中采摘酸橘子，去籽，用白糖腌制熬成。"橘"与"吉"近音，要的就是大吉大利。挑选好颗粒均匀的花生加入白砂糖、麦芽糖、糯米粉调制成糖团，用手捏制成块，油炸，美其名曰"参仁豆"。花生是闽南人的至爱，它通体可爱圆润，是多子多福的象征体。将糯米粉和面粉糅合，再拌上麦芽的糖浆，裹上糖粉下油锅炸成金黄色。小拇指长短的炸枣，胖乎乎的外形是不是和小金条特别相似，光看着就十分讨喜。

这一大盘鲜甜的糕点、果脯拜祭过天公，留待前来"贺正"（恭贺新春）的客人们品尝。而"开正"是闽南人口中的大年初一，"开"字伴着强有力起始动作。新春伊始，万象更新。把贴满春联的大门敞开，让厅堂的八仙桌上晃动的香烛涌出喜庆的红光。将客人迎进来，把欢笑和祥瑞的话语迎进来。客人一句"恭喜发财"，主人家笑意堆上了眉角，精心准备好的"蜜碟"递上去："来，甜一下！"

甜入口里，喜上心间。客人们嘴巴甜了，说出来的话语自然也带着甜味。细心的闽南人依据不同的对象，关注他们的需求，约定俗成回应不同的蜜语甜言。"呷（吃）你甜，乎（让）你趁（赚）大钱。"闽南向来有重商的传统，祝愿他生意兴隆、财源广进绝对错不了。"呷你甜，乎你新年生后生（孩子）。"碰上新婚不久的羞答答的小媳妇，亲戚朋友会真心助力，努力哦，来年为夫家开枝散叶，早生贵子。"呷你甜，乎你越来越后生（年轻）。"在和蔼可亲的长者面前，记得不吝油舌滑嘴，真诚希望他们在新的一年里，老骥伏枥，志在千里。

这盘"甜碟"霸占在每家每户的茶桌中间，直至农历正月十六才肯撤退。正月里的闽南，街头巷尾，香火氤氲，鞭炮声响。人们嘴甜如蜜，见面说一声"新年好"，道一句"恭喜发财"，换得动听的回应——"来，甜一下！"

蛇皮袋里的年味

　　小时住在闽南的乡下，年的味道其实从农历十一月底，全家迫不及待的"除尘"（年底大扫除）仪式就隐约弥散开来。家中的女人们将袖子卷得高高的，眠床橱桌、锅碗盘盆一律拉到埕（院子）的水井边彻底清洗个透。我怀疑如果大厝的红砖青石可卸载的话，估计也会被这些女人拆到埕上洗刷。

　　时间一踏入农历十二月，储备年货、杀鸡宰鸭、炊糕炊粿、炸芋头醋肉菜丸子，厨房木架的簸箕里荤的、素的，方的、圆的，红的、白的，各种香味一层一层地往上堆叠。"囝仔爱年兜，大人乱糟糟。"大人们奋不顾身地投入，小孩们因无人看管而闲散。这样的闲散让我们对闽南年尾花样百出的仪式体味更为深入。到了十岁上，经年没有更改的过年"老三篇"——祭祖、祭神、祭天，已经不能再满足一个孩童的好奇心了，有一样新鲜的事物的出现让我对春节萌生别样的情愫，如果我说它令我神魂颠倒，一点也不为过。

　　年兜日的前一晚，小小年纪的我究竟有迷迷糊糊入睡呢，还是一直都很清醒，很难说个究竟。但在早晨的四五点钟，哥哥们一手提着沉重的蛇皮袋，一手卷曲起指关节叩响了家里东侧走廊的木门。木门被触碰发出"嘭嘭嘭"细微而浑浊的声响，如闪电般颤动地穿过暗黑的深井，第一时间震动了睡在西边榉头房间的我的耳膜。

　　哥哥们的蛇皮袋里藏着我过年的新衣裳。

蛇皮袋，一种由红、白、蓝三种颜色编织而成的塑料袋，通常以红或蓝为主要底色。20 世纪 60 年代，世界上第一个蛇皮袋从香港某一个工厂诞生。而直至 20 世纪 80 年代，这种物美价廉、牢固而结实的行李袋伴着吹拂在神州大地的春风迅速风靡了整个中国。迄今为止，色泽鲜艳的蛇皮袋完全可以凭借其几十亿的销量成为中国制包史上的一个伟大的发明。在中国的汽车站、火车站，熙熙攘攘的人们或手提或用胳膊夹，沉浮在行色匆匆的旅途，蛇皮袋里满是希望满是爱意。蛇皮袋一开始就自带着前沿、时尚、富足以及温情的情感色彩，所以在 2017 年的巴黎时尚周上，你看到这样的蛇皮袋被印上奢侈品牌的标志，就不必太过讶异与惊奇了。

20 世纪 80 年代来往于香港与内地的港客是蛇皮袋的忠实拥趸，蛇皮袋是他们往返内地的必备神器。像我们闽南农村里，祖辈很早就有了下南洋打拼的习惯，我们称之为"番客"，他们曾经因为历史的原因，不能往返中国。他们留守在国内的妻子后来获政府批准前往香港。香港成了南洋番客与大陆联系的重要纽带。在他们逐渐年老时，他们在内地的子女也开始以继承父业为由获批来香港定居。

祖父很早就去了菲律宾，祖母 20 世纪 50 年代摆着小脚到的香港。父亲是 20 世纪 60 年代的大学生，在内地有正式工作，不愿放下大学生的清高来香港打工，大哥和二哥便有了机会顶替他前往香港。他们都在十八九岁去的香港。第一次高考失利的大哥，手捧着书卷默默地上厝埕准备继续奋斗，恰在此时村里的邮递员往他手上塞了前往香港的通行证。二哥天资甚高，到了高中时候，街头巷尾充斥着喇叭裤和男女难分的齐肩碎长发。母亲说可惜二哥每天只顾跟着一群狐朋狗友怀捧着录音机"嘭嚓嚓"，两次高考他都只差了那么一点点。

而背井离乡来到繁华香港，在当时人们眼中绝对是人艳人羡的一条好出路。不说别的，在内地，一个国家干部一个月下来也就二三十元的工资，同样在香港打工一个月就可以挣几千港币，何况当时一百港币可以兑换一百一十多的人民币。

到香港去！人们对香港趋之若鹜。闽南的侨户特别多，有条件的就顺理成章申请去香港，没有条件的或条件不够的也使出浑身解数创造条件奔向香港。大多数壮年男子不惜撇下娇妻幼子，当然多年后他们的妻儿也会排序后跟着来的。浩浩荡荡的南下大军充斥在香港的电子厂、服装厂，充当香港市场的主要劳力。这些生意红火的厂家每年只在春节那几天才肯匀出短暂的几天休假。远离家乡亲人的港客，每到年底都是踩着年节最紧张的节奏，乘上大巴，一路颠簸几十个小时回到闽南老家。

家无论如何是要回的，闽南有句俗语："清明不回家没祖，年兜（大年三十）不回家没某（妻子）。"在外一年的辛酸苦楚，如果可以折算成回家时的光鲜身份以及家人日渐好转的生活，到底值得。临行前，他们会奔走于香港的大小商铺，为在家乡的亲人挑选各种礼物，电器、衣物、趣致的小玩意撑大了干瘪的蛇皮袋。一个个鼓囊囊的、方正可人的蛇皮袋带着两方的情思乖巧地躲在深圳侨社开往闽南乡下的大巴车底下。

彼时的闽南乡下仍是一片干涸的土地。人们刚刚褪去蓝灰的装束，大胆敞开耳朵去欣赏所谓的靡靡之音。一个个蛇皮袋的到来，催醒并勃发了人们的审美意识。有了港客们带来的电视机可以欣赏港剧、台剧、日剧，外面的世界有多精彩我们的内心就有多骚动。返乡港客们的穿戴极具辨识度。男人们西装革履、腰板硬挺，女人们头发卷烫、洋裙合体、腰肢轻盈。

人可以这样美，人是可以毫无掩饰地追求外在美的。他们不吝将这种美与乡邻、与亲人分享。

父亲在当年是"工作人"（公务员），家里又有海外关系，是侨户。我自小过年都会有一套新衣裳，出自母亲灵巧的手。普通的衣服难不倒母亲，父亲和哥哥们的中山装剪裁复杂点，母亲会把布料拿到街上的缝纫店请师傅代为裁剪，然后将家中的缝纫机踩得刷刷作响，衣服很快就完成了。我有件咖啡色的针织喇叭裤，某一次，母亲在左裤脚上加车了只憨态可掬的小熊，自此，我对那条裤子爱不释手。虽说小时的新衣颜色单调、样式普通，但比起很多专捡哥哥姐姐穿过的衣服来穿的同龄伙伴，我已经相当骄傲了。

　　到了 20 世纪 80 年代，早年移居菲律宾、香港的亲戚开始时有回乡探亲。那些小姐姐身上的毛衣，配色鲜明、图案趣致是母亲的巧手也织不出的图案。红色的仿羊羔毛的大衣，金色的纽扣刚好在下颌处闪亮得如勋章般耀目。金属的纽扣竟然可以如此完美地缝合喜庆的红和可爱的童真。

　　幸好，我还有蛇皮袋。那时的二哥对于时尚的东西极其敏锐。他很灵敏地在香港街头女孩子们的穿着打扮中嗅到了每一年最时尚的元素。穿上他给我的衣裙、皮鞋，我便是班级里最靓丽的女孩。少女苏醒的爱美意识开启后，一点也没给耽搁。以至于几十年后，对于服饰的搭配，我仍保持一种孜孜不倦的势头。在成人拥挤的时间里，我也总要挤出些来细心斟酌玩赏年年不同的潮流意味，并视为人生不可或缺的乐趣之一。

　　我十二岁踩着自行车到家附近的镇上读中学，那里是现在闽南很有名的五店市。五店市的街市有个密集的服饰卖场，我们称之为"估衣摊"。最潮流的服饰充斥其间，衣服大都产自当年号称"小香港"的隔壁乡镇石狮。款式与我们从港台片、小卡片和挂历上看到的搔首弄姿的女明星的服饰一样，然而布料与做工就相差好多了。我和几个女同学从学校穿过小巷，在估衣摊前仰望着挂于头顶的一件件时装，垂涎欲滴。有的小伙伴父母在香港，他们会把钟爱的衣服的款式记下来，写信让父母带回家。还有个小伙伴默念着年尾在香港、澳门的表姐、堂姐应该还会把她们退下来的衣服装在蛇皮袋里带给她，那是原汁原味的港货，怎么洗都不变形也不褪色。我自然不必说了，哥哥们没让我失望过。

在等待春节来临的日子里，我因为内心有所期待而备受煎熬。听到东边榉头的木门响起亲切的回音，我会不矜持地一骨碌从床上滚下来。门打开的一刹那，父母的眼中是一路风尘阔别一年的孩子，而我因身高使得我的视线准确无误地落在他们手中的蛇皮袋上。祖母、母亲对于远行的孩子们的怜爱与不舍，全在一碗碗炖好的自家养的鸡汤和鸭汤里，也唯有春节的这几天能让她们释放与弥补对他们的爱意。而我在哥哥们进屋后开始，焦灼的眼神就没离开过蛇皮袋。在旁边听着他们絮絮叨叨一年没讲完的话，希望中途话中带着话，说到带了什么来，这时，便可顺理成章跟着哥哥们去解开蛇皮袋。

可惜解开蛇皮袋的时间往往不固定。因为哥哥们要补眠。家里的眠床对于长途跋涉的游子来说与天堂无异。因为大人们在年兜日最为繁忙，作为打下手的我，在没能解开内心关于今年春节新衣裳谜底的时候，竟是心绪全无，有时难免会被责怪心不在焉。大人们怎么能理解一个爱美的女孩焦灼不安的心情呢？一套漂亮的新衣裳，来自香港时尚前沿的新衣裳，于她而言，是堆积了一年的等待与渴望。

红色的对联已经贴满了家里大大小小的十多个门。我也已经挑水把家里的水缸加满，米缸的米被窝堆成了小山状，还往米里放了红枣和钱币，可我的蛇皮袋还没打开。我取来装满大米的陶砵，在灶神在大厅以及祖母、母亲的房间里放置"过年饭"，上面按照大人的吩咐铺满了柑橘、红色的鸡蛋、芋头、碗糕甜粿，插上了纸糊的春枝后，我去装着蛇皮袋的房间瞄了一眼，那拉链还紧锁着。大厅的八仙桌被移到靠近天井的厅口，架到两条红色的联椅上，大年初一"拜天公"的"三牲五果六味斋"也都一一摆上去了，大人竟然还没想打开行李的意思。挨到傍晚时分，年夜饭准备得差不多了，我把干稻草、地瓜藤抱到埕中间准备等会点燃让父亲与哥哥们"跳火群"……我终于听到哥哥们最为动听的叫唤。

来不及细看，我抱着新衣服、新鞋子不淡定地转身便跑，把祖母那句"唔通有衫尽穿，有钱尽用"甩得远远的。关上门，脱下旧衣，套上新衣。房间在西边的桦头，与外面的埕隔着一扇窗。埕上的稻草与地瓜藤已经被点燃，火光从窗户的小石柱的大缝隙里涌了进来，屋内镜子里外的我脸庞都是红嫩嫩的。

叶对根的情义

"晋江是一个了不起的地方，它以占福建省两百分之一的面积，连续多年创造出占全省十六分之一的 GDP（国内生产总值）。晋江经验，晋江人向来有敢为人先、爱拼敢赢的精神……沙塘同乡会自创办以来在团结乡亲、团结侨胞、服务侨胞等方面做出了很大的贡献……"中国驻菲律宾参赞兼总领事罗刚先生于今年（2018 年）的 7 月 28 日在菲律宾晋江沙塘同乡会八十二连八十三届职员就职庆典大会说出此番陈词。而我坐在马尼拉世纪酒店的会场里，耳闻时下热议的"晋江经验""晋江精神"，内心有种感情难以言说。

主席台上整齐地排列着沙塘同乡会的会员，他们一手握拳，一手执宣誓词："余谨以至诚，执行乡侨之付托，遵守本会章程与决议案，忠于职守……"他们棱角分明的轮廓，严肃而刚毅的神情，亲切而熟悉。如此场景、如此誓言，年复一年在这片异域的土地上展现。一届又一届的侨亲，他们郑重其事地发声，切实努力地履责。或许新颜换旧颜，不变的是涌动在身体里的热血和跳动着的赤诚之心。

菲律宾沙塘同乡会已有八十多年的历史。八十多年的时光冲刷，很多的记忆已然云散烟消。我只能凭借印象中的点点滴滴，模糊地将其勾连起来。

我在沙塘出生长大，自懂事起，我便知道我们有很多的亲人远在菲律宾。当时的菲律宾富庶而繁华。我们亲切地称这些亲人为"番客"。早在 20 世纪 20 年代，先祖们迫于生计，不甘于困顿，凭着一股勇气，怀着青年的憧憬，收拾最简单的行囊，光着脚由深沪海滨乘着帆船，经历个把月的海上颠簸眩昏，才抵达了菲律宾。然后，他们在这个陌生的国度开拓一条海外求生的路线。等到他们有了立锥之地，他们又无条件地为仍留在家乡的堂亲做出国商字（出国手续），带他们来到菲律宾谋生。

人数渐多后，就有热心人士开始发起组织同乡会。闽南人向来非常注重宗亲血缘关系，同根同系。于是在异域打拼的乡亲有了组织，大伙聚首一堂，抱团取暖，维持一种浓厚的乡情宗谊。在炮火纷争的年代，互相扶持倚靠。于和平年代，在商业、工业方面互相提携帮助。

经过了辛苦的打拼，侨亲们手中略有积聚，他们将目光转到了魂牵梦绕的故乡。当年离开自己的"乌篮血迹"，那方土地那些亲人永远是他们内心不舍的牵绊。

犹记得 1980 年 4 月 26 日，天下着雨，我们在学校手执鲜花、敲起锣鼓，喜迎菲律宾侨亲们的到来。王孝琼先生时任菲律宾沙塘同乡会四十二连四十三届理事长。他率观光团回乡。同乡会此行的目的是为孝琼先生昆仲六人捐建的沙塘小学若察大礼堂和其他沙塘同乡会侨亲捐建的沙塘小学校舍剪彩。他们给我们带来了崭新明亮的教室、气派宽敞的大礼堂。因为他们的到来，村里泥泞不堪的小路换成了平整的水泥路，村里的祠堂老人院篮球场修缮一新，村里甚至还建起了医院。

孝琼先生昆仲六人，排行第二的孝岁先生是菲律宾沙塘同乡会的永久名誉董事长。其父亲若察先生是积极创建菲律宾沙塘同乡会的乡贤之一。20 世纪 20 年代，若察先生意识到教育对开启民智的重要性，便多方奔走，集资修建了沙塘小学新校舍，结束了小学校址依托村祠堂的情况。若察先生往返于中菲两地，他组织同乡会侨亲，一同担负起了学校的开支事宜。自 20 世纪 50 年代开始,孝岁、孝琼家族关注祖国家乡的公益,捐资巨款用于家乡的教育和医疗卫生方面的建设。自中菲建交后开始,晋江的菲律宾侨亲们频繁地回乡探亲。贫瘠的家乡百废待兴,他们慷慨解囊,为建设美好家园不遗余力。他们带来国内紧缺的资金、技术、人才和先进的管理经验,带动了晋江经济的对外开放与发展。

老一辈对于家乡的关切与奉献精神一代一代传承下来。此届大会主席、同乡会名誉理事长王志钦先生和新一任理事长王来法先生都是青年才俊,秉承着先辈爱拼敢赢的精神,在异域奋斗出一片天地。他们继续前辈热心公益的情怀,在会上他们诚挚地感谢乡贤们的支持和社团前辈的悉心指导,感恩历届理事长以奋勇开拓的精神推动同乡会发展,表示愿意积极凝聚全体乡亲们的力量,努力使同乡会会务蒸蒸日上。王来法先生身兼旅菲校友会联合会暨菲律宾校友联总商会主席,近年来频繁地组织菲律宾校友回国交流,为促进中菲文化的交流而奔走。正是这种无私奉献的精神在同乡会里生生不息。

"以包容理解之心维护家庭,以团结合作之心服务组织,以无私奉献之心帮助社会,以饮水思源之心维护沙塘。"会场上八十七岁高龄的李淑敏女士深情地表达自己对于社会、对于家乡的情感。淑敏女士是孝琼先生的夫人,曾任菲律宾宋庆龄基金会会长、菲律宾侨中学院董事长、菲华妇女会会长,尽管年事已高,但仍活跃在中菲的公益圈内,特别致力于菲国的华文推广活动。

如今,晋江旅居海外的华人、华侨近两百万人,以菲律宾为最。2018 年,适逢改革开放四十年,在我们引以为傲的"晋江奇迹""晋江经验"的背后,离不开海外侨亲们的奉献与努力。晋江人无论走到哪里,他们的骨血里永远流淌着奋进拼搏的因子。他们将"晋江精神"撒播在异域的土地上,开花结果。枝繁叶茂,树高千尺,始终不能忘却的是脚下的根。

学贤之道　报国效乡

　　王孝岁（1918—2002 年），晋江沙塘人氏，菲律宾"油漆大王"，曾任菲律宾华侨总商会副会长、菲律宾晋江沙塘同乡会永久名誉会长，获福建省人民政府授予"乐育英才""兴医利民"等奖匾。

　　孝岁先生 1918 年出生于晋江新塘街道沙塘社区，是乡贤若察先生次子。若察先生，系当年名闻泉州南门外的"老大"（闽南语中为乡邻排解纷争的人）。若察先生常慨叹生逢乱世，不能披甲执锐为国效力，唯愿尽一己之力弥补政治之不足。

　　孝岁先生十三岁跟随父亲前往菲律宾。在铁匠铺里，他从学徒开始做起。他刻苦耐劳，敏而好学，令师傅刮目相看。不久，他凭借实力将小铁铺变成了大铁厂。他并不满足于此，引进先进的技术设备，成立了油漆公司，制造建筑漆、车漆、船漆等一切工业漆。油漆供不应求，销量雄居菲律宾首位，并大量销往欧美、东南亚地区，成了菲律宾鼎鼎有名的"油漆大王"。

　　孝岁先生的父亲坦荡磊落、赤诚为民，备受乡亲敬仰，常以"学贤之道，报国效乡"的道理教诲他。孝岁先生一直将父亲视为道德典范，早立宏志，将来若有寸进，定要报效祖国家乡。1976 年中菲建交之际，他顶住压力，与五弟孝酒先生迎接祖国使节来菲，增设完善使馆。1976 年周总理去世，他主持在菲华总商会楼上降半旗活动，吊唁纪念总理。1987 年，祖国东北大兴安岭森林火灾，他首捐四百五十万元巨资，带动旅菲华侨募捐。

中华人民共和国成立时，孝岁先生经过多年苦心经营，已有所积蓄。自 1950 年，他开始为沙塘小学捐资办学。1977—1979 年，他独资二百五十万元捐建了一座面积三千多平方米的沙塘学校大礼堂及内部设备。罗山医院、沙塘幼儿园中心大楼、沙塘小学奖教基金等项目都在他的捐赠下建立起来。他慷慨解囊在厦门、泉州等地兴办公益事业，他与他的六弟孝琼先生在厦门双十中学、泉州华侨大学、泉州黎明大学等学校设立教育基金会。1996 年，他捐资兴建泉州师范若察礼堂大楼和泉州幼师柯银娘图书楼。从 20 世纪 50 年代起至 2002 年 2 月，他在祖国家乡兴办公益事业捐款已达两千三百多万元，在侨乡树立了爱国爱乡的典范。

孝岁先生于国内外拥有崇高威望。福建省人民政府和泉州市人民政府多次对他以及他的家族进行嘉奖。同时，他多次得到国家领导人接见及受邀参加国庆大典。

"王"与他爱的王国

王孝琼（1929—2001 年），晋江市新塘街道沙塘人，旅菲爱国侨领，王琼基金会董事长。

孝琼先生 1929 年出生于晋江沙塘。昆仲六人，排行第六。孝琼先生的英文名字为 KING ONG，朋友们都羡慕地说，他的名字将中英文的"王"都给占了。现实中这位"王"性格内向，为人低调。少言寡语的他内心自有他构建的爱的王国。

他三岁时，家中突发变故，父亲去世。他九岁时离开家乡，随其兄长孝岁先生（著名侨领）到菲律宾。他与二哥王孝岁先生合作的世纪化学产品有限公司、太平洋铁业有限公司等，所生产的油漆和化工原料热销菲律宾市场、远销欧美。

孝琼先生年轻时专注打拼事业，直至三十二岁方与菲律宾华侨二代李淑敏女士结婚。李淑敏女士原籍厦门，温文尔雅、知书达理。夫妻俩热心公益，在菲律宾华侨中可谓赫赫有名。早在 20 世纪 80 年代开始，在孝琼先生所学习过的中正学校及侨中学院等学校设立菲律宾王琼教育基金，资助家境贫寒的学生完成学业。

孝琼先生担任过菲律宾晋江沙塘同乡会四十二连四十三届理事长。任职期间，其于 1980 年 4 月间率菲律宾沙塘同乡会成员回国观光，为他们兄弟捐建的若察大礼堂以及同乡会侨亲捐建的沙塘小学校舍剪彩。犹记得 20 世纪 80 年代初期，晋江仍处于百废待兴的阶段，侨亲们的慷慨解囊，切实改变了学校及村庄简陋的状况。孝琼先生在剪彩仪式上深情地提及："希望大家共同为创建家乡的美好家园，为繁荣家乡的教育事业而努力。"一番赤子情怀令人感动。

20世纪40年代，孝琼先生就读于厦门双十中学，他一向以厦门双十校友身份而感到荣幸。20世纪90年代，他为厦门双十中学捐赠一百万元港币作为教育基金。后期他又在泉州捐建了泉州幼师图书馆。他还在泉州师范学院、黎明大学等设立奖教基金。

一直以来，他默默地将教育公益作为他一生中最重要的一件事来做。2001年，孝琼先生在菲律宾去世。去世前，他仍念念不忘捐资助学的事。他立下了一份遗嘱，再三交代家人要将助学的事业一代一代坚持下去。在他去世后，夫人李淑敏女士依然活跃在中菲的各大教育公益活动中。

关注教育的慈爱人生

李淑敏（1932—　），祖籍厦门，曾任菲律宾宋庆龄基金会会长、菲华妇女会会长、菲华各界联合会理事、菲律宾中国和平统一促进会财政主任，现任菲律宾侨中学院董事长。

"以包容理解之心维护家庭，以团结合作之心服务组织，以无私奉献之心帮助社会，以饮水思源之心维护沙塘。"在刚刚结束的菲律宾沙塘同乡会第八十二连八十三届职员就职庆典大会上，八十七岁高龄的李淑敏女士做此番演说。

李淑敏是晋江新塘街道沙塘社区旅菲爱国侨领王孝琼的夫人。她的演说词所提及的几点人生要义，正是对她一直以来身体力行的凝练概括。

李淑敏有一个美满幸福的家庭，母慈子孝。她极重视子女的教育。她认为在孩子的成长过程中，母亲起着关键的作用。在四个子女教育过程中，她亲力亲为。待到孩子们长大自由发展后，李淑敏立足于家族的慈善事业全身心投入社会公益工作中。

她倾注大量的心血在教育事业上，特别是菲律宾华文的推广方面。菲律宾侨中学院是菲律宾首个也是历史最长的华文学校，荣获中华人民共和国国务院颁发的"华文教育示范学校"称号。身为菲律宾侨中学院的董事长，她率先垂范，于20世纪80年代初期设立王琼教育基金会，分别在菲律宾侨中学院总校、分校和中西、中正、崇德等学校设立奖学金，受其资助的学生不计其数。为了弘扬中华文化，使菲律宾华人后裔不忘祖（籍）国的语言，她积极参与或举办各类中菲少儿文化交流活动，培养华文教师。她热切地期盼菲律宾华文教育的春天早日到来。

担任菲律宾宋庆龄基金会会长期间，她带领会员将爱心播撒到菲律宾各地的老人院、孤儿院和残障学校。身为菲华妇女会会长，她切实开展了许多实际工作，关注菲律宾的孤寡老人，筹建老人院，希望老有所养。

李淑敏的先生孝琼及其家族，几十年来热心祖国公益事业，捐资办学。王琼教育基金在厦门双十中学、黎明大学、泉州师范学院等都设立奖教基金。李淑敏延续了孝琼家族的传统美德，继续热心关注家乡的教育事业。

虽是土生土长的菲律宾华侨子弟，她却能讲一口流利的普通话。她为人爽朗和蔼，湖蓝色的眼眸时常散发着沉静的温暖，年近九旬依然活跃在菲律宾各大公益活动中。

问及她做慈善的感受，她以"欢喜"二字回应，以欢喜之心做慈善之事，朴实的言语自有深远厚重的内涵。"莫道桑榆晚，为霞尚满天"，咱厝的好媳妇李淑敏用她的努力演绎着女性的典范人生。

一封家书

母亲大人：

如晤！

分别至今已有数月之久，甚是想念，愿母亲大人幸福安康！

城里的月色要待到嘈杂的人们愿意入睡，才能静下来。我是失眠了，不期许而记忆仍随月色而至。小时候的乡村不必等到夜深，皎洁的月光泼洒下来，沉寂了四野。我将埕上的稻谷扫成一堆，要将它们和月光一起掖进透明的塑料膜里。埕西侧的水井旁，父亲正就着井水清洗。我隐约听到你们的言谈。父亲说了一句："做人要'清气相'。"待父亲折身进了屋子，我低头悄悄地笑着对您说："清气？我看父亲挺褴褛（邋遢之意）。"您笑着摸了摸我的头："没大没小，你还不懂呐。"

我怎么就不懂呢？清气不就是我们的闽南语干净的意思吗。可我看父亲总是黑头黑脸的进门，有时手上脚上还沾着未清洗干净的泥巴。父亲是 20 世纪 60 年代令人羡慕的大学生，却与土地打了一辈子交道。记忆里父亲总在乡下指导工作。涵口姨婆家的表舅还在念叨着父亲那辆"莱利"自行车。他趁着父亲中午到他家休息时，把车推出去学着骑。时而车把歪了，时而车胎瘪了，父亲也不气恼，呵呵一笑，只要孩子没事就好。

父亲向来是口拙木讷，以至于让人感觉他不够伟岸。成长在特殊

97

年代的父亲对于生活敬畏而沉默。就在今晚，我打开了那个上了红漆的小木箱，在月色下翻阅着父亲的生平，相片、日记、一枚金色的农业部的农业推广奖章，十多张泉州市、晋江县的农业工作先进积极分子的奖状。这些荣誉在木箱里静静地躺着，一如父亲禁闭的双唇。

　　每当遇见乡邻，"呵呵"见面之余，他们照例会提及父亲："你父亲太'古意'了。"我是厌倦了这样的敷衍，"古意"的潜台词意蕴丰富，"古意"即老实。感叹一个人老实的言下之意，大概会可惜这个人游离于一般世俗的标准之外。父亲身上所散发的来自他最亲近的土地的朴实的确很难攀上某些世俗界定的高度。对于父亲的认知我是模糊且不确定的。我一直有些抵触亲朋中关于父亲形象的定义。他应该还有潜藏在岁月里的另一份真实。

　　直至我遇到了祥，他曾经在镇里工作过。我们谈及过往，很自然扯到了父亲。"你父亲经常来办公室找我，找我要东西。"这个说法有些新奇，我一直不知道父亲真正喜欢什么。柜子里有新衣服他也不会主动去取来穿，临出门就到院子的晾衣架上扯上一件外衣披上。除了可以令他日夜颠倒观看的足球赛，以及手中那根烟卷外，其他的吃穿用度上他就一句"知足常乐"便忽略而去。他退休后在村里当了个村支书。他究竟找镇里的领导要什么？祥看着我疑惑不解的样子，笑着说："他老来我这里探听有什么利好政策给村民的。"

　　我不禁哑然失笑，我千转百回的心思里一时误以为我会发现另外一个父亲。后来，我去探望小学的班主任，班主任也提及不久前我们同村的几个来她家小坐，他们还在感叹如果多几个像父亲那样没有私心，心里盘算的都是怎样为村民们谋利的支书，那么村里头可就不愁不发展了。他们两人都让我对父亲的认知又往清晰的方向推进了一层。

　　后来，母亲您在不经意间还原了那一个夜色阑珊的夜晚的情景。包工头要说服父亲和他一起在新建的镇医院门口建一排店面，用以私人收租。父亲没答应。那医院是他菲律宾的叔叔捐建的，作为侄子怎能惦念一己之私，那岂不坏了叔叔的名声？

做人要清气。何谓清气？"高飞兮安翔，乘清气兮御阴阳"，清气乃天空中清明之气。"崇情符远迹，清气溢素襟"，清气更是一种光明正大之气。如果人正如庄周所说，原不过是涌动于世间的一股气，忽而有了人形，继而又回去了，那么父亲应该就是茫茫人世中，一股小小的细流，朴实而清澈。这股扑面而来的清新直接传承于曾祖父和叔父们，直至我们这一辈，我想都会默默地延续下去。

今晚就着月光写下片言只语，纸短情长。念远在香港的母亲，在秋风渐起的日子，多加减衣物为盼。

祈安

女儿：燕婷　敬上

2018 年 8 月 8 日

爱，要扣半分

小学时，挺幸运的。村里的小学创办于 1905 年，是镇上的中心小学。碰上了很好的语文老师，她从正规师范院校毕业，又当我们的班主任，从小学一年级一直跟我们到五年级。

小时候，世界只给我们打开一个狭窄且封闭的通道，我们跳跳皮筋、扔扔沙包已经倍感满足。新奇的电视机很吸引人，然而老师不同意我们看。这样也好，我们可以心无旁骛地学习。王老师废寝忘食地教，我们起早摸黑地学。就两门课程，埋头苦读，埋头苦背，效果相当好。三年级我们班包括我在内的三位同学参加县里头的拼音比赛获得了个人一、二、四名，团体第一名的成绩。小升初考试，我们班囊括了镇上的前六名。

我们班的语文、数学成绩，在一二年级时总是大多数人考满分。到了三四年级，我们的数学成绩开始有所起伏，却依然在语文科上保持强劲的势头。三年级开始，王老师常莫名其妙地扣掉我们半分，即便我们卷面上全答对。大家委屈不解，身为班长，我得为大家讨份公道。我拿着试卷问王老师，可王老师反过来会问我："你觉得老师对你们好不好？"这点我们心知肚明。"对你们好，就得扣半分。"这样的回答，有点晕眩。"扣半分"与"好"之间的关联与冲突，显然不是那个年龄的我们所能参透的。

那时，老师身边带着两个幼小的儿子。小儿子调皮，长得粉嫩逗人。村里和学校的人特爱逗他，拿着一分钱戏谑："来，叫声爸爸。"小儿子自然喊得响亮，得来了一分钱就去小卖部买零食。一个人的精力有限，王老师因为忙着给我们扣半分，有时候根本就顾不上自家的小孩。

因为被扣了半分，试卷发到手上，我们都仔细去斟酌、反复去揣摩。拼音、词语义、短语的结构、句子的成分……所有与语文相关的基础知识均被我们打磨得极为精细。因为扣半分，我们逐渐懂得了"月满则亏，水满则溢"，学会了如何虚心以待。也因为这半分，我们中间很多同学学有所成。

你快乐，所以你快乐

当年的"六一"节，我们是跑着过的。

一大早，学校的广播唱得比谁都欢。大礼堂挂起了红色横幅：某某小学庆祝"六一"暨第某届田径运动会。操场上黄土飞扬，新刷出的雪白的起跑线前，我们把纸制的号码牌别在胸口，挽起裤管，光着的脚丫，飞快地奔跑。

奔跑啊，因为赛道两旁挤满注视的目光。一年四季里，村里头不灼烧在香火里却依然热闹非凡的节日恐怕就是"六一"节了。还不到农忙时节，学校又在村里头，大人们闲着也是闲着，便结伴赶来为孩子们加油助威。平日里，他们总是忙，顾不上来学校走走。我们得抖擞精神，想跑出点什么给他们看看。

奔跑啊，为令我们垂涎三尺的奖品：金灿灿的奖状、黄色的搪瓷口杯、白色的小背心、本子铅笔、搪瓷口杯、小背心的左胸口，照例或烤或印上一圈字，闪烁傲骄的光芒。我们一直是如此诚挚与认真，要"好好学习天天向上"，更要"五讲四美三热爱"。我们一板一眼地做着体操，胳膊该伸直就伸直，腿能踢到胸脯上，腰弯九十度绝不会停在六十度上。学校广播里的每首曲子，我们都唱到心里头去："小嘛小儿郎，背着那书包上学堂，不怕太阳晒不怕那风雨打，只怕先生骂我懒哟，没有那学问，无颜见爹娘……"

汗湿湿的双手骄傲地捧着奖状奖品飞奔入门，我们欣喜于父母微微上扬的嘴角。到 20 世纪 80 年代，过年的时候父母已经舍得给我们买新鞋子、新衣裳，至于"六一"节，他们却从未意识到需要送礼物给我们。"六一"节里所有的奖品、礼物不都在学校吗？只要你足够优秀，只要你努力，让自己奔跑起来，那些当时来说价格不菲的口杯、背心可就是你的了。

就这样，你不服我我不输你，我们跑啊跑，跑完了属于我们的"六一"节。有一天，我们有了孩子，"六一"节就属于他们的了。

"跑起来，就像我们当年那样。""六一"节，我们显得比他们还激动。在奔跑的过程中，去尝尽憋屈与快乐。跑在后头，眼里尽是背影，饱吸着扬起的粉尘，那种压抑会召唤着你加紧步伐。终于你拼命地跑到了前头，那里充满欢呼与掌声，胸口碰触红线的一刹那，内心涌动的快乐与冲过终点线的脚步一样，停都停不下来。

可是为什么要跑呢？我们的孩子，他们想不通。学校的"六一"节没有运动会，有各种趣致的小游戏，你可以轻松地玩完它，然后去领一袋零食。然而这些零食对他们而言毫无诱惑力可言。他们是我们的掌中宝，很多东西得来太容易，他们会不屑一顾。至于某些荣誉，需要历经艰难而得到的，他们显然缺乏耐性。

"六一"节似乎又成了我们的节日，我们要费尽心思希望他们快乐起来。身边不时聒噪一句话："别让你的孩子输在起跑线上！"当年的起跑线是画在操场上的，我们拼的是汗水。如今刷起跑线的笔怎么一下子推到了我们手上？孩子从哪里跑、怎么跑，倒成了考验我们的难题。我们必须折腾自己，否则不免惶恐不安。我们为不能给他们一个快乐的"六一"而心怀愧疚。而这样的焦虑，我们的孩子未必能体会到。

今天，孩子们，在属于你们的节日里，不如让我们一起跑起来，一起去体验真实而强烈的快乐。奔跑起来，真心希望你快乐，所以你快乐。

"癫" 与 "捡"

"看书是好，但不能书癫。"我知道母亲话里有话。父亲喜欢读书。晨起，卷一根烟草，半倚眠床堵，左手香烟右手书，慵懒幸福的生活由此开始。父亲做事循规蹈矩、小心谨慎，遇事喜欢上纲上线，理由皆为"书上说的"。这种冥顽不化的生活态度，让学历没他高的母亲有点瞧不起。"书癫！"母亲边摇头边碎碎念。

母亲也会看书，每年她都会到村里的邮局订些报纸、杂志，寻得一些闲暇的时间看看。她会说："捡几招。"往书报里学几招，关于阅读，母亲务实了许多。她从书中去"捡"，"捡"人生经验，"捡"生活小窍门。物物而不物于物，尽信书不如无书。

朴实的父母从小带给我关于书籍阅读的概念，一个注重于精神愉悦，另一个更倾向于物质的实用性。小时候哪有什么书可看，逮到有文字的东西便津津有味看个不停，后发现书籍的确堪比美食。中学时，琼瑶的言情小说、金庸的武侠小说，如潮水般涌来。言情的也好武侠也罢，我一致只见里面缠绵悱恻的爱情。我"癫"的程度并不亚于父亲。满怀的少女梦，将去世俗烟火气息的爱情视为人生的通俗境界，不去"捡"，文字就是温床，你难以脱身。

时光如一把大手将我漂浮的脚后跟扯回到地面。为人妻为人母的忙碌与甜蜜、烦恼相伴，内心对书籍对于文字的喜好却仍是执着不变的。倒也没有到"一日不读书便面目可憎"的地步，但只要一有空闲我都会随手拿起杂志或书来。家里的书桌、床头、沙发上到处趴着我看了一半的书。居有书，行亦有书。支付宝为我总结 2017 年的关键词为"远方"。走到哪里，吸引我眼光的必定是书。飞机上的空港杂志成了疗救枯燥旅途的良药，空港杂志的水平一直都在与时俱进，而动车站的杂志铺则渐为餐饮店代替。

看的书大半为散文类的书籍，我喜欢贾平凹散文的厚重、蒋勋文字的轻盈，沉浸于林清玄澄澈的表述中，也倾慕周晓枫构建散文的独特形式。后来动笔写文字，有意识地去啃一些哲学类的书籍以增强自己思维的逻辑性，抱着《第二性》看得云里雾里，关注了许多文学创作方面的微信公众号，仔细地揣摩每一篇文章。

如此看来，骨子里我更倾向于母亲的"捡"，仍是一个理性的阅读者。时至今日，网络的发达，虚拟网络里铺天盖地的文章汹涌来袭，轻盈便利碎片式的阅读成了人们热衷的阅读形式，早已习惯于传统阅读方式的我们，不得不说又是一个不小的考验。某次，我将一名牌大学的美女教授关于自信、幸福的文章转发给念大学的儿子，手机屏幕立马弹出："何不食肉糜？"接着大肆吐槽美女教授所谓的幸福观并不适用于拍打在生活洪流中的普通百姓。

网络是我们母子交流的重要平台，我常自作多情地发些鸡汤文章给他，他也会发些尖锐的时评文章给我。沉浮在阅读信息空前繁多的时代，喜欢阅读历史有自己思考方式的儿子，在阅读方面的选择上，比起我们上几代人来说显得从容、清醒。

的确如此，网络里许多文章或带着强烈的主观色彩，或在转发的过程被肢解、被更改，不放开眼光，像鲁迅先生那样大喊一声"拿来"，恐怕真要陷入偏执的"癫"的泥沼里去了。

两个人的自由行

　　酝酿了一个晚上的睡意，就在飞机往下俯冲的那一刻，从脚底开始席卷全身。飞机着陆的冲劲，一下子把昏昏欲睡的我彻底摇醒了。

　　穿过天桥，我们在地铁购票窗口前陷入了交错复杂的线路网中。母子俩的日本之行由互相埋怨开始。我怪儿子没有做好攻略，儿子辩解那攻略书里的蜘蛛网线路根本无从下手。幸好，他记得天桥下有到心斋桥的大巴。坐大巴其实也是一个好选择，上了车尽管闭眼睡觉不必担心坐过站。

　　日本是一个岛国，沿海公路的风景和闽南有极其相似的地方，公路沿线疾驰而过泉州池店银行的牌子，令儿子扑哧笑出了声，终于舒展了刚才因计较绷紧的苦瓜脸，旅途的轻松愉快算找到了一个起点。

　　自由行最大的不便就在于出行上。如果想通过问路的方式解决在日本是行不通的。还好出行的第二天，脚踏了实地，儿子迅速从方向的迷茫中解脱出来，接下来五六天的出行路线都由他一手包办解决。我寻找路线的能力根本比不上年轻的他。以前平日总担忧他到陌生的地方找不到北，这下看来找不到北的那个是我。

　　也因为没有既定的出游路线，两代人可以依据各自的喜好分头行动。我在心斋桥的购物街上沉浮，他到大阪去转悠。回到酒店，我整理我的战利品，他唠叨在大阪的所见。从丰田秀吉讲到中国草根出身的刘邦，从日本的明治维新到晚清的戊戌变法，我一路聆听，内心生发诸多感慨。小学到中学，我的关注点一直仅在于他的成绩，计较他不够专心、不够勤奋，从来不去过问他究竟学到了什么。在苛求中冲突，彼此颓丧直至谅解，且不断往复循环着整个过程，为此浪费了不少精力。

第三天，我们来到了京都。大学同学在京都，他帮联系了一家民宿。一个围着木栅栏的小院，木质结构的低矮建筑，长满西红柿的藤蔓、日式的榻榻米、低垂的竹帘，还有两只长着探照灯眼睛的猫咪，一黑一白。大学时的帅哥已然长成了日本大叔，脸上少了年少的灿烂而多了份沉默与拘谨。在京都的灰与白的色彩中，儿子很快厌倦了寺院的雷同。他宁可在榻榻米上睡到太阳高高挂起，京都在白天也是分外宁静，难得能在假期放纵一下自己的睡眠。而我一直处于对旅游的传统焦虑里，不远千里而来把时间耗在睡眠中委实罪过。每天，如同完成任务般将所谓必游的景点一个个走过去，追逐得身心疲惫。回到院子，看着坐在蒲垫上发呆的儿子竟然有点羡慕。

自由地出行，离开复制粘贴的导游词，一座城市对你来讲是全新的。带着自己的觉知一点点地去接近、去认识它，从熟悉一个城市的交通开始，透过山水，穿过小巷，感触城市的脉搏。至于与孩子出行，置身在崭新的环境中，没有"经验"这个"导游"在作祟，对于日新月异的世界探寻里，你累积的年龄并不占优势。自己平常犯的错误在出行中可能被放大，身处异乡的母子俩更容易在妥协中找到平衡点，缓解平日关系中的紧张。

有时间带着孩子出去走走，一趟不需要导游的自由行。在磨炼中，不仅能收获一座城市，还能拆卸自己以往生活中某些固执，对于生活对于孩子的认知突然有了一个全新视角。

我爱刘小姐

刘小姐和我第一次见面就在我眼前流泪了。

刘小姐不是我的朋友，之前也不认识。深圳一般尊称女士为"小姐"，在"小姐"前冠上相应的姓氏；喊男士为"某生"，男性工程师为"某工"。她家的公司和三哥的在同一工业区，做同一行，他们很早就认识了。通常，哥哥的女性朋友很容易成为妹妹的闺蜜。我们刚认识那天，得知又是同龄，一时有相见恨晚的感觉。

已到中午时分，我们在深圳福田口岸边上的一栋大楼下寻了一家韩国菜馆吃饭。她烫了一个韩味浓厚的短卷发，五官精致，中等身材。"到了饭点，我无论多忙都要放下手中的活来吃饭。"她说着，口里不停地吃菜，"别怕胖，我平日里都做运动，运动不是为了减肥，倒是为了吃多点。"

女人聊着聊着，自然就聊到了孩子身上。她有两个女儿，老大十六岁，老二才六岁。说起大女儿她一脸的骄傲。大女儿喜欢动漫、喜欢看书，曾经在路上为一位老奶奶遮伞。年迈的老人家在雨中手提东西极为狼狈，大女儿叮嘱她以后出门小心。临别时老奶奶请求抱一抱女孩。说着说着，刘小姐的眼眶开始泛红，女儿当时回家表述过程时，同样一眶泪水。

深圳于我而言是座有缘无分的城市。我一直关注着它，目睹它日新月异的变化。我在香港机场碰到一大帮去英国游学归来的深圳孩子，一边等待行李，一边就着传输带玩得不亦乐乎，喧哗嬉戏。生活在飞速前进的城市里，孩子们已经习惯大声嚷叫，以便听到彼此的声音。而这城市的老人绝不是为了颐养天年而来的，他们大都肩负着照顾子孙的重任，忙碌孤独是一种常态。行色匆匆的都市，有谁愿为一位老人停下他的脚步呢？

匆匆一别后，我们互加了微信。偶尔会有一搭没一搭地讲讲话。她告诉我她现在每周打三次羽毛球，天天坚持练瑜伽，有时时间还安排不过来，就在办公室里练。起初员工进来看见了，觉得怪异。后来，他们默默地拿文件进来，又默默低头退了出去。她写日记记录两个女儿生活的点点滴滴。"嘿嘿，到她们结婚时，好好拿日记敲诈一下女婿们。"多么居心叵测的丈母娘啊。

她的大女儿今年3月去东京留学。她已经答应女儿为她付第一年的学费。不料第二个月，大女儿开始去找工作，将学习与生活安排得井井有条。一个月固定买两次鲜花，东京的花品种多姿态颜色各异。在宿舍里放置了一个小鱼缸，养了几条鱼。为自己做饭，牛肉炒青椒、香焖豆腐……每个菜做得很精致，又佐以绿色葱花或红色辣椒点缀。刘小姐把图片一张一张弹给我看，迫不及待，速度飞快。

小女儿现在上一所私立小学，为了方便她上下学，刘小姐在学校附近找了间房子。"房子旺丁又旺财。"刘小姐不无得意地在微信上敲下这些文字。旺财这事我能理解，在商言商，商人们特别讲究这个。至于"旺丁"这件事，就有点懵。且不说，这个年龄上的我已经在憧憬规划我的老年生活，而同龄的刘小姐竟然说她还在准备三胎，关键问题还在于她的韩国先生已经六十几岁了。"人就得跟时间赛跑。"想着刘小姐的话，特别意味深长。我得对刘小姐真诚地表达一下我的崇拜之情。

长着酒窝的闹哥

闹哥我得称他"师兄"。大伙则称呼他"那个"。家乡在海边,海边有种通体柔软的鱼,名字叫起来就如喊"那个"。后来才明白大家其实是称他"老高"。老高喊人时,中气十足,声音嘹亮。比如他喊我"小师妹",重音就放在"小"上面,后面两个字渐弱。因此大家有样学样,跟着他的节奏回喊他的名字,老高就成了"闹哥"了。

"闹哥"这个外号倒也挺适合他。闹哥个头身材都长得中规中矩,五官显得秀气带着点古典美,幸好皮肤较黑,刚与柔平衡得恰到好处。酒窝是闹哥脸上的重点。一般人的酒窝长在两颊,可他的偏偏长在靠近嘴角的位置,左右极对称又极深,一皱眉一说话,那酒窝一下子跳出了脸部的拘囿,闪动在空气之中。闹哥平常总是一脸严肃,但只要脸上一有肌肉颤动,嘴角边的两个酒窝立马天真地出卖了他,脸上无论如何也是一片喜气。闽南语里酒窝为"酒窟",我们这里人都说有"酒窟"的人特会喝酒,闹哥的确会喝还会闹。

有闹哥的酒局通常非常热闹。闽南人的酒局少不了"五魁七窍"划拳助兴,大伙大幅度挥动着手臂,口中高喊着酒令,觥筹交错间自有一种俗世极乐的况味。土生土长的闽南闹哥也爱划拳。划拳时的闹哥,往往先会在姿势上有所铺垫。首先站姿甚为威武,左右脚分开大概一步的距离,双膝微曲,左手握拳,右手掌心向上,五指合拢,掌心留有一个碗的空隙。"来搁!"每回看到闹哥这副挑衅者的架势,即联想起《荆轲刺秦王》里的壮士樊於期，偏袒扼腕，仰天长叹。我常说师兄要不我给你配唱一段"风萧萧兮易水寒"吧。划拳时，闹哥神情专注，略带侵略性地喊着行酒令，嘴巴一张一翕，两酒窝随着酒令有节奏地扑闪，犹如闪烁于夜幕中繁星，画面太美不敢看。

闽南人划拳有几重境界：第一重，你划我喝；第二重，我划我喝；第三重，我划你喝。闹哥从来就是我划我喝的人。有时看不过去，我自觉要替他喝，闹哥一甩头："笑笑死。"随后，头一昂，一大杯酒就不经口腔，直接从喉咙灌了进去。然后右手一伸，对着与他划拳的人说道："来搁!"这种视死如归的气势之下，闹哥划拳还是赢多而输少。况且他属于能喝愿喝那一类，所以划拳大伙还是喜欢跟着闹哥同一"国"。

当然，闹哥如此奋不顾身地划拳，喝麻的概率相当高。喝麻了的闹哥也就闹不起来，闹不起的酒局也就开始安静下来。他会躲在僻静处，脑袋低垂，一声不吭，两个酒窝蔫蔫的。不过，不到一盏茶的工夫，闹哥满血复活开始闹腾，"来来来……"闹哥最看不惯一大帮人静处无趣。大伙在一起开心最重要。闹哥自觉把活跃气氛的重担挑在身上。于是乎，大伙继续把酒言欢。最后，杯盘狼藉，兴尽晚归。

有酒窝而一脸喜气的闹哥也不是没烦恼的，他常感叹做人好累，这世道要谁都高兴，谁都不能辜负，能不累吗？

当五店市遇上人字拖

海角有座五店市。五店市有座石鼓山，石鼓山上有座石鼓庙。石鼓庙的近旁紧挨着一所学校。学校迎来送往一群群青春飞扬的孩子。当年爱上人字拖的我们，在这里笑过，哭过，闹过，爱过，也恨过。

山前的风吹起我们白色的裙裾，我们风情万种地趿着人字拖经过教室前，一排男生靠在教室外墙上，本来是眯起眼睛怡然自得地对着阳光的，一听到我们拖鞋的踏踏声，便不自在，推搡着，你捏我一下，我捶你一下，大声地骂着放肆地笑着，原本整饬的队伍扭捏变形，画面开始复杂、活色而生香。空气里弥漫着浓浓的荷尔蒙味道。我们是一群骄傲的公主，步履欢快、身姿绰约，性感的意味从裸露的脚踝处，不断升腾，直至把每根飘飞的发丝燃遍。我们用眼角的余光轻轻扫过他们，轻蔑于他们的小把戏，嘴角那一抹浅笑是心中暗自的得意，人字拖在地上摩擦出更剧烈的声响，摇晃着从他们眼前穿过，从他们的心中狠狠踏过……

再也没有谁能在五店市趿着人字拖把岁月摇曳成如此青春的模样。

写诗！写诗！

即便是高三，我们仍在写诗。20世纪80年代开始，中国掀起了一股写诗的热潮，改革开放带来精神的解放，人们复苏的激情不可遏制地荡漾在诗歌里。五店市这个小镇也在20世纪80年代末被这股诗潮裹挟，成立了蓝鲸诗社。作为镇上最高学府里的高三文科班，顺应潮流成立文学社。为了给文学社起名字，我们浪费了一节语文课，在活泼又民主的氛围里，全班为几个拟好的社名投上了神圣的一票，最后"华苑"这个社名以高票通过。

楼社长，一位黑高瘦的小伙子，顶着满头浓密的卷发，穿着白底蓝带的人字拖，灰色的裤管卷到小腿肚，一边高一边低，在文学社成立会上他激动地挥着瘦弱的手臂，对我们吼道："写诗！写诗！"

写诗！写诗！只有诗歌才能解救我们于水火之中。那时除了枯燥地读书，所幸我们还能提笔写诗。看着自己的文字变成铅字，内心涌动的自豪感无法言喻。没有谁能阻挡我们写诗的脚步，浇灭我们的热情。不写诗还好，一写诗我们无可救药地多愁善感起来，忽然间漫天的愁绪奔涌而至。整个高三年紧张的生活中我们饱受了书本与诗歌的蹂躏。

楼社长身体力行，他的一篇《我和你》，发表在蓝鲸诗社的诗刊上，其中一句"不要转身，我会爱上你"被广为传唱。这句诗曾被阿毛同学用到了极致。阿毛的前桌坐着漂亮的娜娜同学，阿毛喜欢她又爱捉弄他。估计阿毛是被娜娜一头乌黑的头发搅得心神不宁。阿毛有事没事就将娜娜的一小撮头发用铅笔绑住，然后深情地默念："不要转身，我会爱上你。"

我也是其中的一个受害者。说实在话，语文是我最喜欢的科目。但是语文课上我却无法静下心来听课。起初是老师的问题，后来都是写诗惹的祸。语文老师经常在课上不到三分之一的时候，因为文章的某一段落或某一句话触动他敏感的内心，回忆成了语文课的重要内容。每每深情地回忆起当年给饭盒总是丢失的师母送饭的过程，最后，他总是竭力地想把故事的主题归结为爱情。

他永远不知道乡里坊间我们已经传言，他其实就是每天偷师母饭盒的人，他以这伎俩在那物质贫乏的年代追来了美貌的师母。这个细节已经被咀嚼数次，毫无新意了。我总茫然地盯着老师一张一合的嘴唇，想着写诗，思路有时会卡在语文老师齿缝间的那片菜叶上。

小竹是个浓眉大眼的小姑娘，高而饱满的额头，小而挺的鼻子，有点混血儿的味道。这么漂亮的女生也沉浸于诗海里。她写过一首诗，诗的大意是她穿着人字拖来到家附近的海滩，最后她甩开人字拖，在石狮海岸线一路狂奔，"最后，我把自己卖了，卖给了大海"。这是诗歌的结尾。

这首诗刊登在学校写着"诚严勤毅"校训后面那块公共黑板上。打那以后，班上的男生纷纷要求改名。地理课上，老师让班上调皮的菜头回答问题，得到满意的答案后，又忽然因为忘掉了这个学生的名字而深感内疚，老师认真询问他的名字，菜头郑重其事地说："请叫我蔡大海。"

又要马儿跑，又要马儿不吃草

菜头姓蔡，人瘦头大，因此得名。他也穿人字拖，裤管跟楼社长一样喜欢卷起来，但卷的位置比楼社长还高，几乎到了膝盖，卷的褶皱又不如社长那样平滑，呈麻花状，再加上他皮肤黝黑，每次他从教室走进来，都吹来一阵浓郁的田园风，仿佛刚从地里劳作归来。自从有次周末回家，他在废旧的机场路上，骑着自行车把小竹连人带车挤到甘蔗沟后，小竹一直对他心有成见。

但是菜头仍是班上最红的，他是班主任的培养对象。高一年时他成绩还不突出，直到高二年文理分科后，他好像被什么东西附了身一样，成绩直线上升，特别是数学这科。

数学却是小竹心中永远的痛。每次的数学成绩都让小竹感觉生无可恋。小竹周末时回家老是很伤感地对母亲说，如果数学成绩还是不能提上去的话根本考不上大学，小竹甚至对母亲说要不放弃高考这条路了。母亲还算有远见，她以切身的经历为警示，替小竹分析了作为一个家庭妇女的辛酸苦楚。她鼓励小竹努力闯过高考这一关，考上大学，国家包分配，以后有份自己的工作，就成了当时人人艳羡的"工作人"。

所以数学课无论如何也要咬牙坚持听下去。数学老师也是班主任，可能额头过于光洁而饱满，发际线溜到了脑袋的中部，并有往后发展的趋势。他喜欢抽烟，即使在课上。他左手的食指和中指夹着烟，右手拿着粉笔，一边解题，一边吞云吐雾，小竹总怕他乱了阵脚，把粉笔当香烟或把香烟当粉笔，还好没有。

他教我们如何从图形上的某一个点与另一个点中间连成一条线，这个复杂的题目就解开了，整个过程他面部表情相当诡异，解完题的那刻往往志得意满。"又要马儿跑，又要马儿不吃草。"他总以这句莫名其妙的话结束整节课。听得懂的同学豁然开朗，而小竹的马儿就是吃了草也跑不起来，小竹的注意力始终在他左手的那根几近燃尽的香烟上，心里默默地担心。他因香烟灼痛手指而面部扭曲的事时有发生。

有次数学考试后，班主任竟然表扬了小竹。那时考试有两张试卷，第一张是些基础题，第二张有四个大题。考卷发下来时，小竹把第二张卷子放到抽屉后，埋头解题，因为第一张卷子几乎耗尽了她所有心血，到了交卷的时间，已全然忘了抽屉里还躺着一张。试卷批改完，班主任和蔼可亲，盛赞了小竹在第一张试卷上的表现，然后询问第二张卷子如今身在何处，小竹很不好意思地告诉他实情。班主任还是很宽容地表扬小竹的进步，因为这个成绩就最近这段时间来看已经有很大进步。只是，坐在她前面的菜头小声嘀咕道："记得也没用，她一题都不会。"小竹一时只有咬牙切齿的份了，不过讲句真心话，她真的是一道题都不会。

班里的位置是每周更换的，等到小竹这组换到挨着墙的位置，小竹发现机会来了。小竹一次一次把桌子往前挪移，菜头要进入他靠墙的座位，总因位置窄小无法容下他渐已拔高的身躯，那张脸拉得老长老长，可又不肯开口让小竹往后挪一挪，看他气急败坏猴子般在眼前上蹿下跳，听到他拖鞋因为跳跃重重地啪打在地上的声音，小竹藏在书背后的脸，明媚得像午后的阳光。

马尾绑歪了

学校的操场在左侧，教室在山上，操场处于山腰的平地间，标准的四百米跑道，起初是黄土后来铺上了煤渣。操场的外围种了些杂乱无序的松柏树，树下时不时堆着厚厚的残枝败叶，颇有苍凉之感。不过，白天的操场不寂寞，好多同学在那踢球、跑步、玩耍。夜幕降临，学生们都跑到山上的教室里，教学楼被白色的日光灯点亮，底下的操场便陷入了无边无际的黑暗漩涡中，据说会有高年级的同学跑林子里谈恋爱，就是没亲眼看过。

我对操场从来有种特别的感情，与生俱来的运动天赋让我的学生时期充满乐趣。从初一年进了这间学校，我有六年的时间奔驰在操场上。到了课间操、体育课或下午第三节训练课，我都像鸟儿张开翅膀般从坡上飞奔而下。学校每年都会在操场上举办运动会，我们从班级里搬下几个木桌子围成一圈当成运动员的休息处。感觉以往的校运会非常隆重，倒不是像如今在入场仪式极尽繁复之能事，是有种彻头彻尾热烈的运动氛围。

那几天，学校全面停课，广播始终播放着运动员进行曲，空气里散发着松节油的味道。奖品特别丰厚，有毛巾、背心、搪瓷杯甚至床单，并在这些物品上烫上红色的字样，标注着某某学校第几届运动会第几名。到了高中，我们田径队队员经常被镇政府借去参加成人运动会，如果名次好，获得的奖金甚为丰厚。

当然，要取得成绩是离不开平日刻苦训练的。我们的教练姓白，然而他的皮肤却黝黑一片，他有不可预测的暴脾气，听说娶了个外地的女子，那脾气比他更火爆。问世间情为何物，无非是一物降一物。当他一脸黑地来到操场，毋庸置疑，他被虐了。于是我们这些人一定要老老实实地完成各项任务，变速跑、上坡跑、压杠铃。

假如瞅到哪天他脸上神色轻松，我们也就可以趁机偷一下懒。不过，有个人除外，她每天都非常自觉甚至超额完成训练任务。她就是我的同班同学也是田径队的好战友冬菊，多少日子我们在学校黄土飞扬的操场上飞扬跋扈、暗自较劲。

冬菊是风一样的女汉子。她长着很不错的五官，小巧精致，自带锥子形下巴，在眉眼与脖颈间隐约流淌着一股刚毅，比较遗憾的是青涩的柔媚与举止的强悍还没能融会贯通。那次校田径队到市里参加中小学运动会，作为教练的小帮手，她带我们上了公交车，急吼吼地狠命催售票员："多少钱？多少钱？"就这样连着问了三次，售票员理都不理她。冬菊额头青筋暴露，目眦尽裂，售票员估计是看不下去了，冷冷地甩出了一句："你到哪里？"

冬菊穿凉鞋不穿拖鞋，我曾苦口婆心地劝冬菊放弃她那双凉鞋，我情深意长地告诉她，她有穿人字拖的潜质。"人字拖能最大限度地给予十个脚趾头自由奔放的热烈，敞开的脚后跟更有不被拘囿的快感。人字拖与你的行走速度更配哦！"我对冬菊说，穿上人字拖你僵硬的下半身会得以舒展，冬菊会因此得到幸福。然而冬菊是有节操的，她好歹是五店市人家的女孩，家在镇上，父亲当过军人，跟我们这些乡下的野孩子不同。

冬菊不穿人字拖就罢了，有天早上，她竟然学起娜娜和小谷，把马尾斜绑在脑袋的右边，高度刚好在耳朵之上，橡皮筋绷得紧紧的。就当时来讲，马尾辫是很流行的，大伙会学着港台的明星烫一头蓬松的卷发，再用皮筋扎个马尾。学生们把马尾辫的扎发发扬光大，在脑袋的左右侧按心情挪移，这样处理后，长长卷卷的马尾辫的确与那张张青春靓丽的面容相得益彰。

一天，她雄赳赳气昂昂地走进教室，我竟然忍不住笑得丧心病狂，冬菊经过我的座位，狠狠地瞪了一眼，丢下一句："猹哎。"

我实在看不下去了，终于在一次去操场训练的路上，一个扫堂腿踢到距离冬菊屁股十厘米处，敏感的冬菊还是察觉到后背的这股风，回过头扫了我一眼，却不理睬我。不过，这不影响我的苦口婆心，我像苍蝇一样绕着冬菊边走边游说。就冬菊为何把辫子绑歪的问题上，我真诚地提出了我的看法。我为冬菊树立了两个鲜活的榜样。

一个是娜娜。娜娜绑的橡皮筋至少比冬菊松两圈，她把马尾放低，位置大概就在脖子中部，头发松松斜斜地贴着一侧锁骨，稍带卷曲的发尾来到胸前，脑袋与辫子歪的方向相反各自保持至少三十度的斜角，眼神斜斜地若有若无地清扫，就这样施施然娇俏羞涩的样子，很是惹人怜爱。

另一个便是小谷。小谷的脸若满月，身段苗条，高高的马尾时而绑在左边时而绑在右边，脚上穿的凉鞋后跟有点小高。走路的时候，她总是在脚后跟上用劲，随着步伐的移动整个身体一顿一顿，头上的马尾有节奏地往前摆往后晃，晃着晃着就把某些人的心思搅得七零八落。

我说："冬菊啊，你能不能把橡皮筋放松点，脑袋稍侧一些，眼神里如果可以加点东西那就更好了。"一路上我侧着那头乱蓬蓬的男式短发试图给冬菊一个明证，只可惜她面无表情，对我的建议不以为意，甚至嗤之以鼻，最后还丢下了一句："猹哎。"

冬菊仍是歪绑着马尾，眼神坚定，直视前方，马尾和她行进的方向相背离，一个劲地往后仰。看着她在操场上飞奔的背影，我内心还是很感动的。竞技体育的乐趣与残酷，你可以在看台上鼓掌欢呼大喊，享受隔靴搔痒的快乐，而在比赛里亲身演绎速度与激情则是难以替代的体验。就拿田径来说吧，跑在前头的骄傲、惬意与拉在后头数着前面队员的钉鞋印的憋屈、沮丧简直就如天上人间。何况当年的操场，落后的人跑完一场比赛不是一口黄土就是一脸煤渣。冬菊的拼劲倒是给懒惰的我很多向上的力量。

那天下午教练照例为我们测试了一百米，冬菊竟然意外落败。我们一般是岔开了练项目，比如她主练一百米我就选两百米；我选择练跳远，她则蹦三级跳。这样的好处直接体现在校运会上，我们班可以轻松地获得了团体总分第一。一百米是她的优势项目，我幸灾乐祸地取笑她，这是因为她斜绑的辫子阻力太大才导致成绩下降。这样的分析多少触动了冬菊的心。第二天，冬菊终于把马尾绑正了。但是过完一星期，冬菊又旧态复发。

店主的女儿们

学校的大门正对面有家小店铺。店铺的主人据说又续了弦，大女儿为前妻所生，小女儿是现任妻子生的。大女儿十八九岁，小女儿十六七岁，两个人都长得肤白貌美。只可惜大女儿有点美中不足，带点小龅牙，两颊铺了星星点点几个雀斑。

小女儿长得漂亮，就在小店里面站着卖东西，五店市的旧式门面，就在墙面开个大窗户，窗户里支张大铺板，买东西的人站在窗外，指着要买的东西，一手交钱一手交货。

大女儿每天穿着人字拖，挑着两筐零食从学校操场的边门，偷偷溜进去。早上筐里装着豆浆油条、甜油馃、满煎糕，上午课间操时就换些糖果、花生、饼干、泡泡糖、橘子水等小食。这个移动小卖部深受学生们的喜爱，却让学校保卫处的人员深恶痛绝。

大女儿挑着担子像游击队战士，游走在学校各处。没有固定的售卖点，大都选择操场边的半山腰，或废旧房子后面的小巷，反正我们也心知肚明，闻着香味也能准确无误地找到她。

常在河边走，难免会湿鞋。被学校保卫处的员工发现后，她仓皇失措地逃窜的情况也时常出现。碰到下雨天就比较悲惨，学校的道路泥泞不堪，有几次看她的人字拖粘在红色的泥浆里，拔都拔不起来，只好放弃，赤着脚离开，等把担子挑回家后再返过来取回去。最尴尬的一次，可能是被保安追得太接近了，一头扎进女厕所避难，谁知道保卫处那位男员工也没止住脚步，直接追了进去。

待在家里小店的小女儿，人长得漂亮，常常一袭花裙子，站在小店门面里，与门框构成了一幅画，正对着校门。学校里高年级的男生，下课后最喜欢涌到校门外。自从出现了一种新的小食——葡萄面包后，他们到小店的次数更加频繁。

闽南这地方不缺乏面食，逢年过节，我们会制作各种糕粿祭拜天地和先祖。然而，葡萄面包的松软与鲜甜是吃腻的糕粿无法比拟的。"面包"这个新鲜的名词本身又带点小资情调。小店为了推广面包，适时推出了买葡萄面包送开水的优惠。

男同学们"啪啦"着人字拖，倚在小店窗外。买了葡萄面包后，小女儿照例会递上一杯温开水。男同学们都会有意无意地触碰着水杯旁的细嫩的手指头。葡萄面包膨胀出的香气很长一段时间让他们迷恋不已。

梅梅家的二嫂

中午时分，是我们紧张的一天当中最愉悦的时段。我、华姐、云、小培、梅梅一行人浩浩荡荡穿着人字拖在五店市各个小巷游荡。

华姐的父母在内头李"朗山衍派"的古大厝里租了两间房子，他们平日里工作忙，白天都不着家。这个离学校极近的地方成了我们的根据地，这是穿着人字拖的高中女生出游的第一站。

华姐是家中的长女，底下还有两个妹妹。她自带大姐风范，也是我们这群人的领头羊。盛传华姐和班里那位长着一头卷发的团支书谈恋爱。对于这样的绯闻华姐竟然不置可否，如若换了旁人，早就矢口否认，或者红着脸追着赶着打对方。如此一来，更激起我们的好奇之心，我们轮流着跟踪了她几次，可惜没有什么收获。

她脸上时常洋溢着桃花的粉红，与团支书偶尔也会有眼神的对接，似蜻蜓点水般匆匆掠过。华姐有时也会以一篇演讲稿或者发表在文学社的关于如何管理班级的文章抨击团支书。而团支书竟然不动声色，似乎还悦纳这些建议。看不懂他们，相爱相杀吗？

华姐与妹妹们的房间里放着张闽南的旧式眠床，我们一群人常常东倒西歪躺在上面，各种八卦，叽喳不停。华姐的两个妹妹一看到我们这群疯婆子来，眉开眼笑，跟在我们身后转悠。

梅梅的家也在内头李，穿过几条迂回曲折的小巷就到了。白日里，梅梅一大家人都在，我们去了不方便。偶尔还是忍不住要去一趟，去看她水灵灵的二嫂。

二嫂在当年号称"小香港"的石狮开了间时装店。二嫂会打扮。她不穿人字拖，夏天里有尖头绒皮的平底鞋，短得看见肚脐眼的T恤，隐约可见的白皙柔软的腰肢。冬天，二嫂穿粗跟的圆头靴子，套头的长长的针织蝙蝠衫。她用吹风机和发胶塑成有坡度的刘海，再配上一对粉色的贝壳状夸张耳环，港台味十足。

我们望着二嫂能了解时下流行的装扮信息。流行风尚三天两头变，时常让我们猝不及防。今天还在流行扫大街的阔脚裤，明天可能就开始改换成束腿裤了。身为学生的我们，为了跟上潮流，只好把宽大的裤脚从边缘细心地卷起来，再硬生生折成束脚裤。只是有个缺点，折进去的裤脚很容易走着走着就散开了。

身边有那么好的资源，梅梅竟然毫不珍惜。她喜欢历史课，喜欢到石鼓庙看大戏，还想教我们打麻将、下象棋。除去到石鼓庙戏棚前吃小吃，其余显然不是我们这些疯婆子所热衷的。如果中午没有作业，时间宽裕，我们会穿着人字拖，从县政府旁的斜坡，跑到五店市的下市街。

五店市街上的估衣摊，店里店外密密层层地悬挂着各式衣裙，店主一律宣称是香港、台湾或广东进的货，其实大家心知肚明，那是附近石狮的工厂里生产的。

望着挂于头顶的衣服裙子，我们眼馋得要命，想象着那件衣服如果套在自己身上，会有怎样的效果。有时实在太喜欢了，嘴贱地多问一句，价格常高得令人咂舌。如果不买的话，还是少问为妙，这些摊主心气高得很。都说"泉州客对半说"，有次就着件裙子，我开玩笑出了一个比半价还低得多的价格，谁料想摊主竟然追着我不放，要我买。还好我不仅跑得快，还有众多姐妹从中掩护，才得以脱身。

122

小培与八仙

小培是我们几个女同学中把人字拖穿得最风生水起的一个，她把牛仔长裤折成七八分的长度，穿上人字拖，摇曳生姿。这样的韵味与她善于扭胯是分不开的。班上有两个同学的胯扭得最好，一个是她，另一个是叫志民的男生。

志民是个高高瘦瘦的男生，白皙的皮肤，他走路真有特色，两条腿前后摇晃的幅度很大，直摇到肩膀处。我总在想，如果这样的姿态换到一个女子身上，穿上裙子，那腰肢该有多么婀娜。小培个子不高身材匀称，她的上半身是不动的，只摇下半身，两条胳膊随性地有节奏地摆动，整体还是很和谐的。

志民是班上男生追小培追得最热烈的一个，尽管并不受待见。志民老厚着脸皮在教室门外等小培，等着跟小培前后脚进教室，两人一路摇晃过来，实在是班里不可多得的风景。

像小培这样的女生，是我们仰慕的对象。她家在五店市，她是个番客囝。一栋改良版的新式大厝就住着她和她哥哥。她有自己的一间大房间，里面有日立牌电视机、三洋牌录音机，满满一衣柜的香港裙子。小培的双眼长得圆乎乎的，又会打扮，学习成绩还算不错，追求者众多。即便这样，她仍有烦恼。

远在香港的父母最放心不下这个留守的小女儿，母亲每次来信翻来覆去覆去翻来就围绕着何时去香港的问题。按照当年的政策，她已经过十六岁，不能以投靠父母作为申请赴港的理由，唯一的途径就是找一个香港人登记结婚，便可以在一两年的时间以夫妻团聚的条件成功赴港定居。

母亲的催促，扰得她心乱不已。小培自己也拿不定主意。据可靠消息她与隔壁班一个帅哥暗生情愫，有发展的可能。趁着中午闲暇时光，小培找我们跟她一起去五店市估衣摊的小巷找瞎眼八仙问姻缘。

八仙的摊点在塘岸街拐进估衣摊的小巷里边的五脚架下。八仙的肚子、两颊和眼睛都是鼓出来的，坐在小凳上。旁边有个留细长马尾的小姑娘，瘦瘦高高的，是他的人肉拐杖。一旦有人靠近，八仙的手腕便不停抖动，刻着编码饱含命运预示的竹签跳跃着，发出"刷刷刷，刷刷刷"的声响。他扬起下巴，死灰的眼珠凸出更明显，说："抽签还是算命？"

八仙掐指一算很明确地告诉她，姻缘线不在身边而在远方，并且透露她命里注定会嫁给帅哥或者嫁给有钱人。小培和算命先生争执了很久，她觉得帅与多金可以结合在一起，但算命先生扬起下巴，微闭他空洞而深邃的瞎眼，摇头否定了她的幻想。

即使对算命结果存有疑虑，钱还是要给的。抽签便宜点，五毛钱。八仙接过小培递过来的五毛钱，把纸币四个角扯直，对折再交给身边的小姑娘。金额不同的纸币折叠的方式各有不同。八仙眼瞎心可明着呢。

知道她的姻缘不在这里后，小培对眼前包括志民在内的帅哥顿时失去了兴趣，开始迷恋远方的香港。她不再藏着掖着她收到的新情书，有几次她拆都不拆就把情书丢给我们。我们几个参谋团成员跷着脚躺在华姐家的眠床上，一致认为这个追求者是帅哥或者家里特别有钱，我们劝她还是好好对待。只是她的心早已经不在这里了。她总是叹着气："为什么不能又帅又有钱？"

番 客 团

我们这些人当年小学毕业后从各个小镇纷纷脱颖而出，考取了这间县级第一中学，汇集到五店市。要说我们这年级，谈恋爱谈得最起劲的应当回溯到初二年和初三年。可能有些人感觉不可思议，20 世纪的 80 年代末，这些屁大的小孩就公然谈恋爱，而且是在县城的重点中学。

然而，事实正是如此。改革的春风吹拂后，被禁锢的思想意识逐渐复苏，谈个恋爱拖个手的也不再是什么耍流氓的事了。十四五岁的年龄，情窦初开，迎着社会的新风，顺理成章地汇入恋爱的洪流中。

当然，其中还有一个极其重要的原因，中学里谈恋爱的孩子们有着一个比较特殊的家庭身份。这些孩子是 20 世纪 80 年代闽南的留守儿童。我们称这个群体为"番客团"。

提起番客，最早出现在宋代。那时，闽南人开始陆续出洋，南洋那带或更远的地区，统称为"番邦"，到那里去就叫"过番"，那里的人们叫"番仔"，去到"番邦"定居谋生的，回到家乡就叫"番客"。以一个家庭为例，爷爷早在 20 世纪初远赴菲律宾求生，接下来是奶奶由政府批准前去香港。到了 20 世纪 70 年代末，爷爷奶奶渐渐年老，国家政策开始比较宽松。父亲这一代允许以"接业"为由前往香港。父亲去了香港两三年后，母亲便可申请赴港"会夫"，不过通常只能附带一个孩子。至于带大的或小的，可以自行商量决定。通常家庭考虑到经济方面的因素，决定带大的去，不需照顾，家里立马又多了个劳力。其中也不乏放心不下年龄小的，将之带去的。不过总体来说，这样的家庭总要留下两三个小孩，这些留守的少年儿童就是那时代的番客团。

番客团是一个极具时代特色的群体，与我们如今的留守儿童有一个本质上的区别，他们兜里有钱。父母在香港，一个月能挣好几千元港币，那时一百港币可以兑换一百一十多的人民币。五店市的估衣摊，泉州的百源路和打锡街交界处，每天都有一群妇女，在那里闲坐，待有人来，她们踱步向前，低首轻声神秘地问：港币，港币，换港币吗？而此时的国家干部每月工资也就几十块钱。远在香港打拼的父母自然是不会亏待了在家中留守的孩子。春节回家，给他们带来最时尚的衣服，以及电视机、录音机、摩托车等潮流物件。

穿着白色背心，将上衣折了，披在肩上，两条袖子在胸前松松地绑个结，双手插在裤兜里。他们也穿人字拖，只是走路的姿势与我们不在一个水平线上，他们有力地甩动臂膀，双脚刻意地走成外八字。当我们还在花格衬衫与大喇叭裤中飞扬时，他们已经在一夜之间换成了小脚裤、霹雳服；当我们卷曲在一头大波浪里，他们已然剪短了头发，剪平了刘海，双眼闪烁起春情，直勾勾地带着炫耀的霸气。

社会上个体户越来越多，赚的钱比起所谓的大学生要多上好几倍，知识一下子沦落到前所未有的低位，学习本身就是一件比较枯燥乏味事，又加之父母不在身边疏于管教，众多因素集合在一起，这些吃穿用度处于时尚前沿的番客团，以恋爱来寻求精神上的满足也就再正常不过了。

一场集体的暧昧

凭良心说，当年的谈恋爱那是真的谈恋爱。即使是十四五岁的孩子，当他们郑重地决定谈恋爱的时候，最初的出发点都是奔着结婚去的。在我们初二年时，年段就出了好几对谈恋爱的，其中有一对甚至在我们上高中后就回家结婚生了小孩。

大部分谈恋爱的孩子还是抵不过年幼的稚嫩，爱得轰轰烈烈，分分合合，你死我活。我们这些没谈恋爱的，今天听闻谁跟谁好上，谁和谁分了，看惯了一场场曲折迂回的爱情故事，似乎也感同身受地谈了好几场恋爱。特别是女孩子们，私底下凑在一起，没少八卦。时间一长，见得一多，渐渐地开始厌倦起恋爱。犹如吸了二手烟的人，无形中的荼毒还是在的。内心那爱恋的门还没来得及打开，就匆忙关掉了。不关掉也不行，初三年马上面临升学考试，何去何从的重要时分，是容不得分心的。

经历了中考的折磨，辍学有之，考取中专的有之，仍剩有三分之二的同学升上了这所学校的高中。高一年级的学业难度重创了我们的自信心，物理与数学两科考试中能及格的人数全年段寥寥无几。很多同学尝到了前所未有的压力，大家忙于应对各科的学习，"揽裤都毋付"（闽南语，忙的意思）。情感方面本来就呈现出曾经沧海难为水的颓势，在这个转折点上更是一片空白。

终于熬到高二，文理分科，大家不必要遭受那么多科目同时的戕害，稍稍松了口气，压抑在内心勃发的春情也就开始泛滥了。然而，这些在老师眼中学习优秀的孩子同时又很缺乏谈恋爱的勇气和技巧，男女生之间甚至不敢怎么说话。特别是我们班，这个年段中唯一的一个文科班，就有那么一群人，一方面尽量保持谦谦君子的模样，一方面又无法掩饰内里的骚情。于是，许多情诗应景而生，许多人陷入了一场恋爱前的前奏——暧昧的漩涡里。

我们班级有六十六人，三十三个女生，三十三个男生，分成四组，两人一排，每组就有八排，两男或两女同桌，多出一个男生和一个女生，在细心的班主任安排下，班里个头最小的女生玲玲和个头最小的男生小时同桌，可是其实这样安排并不保险。

剩余的人数刚好，男女穿插搭配。全班泾渭分明，前面两排是个头比较矮小的同学，中间三排属于身高中等水平，后面三排的同学明显个头高相对也成熟。而男女生之间的关系甚是暧昧。这些男生看到心仪的女生走进班级，把头抬得高高的，上一刻眼睛都快冒出火花来，下一刻又埋头继续念书。他们通常在下课或晚自习前，聚在喜欢的女生后面，大声聊天说笑话，听到女生从后背开始花枝乱颤，甚至咔咔笑出声，男生们谈论热情更为高涨。各个区域的男生一般不会逾越境界去挑逗其他区域的女生。坐在前面的男生个头远不如后排的女生，后排高大的男生显然也对于个头接近他们、长得成熟点的女孩子更感兴趣。

整个班级像是约定好的各自为政。有的比较胆大的也就固定一个目标，他得让那个女孩知道他对她的好感，而男孩身边的好友，也就加入这场追逐中，这些三两好友，对于这个目标也有动了心的，在一旁吆喝鼓劲中，也注入了自己的遐思无限。有几个男生一起逗一个女生的。有一个男生同时逗多个女生的。

暧昧的好处在于，没有承诺，没有实质的情感伤害，大家都是一锅温水里徜徉的青蛙，天色正好，温度舒宜。大家一起举杯畅饮暧昧的美酒，醉而不昏，谁也舍不得捅破这层暧昧的面纱。

顺流，逆流

枯燥的高三生活，痛不欲生的模拟测试成绩，是接近高考前不能抹去的记忆。每天被各种题型折磨得死去活来的我们，最大的梦想就是赶紧结束这种生活，早日脱离苦海。

偶尔学校在晚自习的时候会停电。停电的时间，于我们而言便是一段幸福的时光。教室前面种着一排的松柏，我们可以任性地把桌子从教室里移到树林下。隔壁理科班的男同学，也会跑出来。他们向来对文科班的女生虎视眈眈。这么好的接近机会当然不会放过。

不过，我们毕竟矜持，只把桌子和理科班熟识的女生靠在一起。那种晚上基本是自我放纵。几个女生凑到一起聊天，男生则在旁边打闹，老师也管不了，就只能等到重新来电，才像赶鸭子般将我们赶回教室。

理科班的小美和我住在同一个宿舍，她也经常绑着歪歪的辫子，辫尾卷卷的。她声线甜美，喜欢唱歌。风靡一时的粤语歌曲，她唱来特别有味道。没有电的夜晚，我们在树下点燃微弱的烛火，一个挨着一个。我们的脚丫就踩着松柏的落叶上，干枯的叶子的根须悄悄地爬进我们的脚之缝隙，酥酥痒痒的。我们的心思也都不在课本上。找个理由，把脑袋全部放空。

我们会怂恿小美唱歌。我们有卡式录音机，也有粤语的录音带，只能在周末的时间里，回家放着听。如若有个人真实地站在面前唱，那可是再好不过，可以点唱曲目而且不用担心会有绞带的危险。小美唱歌前，要沉默一小段时间，等情感蓄积了一会儿，才会开腔。有些人天生的语感非常好，小美的粤语歌唱得真地道，咬字、韵味一点不含糊。小美曲库里的粤语歌可多着呢，其中有一曲徐小凤的《顺流，逆流》。

"不知道在那天边可会有尽头，只知道逝去的光阴不会再回头。每一串泪水伴每一个梦想，不知不觉全溜走……"

在黑寂的校园，听着一首其实并不感伤的歌曲，内心却有点支离破碎的凄凉。

时间临近 7 月份，考试的时间眼瞅着日益逼近。教室后面围墙外就是石鼓庙，农历六月份那里每晚上都有酬神的高甲戏或梨园戏。"咿咿呀呀"的戏腔从围墙的另一头飘过来，那里开始在上演彩色的故事。

曲未终人不散

夜色的天台上，望见你们几个男生的背影，夹杂着一两个烟头明灭在空中。2019 年的第二个夜晚，天有点冷风又很大。我最终还是没有凑上去，又回到了我们觥筹交错的桌子。你红肿着双眼返回。原谅故乡的风吹辣了你的泪腺。

十六年前你远走澳大利亚，期间能回乡的机会少之又少，能与我们在同一所中学摸爬滚打了六年的小伙伴坐下来喝酒的时候就更难得了。只是，有些猝不及防的变动，有些触目所及的伤痛，不经意间令你泪流满面。你说你此行目的原本是去香港参加堂弟的婚礼。时间不是很充裕，但你还是忍不住买了张回家的机票，看看家乡的人，踩踩家乡的地，和一番同窗发小约上喝几杯，然后最好醉倒在这里。

有些情感的蓄积，就如同酒的发酵。当年你坐在班级的第一排，唇红齿白，腼腆得进教室时，眼光只会盯着自己的座位。回想起学生时代，我们似乎连话都未曾说过一句，只是在同一个空间里，面对面地碰撞，那份情义在时空阻隔之后，某一天竟至沉醉动人。你提议去走走五店市，说每次回来必定要走的一个地方，我们学校的所在地。"你知道吗？我就是闭着眼，都能准确地从希信小学走到晋江一中。"漫步在五店市，虎爷宫正对着的虎爷巷上，你喃喃自语。

我知道此刻这些青石板，在你的脑海中一片片被掀起，然后被重铺成你脑海中旧时的模样。孩提时无数次蹦蹦跳跳地和小伙伴踩着晨曦与月色，放肆地嬉戏玩闹，偶尔也会有失意或委屈的泪就掉落到脚下的土壤里。而后，无论这条路上构筑过什么，你都能精准地去翻出那个点，因为这个坐标用稚嫩的脚印丈量过，又在异域的梦里反反复复地佐证印刻过。

前不久，我去安溪乡下探望一位大学同学，参观了他们建于乡下的书院。他的妻子，我们的小师妹，长着一副上海都市白领理性干练的样子，她望着书院右侧一大片农田，几乎眼泪决堤。"回家的第一件事，我会扔下行囊，第一时间跑到田埂上躺一会儿，和附近的老农说上几句话。"从小到大这片田地没变过，奔跑在田地里的小脚丫，成长了，走远了，而一颗牵挂的心却似乎总会遗留一份给人生最初踩踏的地方。

即便是我，没有走出家乡的人，旧地重游，依然百般滋味涌上心头。走在晋江一中的操场上，红色的橡胶跑道，白色的切割线，干净而明亮。我的鼻子里莫名地闻到一阵阵松节油的气味，我的双脚忍不住要飞奔起来，绕着操场，熟悉得不能再熟悉的轨迹。我记得操场的西南处，我们读书时有个缺口，走出去就是一个小池塘。你指着操场的东北处，告诉我，顽皮的学生时代怎么攀过泥筑的围墙，抄近路回家。往事历历在目，甜蜜地被我们共同翻阅。

你说要唱首歌给我们听——《贝加尔湖畔》，就着你越洋带来的红酒。你说这首歌你练过，可惜那个夜晚，你的情绪早早在酒桌被牵扯得支离破碎，实在找不到饱满的情感去抒发去演绎。你不无遗憾地说大概就这样曲终人散了。怎么会呢？你带来的红酒和未唱完的那首歌，我们都悉心地存放着，酝酿着下一次的重逢。

"多想某一天，往日又重现，我们流连忘返，在贝加尔湖畔……"歌还是那首歌，地还在那个地，那群人还在等你。

时光的印记

我蹲下来，目光接触到零乱的杂物，心里猛然一紧。

眼前的摊主是位外地的女人，她面前堆放着一些旧物，从那散乱堆叠的样子看来，是从某一个抽屉直接倒出来的。映入我眼帘的情景，让我的脑海电光一闪，我几乎以为我家抽屉里的旧物此刻被人贩卖到这里。

泉州后城老街躲在关帝庙与清净寺后面。隔着一条八卦沟，小桥流水柳树低垂，红砖青石檐牙高啄。老街吮吸着关帝庙的香火，骨子里又透着清静无为的风骨。周末是这条古街的热闹时光，街上的店面多是售卖紫砂壶、根雕、老玉、瓷器等商品。待到周末小贩也涌到老街来，把古钱币、旧书画，真真假假地铺满了老街青石板铺就的狭窄过道。

穿梭于老街纵横的小巷内，一片片红色的砖瓦、一些零散的木雕，形状各异，上面印刻花纹鸟兽的图案。砖瓦大概是从附近拆迁或倒塌的闽南古厝的墙壁、窗户上剥离出来的。红色的雕花木件，则是闽南古式的眠床或橱桌的零部件。砖瓦本来应该是成群结队聚集在屋顶、墙面或者地板的，可此时一样样被肢解，孤单地躺在巷子的青石板上，有些失群孤雁的悲凉。零碎的描金雕花木件，上面那层金漆已经模糊，有些还遗留着缺口，不知当初是谁的手抹去了那层金色，又是谁掰断了那个缺口？

一张用毛笔竖写的红纸命书，四周卷起毛边，中间的折痕开裂。以前，泉州一带的命书大多出自洪达时的手。洪达时是泉州有名的命理师。大凡普通人家一有男孩出生，便会请洪达时为孩子写一张命书，以预测他的一生的命途，按照五行之说为孩子命名补运。远在菲律宾香港的人家也会千里迢迢嘱托亲戚朋友来写一张。洪达时的寓所就在离这个地摊不远处的后街小巷子。当年，着张命书在这里书写，辗转一番，又回到原地。而命书上的人呢，究竟漂泊于何处，他的运途与命书所预示是否契合呢？

一个白色的信封，上面依稀还有"福建泉州"等字样，盖着红色的菲律宾邮戳，信封里空着。一封闽南侨批，是父亲写给孩子或是丈夫写给妻子，抑或儿子写给母亲。其中的情思已然无从知晓。一只英雄牌金笔，只残存着盖头，这个盖头当年应该很骄傲地插在主人的中山装口袋里，装饰于主人的胸口之上，成为一种徽章式的骄傲。

黑白相片上那位漂亮的女子，剪着齐眉的刘海，卷曲的发尾包裹着婴儿肥的脸颊，七分袖的毛衣领口系了个蝴蝶结，A 字短裙，标准的一字站姿，优雅地微启朱唇。相片上题有摄于香港铜锣湾电气道某某号，而今的电气道隶属北角，留下这位美丽的港客身影的照相馆不会再有了。我翻转背面，想从中找到些蛛丝马迹，以了解这张相片的由来，可惜主人没有依照当年的习惯，在后面写上赠予的人以及祝福的话语。

我愣愣地发傻。自从家里的房子拆掉重建后，母亲不止一次在我面前反复地念叨，家里抽屉满满的东西都去哪里了？

去哪里了？就像我们走过的光阴，注定不会再回来了。我们唯一能做的，可能就是把一封信、一张相片细心放进抽屉里，但依旧无法保证它们会不会在我们不断的迁移中，被遗忘，被弃置，被清空。

我默默地穿行在后街的小巷，穿行在逝去的时光隧道里。

时间都去哪儿了

母亲反复地问我："你说整间房子满满的东西都去哪里了？"我无法回答母亲的追问。我的困惑岂止是这个，我们过往一家子在闽南乡下老屋的时光都去哪儿了呢？

石头会把在时间的涌动里沾染上不同的颜色，作为过往的一种铭记。一只昆虫被树脂一点点包裹，最终以琥珀的形式定格成永恒。而

我除了能抓着一大沓忘记撕去的旧日历惶恐难安外，还能去哪里找寻过去的时光？

我站在乡下老屋崭新的石埕上，曾经的古大厝已遭拆除，一栋高大敞亮的五层建筑挺拔而起。我踏着熟悉而陌生的地方，我能感知到距离新石板三四米的地方，完整地掩埋着那层废弃的旧石埕，除了井沿的龙泉井还在院子的西南角的地底下汩汩而流。那是老屋仅存的几处有迹可循的地方。阳光打在蓝色的窗玻璃上，大理石的楼梯台阶，白色的石灰墙体，有种明晃晃的令人眩晕的感觉。

我坐在帮我们看管房子的亲戚对面，有句话还是忍不住冲口而出："额，老屋里面的旧东西……"

"没呐……"她眉头一皱，摇摇头。亲戚口中反复着这两个音节。她指着身边崭新的家具不断地喃喃自语，脸上竟然有一丝不能掩饰的不屑。

我脸一红，有些尴尬："没呐……"

亲戚中风后，得了失语症，仅能发出有限的几个音节词。瞬间，我的言语与她一样贫乏。面对某些人关于有些事，注定无法去沟通，况且她的语言表达已经存在障碍，况且我涌动的内心杂乱无章。

我沉默不语。她可能误以为我不能明了她的意思或者她极力想要再次佐证她无法通过言语表达的意思。她起身抓起她孙儿的手帕，棉质的，极柔软的白色，又拍拍桌上亮澄澄的不锈钢水壶，继续摇头，继续重复："没呐……"

家人在老屋翻建前十年就已经举家移居香港，留在老屋的家具及其他杂物，在时光里次第风化、模糊、变形。亲戚，始终是老屋之外的一个旁观者。老屋里所有的旧物与她毫无关系。在她眼里，这些无非是一堆陈旧的、过时的、残缺的、腐烂的、毫无价值的垃圾。世间万物更迭。摆放在商场橱柜里的商品，琳琅满目，层出不穷。你很容易就可以买来崭新的家具，样式新颖，质地光滑柔顺，这足以令所有旧式家具黯然失色。

可这些新的家具、新的水壶、手帕又与我有何干系？不带有家人体温的物件，不记载着过往记忆的物件，没有任何意义，那是无根的野草啊！

从小到大，看着祖母、母亲将一封信、一张相片、一支笔或一把头梳，拉开、装入抽屉，再关合抽屉，悉心而郑重。勤俭的她们，舍不得丢弃大凡还能派得上用场的东西。日复一日，年复一年，新物叠着旧物，层层累积。八口之家，连续三四十年的时光，足够将一个家里所有的抽屉塞得满满当当。儿时午后的悠长时光里，趁大人外出的空档，偷偷一个人到每一个房间翻箱倒柜。抽屉里的东西，逐一取出把玩，仔细地揣摩想象。

我在新建的五层大楼的楼梯间，徘徊。

母亲原本房间里的眠床、橱桌，是十几间房间里唯一没被白蚁侵蚀至腐烂的，如今放置在三楼的一个套间里。我把朱红色的抽屉一一打开，匣子里是空的，只见木头的陈旧原色，干净得令人心慌。

　　五层楼房，已然找不着一间房间是属于祖母的。她在旧屋房间所剩无几的家具先败给了岁月，后来成了白蚁的口中之食。在新屋最顶楼的大厅墙上，穿着牡丹花外套的她优雅地笑着。

收纳旧时光

过往的时光都在抽屉里藏着。

——题记

一

闽南人摆放在房间的旧式家具，雕花的眠床和橱桌，里面的抽屉特别多。母亲房间里，数一数，大大小小的抽屉少说也有二十多个。床上的笼屉枋一排五个。两个桌子上面一层各有四个抽屉，抽屉下连着两个开合的柜子。衣柜中间那一截，一排正方形，一排长方形，共八个抽屉。雕花的脸盆架上的镜框旁有两个，架子中间也有两个。这还不算摆放在桌面那个可以拆合的，放有凸粉、红髻绳的梳妆盒子。

至于抽屉里放的东西都由母亲来安排。东西的价值与私密程度决定了它离主人眠床的距离远近。床上的笼屉枋放着一家人的学历证书、户口本，还有父亲大学时的日记及后来的工作笔记。挨着眠床的近旁抽屉最下面一格，是我们兄妹几个的脐带，用条方格的手帕包着。几张旧式的涎围，在起码连续十年的时间里，渗进去五个人的口水。布头湿了又干了，布里头的每一根线从膨胀到干瘪再膨胀，早已失却了柔软，坚硬直板。衣柜中间的小抽屉下有个隐秘的空间，母亲放着她的金首饰。二十多个抽屉，物尽其用，全部放置得满满当当的。

因为祖父的缺席，祖母的房间整洁与恬静。祖母在房间里供奉观音，经常上香，房间里始终有股香气氤氲着。抽屉里，还有些零散的钗子和步摇之类的头饰，铜的质地，弯曲的弹簧，色泽暗哑沉稳。一个铁制的糖果盒，放着几个民国时的钱币，边缘已经在岁月风化成黑色粉末。还有菲律宾和马来西亚的钱币，那是祖母的小脚摇摆到为数不多的几个地方的记录。祖母每一年在村里应台亭佛祖诞辰日，将一家大小包括远在菲律宾的祖父与叔父们的生辰八字用毛笔写在一张阔大的红色纸张上去做醮。一大沓的红纸，颜色深浅不一。洗脸盆中间的抽屉里藏着个大砚台，祖母曾把心思在上面反复研磨，写的信漂洋过海，只可惜没能唤回那颗决绝的心。

祖母与母亲在闽南的古厝里连续住了三四十年。屋子足宽敞，她们又是极节俭之人，这么长的一段时间足够她们将以往的旧物，一一收纳进家里大大小小的抽屉里。

138

二

结婚前，我二十多年没挪过窝。结婚后，居住的地方换了又换。旧物随着家不断地迁移而不断地遗失些。能留存在抽屉里的东西，不外乎一些家庭中必不可少的证件，还有一些珍贵的相片。

我不是一个很会收纳的主妇。很久以后，才懂得如何分门别类整理东西。于是，往往在找寻一件东西的时候，常有意外的发现。一张相片、一封信或者一样小饰物。半跪在抽屉前，思绪跟着眼前的物件飘荡得好远，直到膝盖麻木了，才醒觉过来。

现在的家具大柜子多，抽屉少。三口之家，有两个不需要抽屉的男人。先生回家，把东西往桌上一放："这个你收起来。"男人他压根不管存放这些小事。他们好像也天生不适合收纳，或许他的眼光总是超前，没有时间也没有耐心往后去看。即便是他自己亲手放置的东西，时间久了，需要翻找时，也需假于女人之手。不说别的，一件衣服如果不是挂在他视线直接抵达的地方，他是看不到的。男人在家中没有抽屉，男人的秘密大概就在他的手机或钱包，或办公室的抽屉里装着。他应该有不愿拿回家的秘密，因为家里的抽屉都是女人的地盘。

儿子回家的第一件事，把兜里的东西全都掏出来，凌乱地放在他的房间里。如果你怪他不收拾房间或抽屉，他会神秘地暗示，有个台湾的男同学，特别会整理抽屉，齐齐整整，分门别类，可是这男同学超级娘炮。我在冒险让儿子娘炮和自己辛苦点收拾的权衡中，当然选择了后者。

他房间的抽屉里简单地放着几张毕业照和毕业证书。没谈恋爱的他，似乎也没什么秘密。再加上，他对于自己的过往一直不甚满意。自然留有过去记忆的东西，暂时并不受他待见。我想如果他年纪再大一点，会不会开始用包容的眼光去评判经历的坎坷，开始珍视手头的旧物？

我想如果我有个女儿，她是否会和我瓜分家中抽屉的领地？是否会像大侄女，在香港那么拥挤的地方，还要在抽屉的最深处放置她中学时的灰色校裙，细心折叠成记忆？

我想我是遇见了最美的《星光》

春天的夜晚，繁星满天，我轻轻地将渴望花开的种子撒播，家乡湿润泥土与草芽清新的气息，混着孩童时深深浅浅的足迹，我与我的梦想一起沐浴在《星光》里，呈现从未有过的真实。

四十岁的《星光》，是位玉树临风、睿智沉稳的而立男子，是位褪去青涩的外衣，体态娴静、风韵优雅的俏佳人。或许都不是，它应该是位风采翩跹、志向高远的少年郎。四十岁，是的，对它来说只是一个开始。

我想我是遇见了最美的《星光》。1978 年，一朵文艺新花绽放在百花齐放、百家争鸣的时代，承载着伟大的使命。从铅排线装到骑缝装订再到无线胶装，从十六开薄薄的几页，再到两三百页厚厚的一本，《星光》这本县市级杂志在诠释着文学上的另一种"晋江速度"。从远古奔腾而来的晋水，有一处温暖明亮的港湾，多少满怀文学梦想的晋江人从这里扬帆起航，奔向广阔无垠的文学海洋。有一方磁石高耸于山巅，每个执笔为文的晋江人，无论身处何方，都被紧紧地吸引。一处文学创作最前沿、最喧闹的阵地，各种茶话会、座谈会、组稿会、笔会、采风活动层出不穷。不忘初心，方得始终，走过四十年风雨的《星光》，一直坚持展现晋江人、新晋江人的文学风采；一直让自己的心合着时代的节奏跳动，用心去感悟时代、体验时代，为腾飞的晋江谱写最美的诗篇。2018 年，春和景明的日子里，我们停住脚步，回首往昔，我们纵展目光，眼前姹紫嫣红的文坛园野，已然莺歌燕啼、芳香远溢。

　　我想我是遇见了最美的《星光》。我邂逅了一群多情的人。在晋江这一片文学热土上，曾经才俊辈出，潜藏积淀着千年的优秀文化，等待有心之人再次去激发、挖掘。一群钟爱文字的晋江人正踩着前辈的脚印，满怀激越赞美之情，唱诵着对乡土热气腾腾的爱。丰厚的文化底蕴与繁荣富庶的年代相逢，一切的安排恰到了好处。当然，物质的丰腴多少会带来精神的浮躁，这一群人又是执拗而坚守的，写诗写散文写小说，他们挡过尘世的纷扰，将心底最柔嫩易感的部分，悄悄地藏在《星光》的一亩三分地里。他们用文字再现晋江的点滴记忆，挽留逝去的芳华，流露人生真实的情感。他们年龄不一，从事的职业也各异，然而因为做着同样的梦，因为对晋江母亲深深的眷念，他们走到了一起，相互扶持，团结上进。谁说文人相轻，我看他们分明手足情深。他们身上带着晋江人极具标志的品格，热情而坦诚，豪爽而大气。一群多情人吹响着晋江文学创作的集结号。他们是夜幕中的繁星点点，璀璨了晋江美丽的文学长空。

　　我想我是遇见了最美的《星光》。人这一辈子会有许多的遇见，与人与物，经意或不经意，撞个满怀抑或擦肩而过。我也是蓄积了四十几年的等待，在风轻柳嫩的季节与四十岁的《星光》相遇。有些相见恨晚的遗憾，但细思之下，倘若缘分如此安排，自有它的理由。犹记得《星光》登载了我的第一篇文章《埕上丝瓜》，一片结于埕上的丝瓜，缭绕在心头无法释怀，郁结多年的情结以文字的形式铺排在《星光》里。无言的激励催开了我文学的梦想之花，一发不可收拾，我大胆以我的拙笔描摹家乡的美。我赞叹晋水的浩大磅礴；我抒写耀眼的红砖、沉静的白石；我刻画燕尾脊在空中高耸成乡愁印记；我轻描温柔恬静的"姿娘"，香唇微启，吐出柔软亲昵的闽南语；我重写血性刚强的"打捕"，用双手打拼奇迹；我爱家乡白天阳光朗照的高远，更沉醉于它夜晚《星光》璀璨的迷离。

　　我想我是遇见了最美的《星光》。

苦难土地上的一曲悲歌

——蔡其矫《南曲》赏析

他从这片土地中来，吟唱一生，最终又诗意地栖息于这片土地。

5月，当晋水奔流澎湃；5月，当凤凰木把骄阳吞吐，火热的嫣红燃遍万里长空。倾听一曲南音的清唱，让它泛过海的碧波，萦绕紫帽山的红泥，愿凤凰木下长眠的诗人依然能感知这缕缠绵悱恻的相思。

"人对故乡的感情总是深切而且持久的，当我回忆年少时代生活在这块土地上，就清楚地看见了那棵长在岩石上的榕树，那到处都有带着忧伤气氛的红砖楼，那经常泛滥的河流和光荣的过去和现在十分古老沉寂的城市……"故乡对蔡其矫来说是内心最柔软的一部分。

就在20世纪50年代，蔡其矫主动放弃仕途，只保留着诗人的身份。1956年，"大跃进"前期，举国上下陷入浮躁泥泞里。当人们争相写颂歌之时，蔡其矫却另辟蹊径，写出了《雾中汉水》《川江号子》等力作，直面了历史的沉痛与生活的艰辛。同时也创作了《南曲》《瀑布》《漓江》《红豆》等当时诗坛少见的柔美之作。这大胆地表现沉痛，大胆地赞颂爱与美，没有一副铮铮铁骨是无法达到的。

而早在1956年，他已写出反映故乡生活的《南曲》及《南曲又一章》。20世纪50年代的故乡，那触目惊心的贫瘠令他窒息。废弃荒凉的海岸线，遍地瓦砾的小镇，路途上衣衫褴褛的行人，一律麻木蜡黄的脸，一样模糊失焦的眼神。低沉而压抑的天空下，耳畔响起熟悉的《南曲》——"洞箫的清音是风在竹叶间悲鸣。琵琶断续的弹奏，是孤雁的哀啼，在流水上引起的阵阵的战栗。而歌唱者悠长缓慢的歌声，正诉说着无穷的相思和怨恨。"

南音对诗人来说是一曲牵肠挂肚而又无法排遣幽怨的乡音。诗人三次写到南音，此为第一首。在闽南出生长大直至八岁才随家人远赴印尼，童年时光里，他也曾缠绕在南音里。闽南人生老病死、婚丧喜庆、祭祀礼仪都离不开南音，它贯穿了闽南人的一生。南音是遗留的中原文化的碎片与闽南风俗文化相融合而产生的一种特殊的精神交流形式。一朵盛开在中原文明土壤里的花蕊，浸染了闽越海洋文化的浪漫明媚气息，延续着中华文明并将之推向细腻的极致。那是闽南人沉入骨血里的言语，所有不能说的情、无法言及的意，不如借着柔曼的南音去倾诉。油灯下，祖母手中飞旋的针线在低吟浅唱；母亲的眼透过迷蒙的海雾，眺望远处，帆影忽明忽暗，她的叹息忽高忽低。在他幼小的心灵里，低沉的乐曲或许不至于那么忧伤，更多的是相思而非苦难。就在他接近而立之年，辗转千里返回家园，目睹了满目疮痍的家乡，一个时代的悲哀投射在这片生他养他的土地上，苦难深深地刺痛了他的内心。"竹叶间的悲鸣""孤雁的哀啼""在流水上引起的阵阵的战栗"，他听到了相思怨恨以外的沉重。

因有广宽的胸怀，诗人注定不止步于这种小格局，他展开更为辽远的思绪，赋予了诗歌厚重的历史基底。"我仿佛看见了古代闽越谪罪人的疾苦，和蛮荒土地上垦殖者的艰辛"，他以极精练的语言还原了先祖南迁的历史。绵长清丽优美的音调伴着极不相称的铁蹄铮铮。"到处是接云的高山，险峻的道路"，泥泞的山路，虎啸猿鸣，迫不得已离开家园的声声苦难一一嵌进了南曲的音词里，这方苦难的土地还来不及平和地喘息，"一次又一次的战争，一次又一次的流血"，反反复复地啃噬，这何时才能止息。优雅的曲调背后是涂抹不去的贬谪与背井离乡的苦楚。南音声起，从洞箫的圆孔流泻，琵琶弦上叹息，音符次第跳跃，忧伤层层叠加密密包围。唯有用声响亮的呐喊来震动天地："故乡呀，你把过去的痛苦遗留在歌中，让世世代代的后人永不忘记。"

越过流水穿过哀啼，南音颠沛流离的前世今生被牵扯出来，那是先祖们的点点泪痕与滴滴血迹。待到诗人将一幅阔大的历史背景铺开后，他笔端一转，返回到一个细致的点上。"孤舟在风浪中覆没，妇女在深夜中独坐，生者长别，死者无消息"，诗人选用了思妇的形象来进一步诠释南音的内涵。可不是，一个区域苦难生活的最终落脚点毫无疑问是——女人。在闽南生活着一群怎样的女子？她们恪守着中原文化里传统女性的美德，勤劳善良、隐忍大度；她们孕育子嗣，忍受生活艰辛的折磨以及分离的悲苦。她们耗尽毕生的心血方令脚下的土地得以繁衍生息，呕心沥血地坚守才有故土家园如春的暖意。她们是南音曲词里的原型人物，是南音的演绎者、演唱者也是欣赏者、践行者。阴柔的乐曲，写尽特定区域女性内心曲折的情志。她们的娇嗔、期盼、牵挂、怨尤，所有的爱恨情愁都寄寓在南曲音阶的起伏咏叹中。

去歌颂女性，去体察女性的美与苦，是全世界共同的感情，也是诗歌共同的主题。对女性美的崇拜和神化，是浪漫主义的美学精神。蔡其矫对女性的怜惜与爱足够深沉，他的诗歌里一直以来都将女性当成美和爱的象征。即使在长期"以阶级斗争为纲"的年代，他仍然大胆地表达："太阳万岁！月亮万岁！星辰万岁！少女万岁！爱情和青春万岁！"（《红豆》）这一点在《南曲又一章》再次得以印证。

在诗人的故乡晋江，有一种特殊的建筑群——番仔楼。20世纪初年，多少男子迫于生计，继续跨过海往南奔走。红色的砖墙、高翘的燕尾脊、绿色的琉璃瓦、雕花的群堵，哪一处没有浸染男子们的心血和女子们的离人泪点点？"南方少女的柔情，在轻歌慢声中吐露；我看到她独坐在黄昏后的楼上，散开一头刚洗过的黑发，让温柔的海风把它吹干。"诗人以铺叙的手法塑造了一位于阁楼上朱唇微启低眉歌咏的南方少女的形象。最是撩人情思的黄昏时分，少女松懈了白天紧张的忙碌、拘谨的防备，散开发髻，以轻盈的身姿独倚干栏。海风吹拂着她飘扬的黑发，聆听着她的轻歌，她需要将内心的万般柔情消散，或寄托孤雁，或分予流水，或乘着海风，捎去，到达海的另一边，那里有她日思夜想的情人。"微微地垂下她湿的眼帘，发出一声低低的叹息。她的心是不是正飞过轻波，思念情人在海的远方？"在幽怨的南音声中离开的情人，此时，在异地他乡，能否穿过山水的阻隔，听到这一声欸乃。她仍是期望，仍是执着地保有念想。恻恻的轻怨、脉脉的情思、静静的泪痕，在南音声里游来荡去。

恰在此时，阁楼下盛开的花朵不合时宜地闯入，花香无情地袭来，让本来可以排遣的忧伤又折将回来。"当她抬起羞涩的眼凝视花丛，我想或许是浓郁的花香使她难过。"花的意象介入，令主旨趋向明晰。浓郁的花香掀起内心深处的感伤是多重的。"良辰美景奈何天，赏心乐事谁家院"，"便纵有千种风情更与何人说"；"红颜岂得长如旧"，"花开堪摘直须摘，莫待无花空折枝"，刹那的芳华怎敌它似水流年；"兰泽多芳草，采之欲遗谁？所思在远道"，只怕要落个"同心而离居，忧伤以终老"。

暮色迷蒙，花香缕缕，凄美的意象，迷茫的心境。一滴清泪仍在眸中流转，一首南音仍摇曳心间，余音袅袅，不绝如缕。世间所有的美都不应被辜负，更不能被摧毁。唱一曲南音，聊以寄托对苦难土地不可遏制的爱，爱它的艰辛，爱它的不易，爱这方土地上所有的美。

"为什么我的眼里常含泪水，因为我对这土地爱得深沉。"（引艾青诗）《南曲》及《南曲又一章》，呈现出诗人对故土家园最深沉的热爱。他将苦难与美对举，产生一种错位的震撼，传递着对家乡的关注对女性的怜爱，激发了人们对反常社会现状的不满，呼吁人们大胆去追求自由与美，创造更美好的生活。

145

斯人已逝，托体山阿，他依偎着的土地，苦难枷锁早已脱尽，昂扬而情深意长。南音声声再次响起，那是檀板共金樽的惬意。只是我们终不能忘记过去，愿惜取眼前人与事。

那个叫谁的女子

随着影片《芳华》的热映，带出很多议题来。人们开始回想属于他们的芳华岁月。剥开时代的外衣，其实每一代人的青春都有不平凡的故事。

我们是唱着《恋曲1990》，从中学校园离开的一代人。在高高的石鼓山上，处处留有我们青春的痕迹。相对于《芳华》中涉及的青春伤害，属于我们的芳华时代还算温情而暧昧。除了应对高考，我们还挤出时间去写朦胧诗，同时成立了文学社，取名"华苑"，社长就是诗人刘志峰。

我和刘志峰是同学，中学六年的时间里，我和他同一个班的时间就有五年。初中时，他是个清秀腼腆的小男生，"鼻锥目锥"（闽南语，五官端正之意），皮肤有点黑，高而瘦。到了高中，白衬衫换成了花衬衫，平直的短发卷曲，时常戴墨镜，越发有文人的疏狂之气。而如今，刘志峰似乎渐渐辜负了他的那副好皮囊，一首古典诗咏叹成意识流小说，泾渭分明的隶书变为了狂草。为工作熬红的双眼，灰白的头发，都在彰显着他一路走来的沉实与厚重。

刘志峰属于早慧那一类，早在高一年便与诗结缘。他的处女作《我和你》，后来登在《泉州青年报》副刊的《蓝鲸诗报》上。到了高二年，他不仅自己写诗还带着我们写诗。那时晋江一中的文科班里，忽然涌现出一群才情四溢的学子。我们深陷诗歌的海洋不能自

147

拔，很幸运在我们一辈子最美好的青春年华里邂逅了诗歌。然而很奇怪，那么浪漫的一种文学体裁熏陶下的我们，却格外清醒。我们班三十三名男生和三十三名女生，平时基本不讲话，很难想象当时情窦初开的我们，能将情感埋藏得如此之深。我们不谈恋爱，但一些互生的情愫，即便掩藏很深，也会露出点端倪，于是一场集体的暧昧就产生了。也许正是处于这种烟雾缭绕的情感氤氲中，我们才更有写诗的情怀。然而，穿着花衬衫的刘志峰却是例外，他能在诗歌里爱得死去活来，实际上是游离于现实情感之外的。反正至今我不知道他对谁动过心，谁是他"那个叫谁的女子"。如今，对他细究其中奥秘时，他就回你一碗面线糊。

《芳华》里，那个比刘志峰名字少一个字的男主角刘峰听完邓丽君的靡靡之音，内心压抑的春情爆发，拥抱了女兵林丁丁，后来被诬为耍流氓，人生也戏剧般地逆转。影片《芳华》的原型小说是《你触摸了我》。触摸这件事，要搁在比刘峰生活的时代还往后退十几年的晋江，一个高中文科班诗人刘志峰身上，那是绝对不可能发生的。一来，他真没这个胆。可能借他一个胆他就可以了，但他无处可借，估计也扯不下脸皮去借。我觉得刘志峰比刘峰之间真的存在着一个"志"的区别。他早早地在寻找出路。1990 年，他写下了《做一个开门的人》。"终于，我是芒，冷芒。无所适从的芒，抑或我不知道门的方向。我是一个开门的人呀"。他把笔名取为"楼兰"，表达着对神秘莫测的大西北的向往，高考时几乎所有志愿院校的专业都选择历史系，无论是从时间还是从空间上他都渴望走得更远。到了后来，他从学校到文化馆，从晋江到福州，不断将脚迈向更远的地方。所以，一心有着远大志向的刘志峰，在高中零绯闻也就似乎找到了答案。也许他喜欢过"一个叫谁的女子"，但是谁都不知道那个叫谁的女子是谁。他在他的诗歌王国里历经了爱情的各种甜蜜与磨难。

我与刘志峰有一些不多不少的交集，但一直无法走进他的心灵，去明了他的心思。只是我对于出生、成长在晋江的这代男子多少还是有所了解的。我总感觉他们渴望成功胜过于期待爱情。在刘志峰的诗歌中多歌颂爱情，在我看来，他心目中的爱情远远不止于爱情本身，他将他对于未来所有的向往，以及对美好生活的所有渴望，都加诸爱情身上，也正是如此，在他的诗歌中他心目中的女性形象并不特别明显。

他对于爱情向来是理智的。"像爱生活一样去爱"，他的爱情只是生活的一部分。当爱情遇到挫折的时候，他又是勇敢而清醒的，他从来不奢望有人来救赎他。"我沦落爱情深处，谁也无法把我救赎，拯救楼兰的人呵，请你别管我，请你袖手旁观。"他比谁都理智，"在纷繁的爱情面前，我已经学会了宠辱不惊"，他不指望某个特定的谁来成为他爱情的救世主，他有拯救自己的能力。

他对于生活始终充满了追求，他跟他的女主人公缠绵之余，想到的还是更广阔的人生。"我在爱情世界里，浪费生命，虚度光阴，只有以殉难来成为你心目中的英雄。""爱情深处。我希望爱情早点结束，我的未来还很漫长，与你形影不离的时间却很短暂。"

在晋江这个特定的区域里，刘志峰他们这一代男生拥有一种共性。他们有理想有追求，情爱的东西不会是他们最终的牵绊，他们泛爱而绝情，他们的心野着呢。

"在我的爱恋里，永藏着一个人的寂寞。"在爱恋中，他的个体意识绝对清醒。不过，在他们的爱情里，始终还留有一个位置——那个叫谁的女子。这个叫谁的女子一旦有了相应的名字，一般来讲，都会很幸福。因为他们一旦投入就会倍加珍惜。他们渴望稳定的情感依托，"爱情深处，我一个人，我不知道，我的爱情是有爱无情，还是有情无爱，在我的爱情中，没有传奇的故事，一个人的独幕戏，在漆黑里上演"。他们的爱情没有传奇故事，更多的是一个人的独角戏，上面写着付出与担当。

　　即便现在，刘志峰依然冥顽不化。他经常乘坐往返于泉州与福州的动车。坐得最难受的一回，是邂逅了一个美女。对于美女的界定，刘志峰有他的标准。例如他第一眼看女人化不化妆。他见不得女人涂脂抹粉，以自然美最佳。他看女人的第二眼就是牙齿，牙齿长得洁白整齐，可以加上好几分。再来他害怕香水，可能鼻子敏感也可能香水有毒，反正他抗拒香水。估计那次碰到的女子长得漂亮，更幸运的是美女还坐在他身边。这一路，他想看不敢看，一路如坐针毡。而搭讪一个邻座的美女太容易了，比如调整一下坐姿，扶一下倾倒的水杯，捡一下掉在地上的东西，眼随手动，对上眼后，就搭上话了。但刘志峰这个被老山羊骂成"晋江文坛的封建老头子"的人，死脑筋就转不过来，活该他一路坐得辛苦。

　　我提笔写文章的时间不长，期间没少麻烦这位老同学。某次闲聊，我不无遗憾地感叹，当时文科班里那三十三个男生，没一个人给我写过情书。刘志峰开玩笑地说要不用旧信纸补一张情书给我。旧信纸写假情书，假的总是真不了。但如果真的写得出来的话，也许可以把这首情诗留给我们的下一代，让他们一起见证我们逝去的芳华，我们最纯真的过往。

世界尽头的温暖

——电影《寻梦环游记》观感

随着 2015 年电影《007：幽灵党》票房破纪录，墨西哥全年最重要的民族节日——亡灵节狂欢也渐为世人所知。今年（2017 年）11 月上映的《寻梦环游记》再次将这个古老而传统的节日推到了世人面前。

迪士尼《寻梦环游记》是皮克斯动画工作室的第十九部动画长片，该片的灵感源于墨西哥亡灵节，讲述了热爱音乐的小男孩米格和落魄乐手埃克托在五彩斑斓的神秘世界开启了一段奇妙冒险旅程的故事。

一个鞋匠家庭出身的十二岁墨西哥小男孩米格，自幼有一个音乐梦，但音乐却是被家庭所禁止的，因为米格的曾曾祖父为了追寻音乐梦想，弃家而去。亡灵节那天，米格在家中供桌发现曾曾祖父的相片中那把吉他与歌神纪念堂里的吉他极其相似，以至于误认歌神为他的曾曾祖父。他私自爬入纪念堂触碰了挂在墙上的吉他而踏上了亡灵的土地。米格被多彩绚丽的亡灵世界所震撼，惊喜之余他重逢了逝去的曾祖母和其他祖辈。经历了一番离奇的情节，真相大白，原来歌神下毒毒死了米格的曾曾祖父，霸占了他谱写的歌曲。最后，在亡灵世界的祖辈们的祝福中米格重回了人间。

《寻梦环游记》是一部神奇非凡的电影，可以说是最近几年迪士尼皮克斯动画的集大成巅峰之作，相比之下《冰雪奇缘》《疯狂动物

151

城》显得暗淡了不少。从技术、艺术、故事、文化方面来说，都是一部各方面趋于完美的电影。特别在主题方面，它不仅阐释了关于梦想与家庭的主题，还带给人们一种关于生死存亡的深思，这样厚重的文化哲理做到如此深入而浅出，的确给观众们带来不一般的惊喜。在中国放映短短的一个多月时间里，影片票房突破了五个亿。

影片里谈死亡、谈纪念，其实都是在探讨，对生命中所有的流逝，应如何好好说再见。在这部电影中，死亡似乎并没有什么可怕，活着的人可以借助亡灵节和离开的亲人的灵魂，死亡不代表真正的离开和消失。只有被活着的人真正遗忘，那才意味着真正的消失，这叫作"终极死亡"。米格的曾祖母可可是世间唯一记得她父亲的人，当年迈体衰的她生命即将走向终点，在亡灵世界的父亲也就是米格将因为世间无人纪念他而面临终极死亡。幸好，曾曾孙子漫游亡灵界，解开事实真相，米格重回人间，用音乐唤醒曾祖母的记忆，曾祖母拿出珍藏在抽屉里的父亲的相片，亲人们原谅了米格的曾曾祖父，将他的相片还原，放到了供桌上。第二年的亡灵节，曾曾祖父得以回来与活着的亲人团聚。

起源于古老的墨西哥土著印第安文化的亡灵节，是在 16 世纪西班牙人来到新大陆后，将西方天主教万圣节与印第安人祭祀亡灵的古老传统相结合，从而逐渐形成的。2003 年，它被联合国教科文组织纳入了人类口头和非物质遗产代表作。"对于纽约、巴黎或是伦敦人来说，死亡是他们轻易不会提起的，因为这个词会灼伤他们的嘴唇。然而墨西哥人却常把死亡挂在嘴边，他们调侃死亡、与死亡同寝、庆祝死亡。死亡是墨西哥人最钟爱的玩具之一，是墨西哥人永恒的爱。"诺贝尔文学奖得主、墨西哥本土作家帕斯的一番话诠释了墨西哥人对于死亡的态度。他们认为死亡并不意味着结束，而是另一种新的开始。死是生的反面、是生的补充。因为亲人的爱，发自内心的纪念，逝去的亲人将永远活在另一个世界里，并在一年一度的亡灵节前来欢聚。

影片再现了墨西哥亡灵节的盛况。不同于东方中元节与清明节的忧伤宁静，墨西哥人一扫忧郁阴霾的情绪，人们在墓地或者家里聚会，彻夜跳舞唱歌、吃喝玩乐，俨然是把它作为一场大狂欢。五颜六色的剪纸、丰富美味的祭品、有着金色灵光的蜡烛与万寿菊、欢快跳跃的音乐，将一个快乐祥和的墨西哥小镇呈现在我们面前。影片中米格闯进了亡灵的境界，灵界的美更超乎我们的想象。天空中高耸的楼宇，金碧辉煌、灯火璀璨，这分明就是中国神仙居住的宫阙。绽放的骷髅形状的烟火如此俏皮可爱，紫色的主色调熏染下的城市更有一份浪漫而迷幻气息。亡灵的城市不像中国的冥界那般暗黑冷清甚至残酷，他们和活人的世界并没有大的区别，甚至过得更加自由洒脱，生活更加斑斓炫彩。

反观我们对待死亡的态度向来是模糊不清的，回避与拒绝。孔子对于弟子请教他关于死的看法时，他黑着脸说："未知生，焉知死！"然而后期的儒家又规定出了许多烦琐的祭祀形式。人们从精神上回避死亡，又在物质上强调它。但随着佛教的传播，封建统治者又曲解了教义，借助封建迷信将鬼神惩戒之说发扬光大，以因果轮回来钳制人们的思想。我们从小看到了人们在失去亲人时呼天抢地，耳闻固定旋律的哭丧曲子。清明时节踏青，新坟堆旁，亲人们撕心裂肺的哭声，令我们不禁也悲从中来。在大人的暗示下，我们始终视死亡以及有关的祭品为不洁，鬼神地狱之说也成了我们思想上不可摆脱的桎梏。

翻看历史的源头，起初并非如此。道教的源头《道德经》里对死亡有非常清晰的认识，《道德经》有四个字——出生入死，含义是人一出生就直奔死亡而去。后来人们将之曲解为大胆。还有另一句：死而不亡者寿。人死了，但是人的名声、精神、人格没有在人世间消亡，这才是真正的长寿。那个时候人们并没有把生命物质的终点当成是终点，他们有更高的追求。庄子有个鼓盆而歌的故事，说的是妻子死后，庄子敲起盆唱起歌，好友惠子看不下去，说了他几句。庄子认为，妻子原本是混沌宇宙中一股气，偶然机缘成了人形，如今又回去了。这种从自然中来到自然中去的超脱生死观，与影片里表现的印第安人对于死亡的解读是相似的。这样的理解也许能为我们解开内心最幽闭的一面，以洒脱之姿与往事说再见。

人们总是会想方设法要跟关于死亡的一切决绝。但是，谁又能逃得过这死亡的归宿呢？倒不如像墨西哥人那样接受它、爱上它、调侃它。用快乐祭奠悲伤，以此来安抚痛苦，以此来纪念逝去的亲人，更不乏为一种人生哲理。《寻梦环游记》以精巧的布局、绚烂的色彩、温馨的音乐，用家庭的温暖点亮梦想的火焰，用文化的底蕴为我们烹饪出一道人生的美味佳肴。通过影片，我们感悟了生之绚烂，也深深体味到死之炫美。拉美人民娱乐至死的精神，为我们灰蒙蒙的生活点燃了耀眼的火把。

供奉的遗像是牵引逝去的家人回家的通道，驻留的记忆是保持亡灵存续的神力。我们难逃不可逆转的流逝，为你写一首歌，记住我，世界的尽头会在乐曲响起的时候温暖无比。

拥抱，在风起时

昨夜雨疏风骤，辗转难眠。今早儿子又要离家去学校，他的身姿越发颀长，当年在怀中粉雕玉琢的小人儿，如今已是堂堂七尺男子汉。

"儿子，抱抱？"我仰头望着他。

"哦……"他的眼神闪过一丝犹豫的腼腆，但他还是张开双臂，"来来来，抱抱抱……"

他是聪明的，总能把离情中的沉重化为轻松。只是我的眼泪有点不争气，在电梯即将关闭的那一刹那，滚落。想起他小时候，整天像橡皮糖一样粘在我身上，还时不时主动索求爱的抱抱。随着身体的不断拔高，性格也越发内敛，拥抱也渐少了。以前，总需蹲下来，弯下腰，才能把他抱起。如今，我的双臂只能绕着他的腰。我的怀抱越发小了，容不下为学业远行的他，他要拥抱更辽阔的远方、更美好的未来。爱总是希望双方的关系日趋紧密，而父母对子女的爱到最后却是一次次地目送，一层层地剥离。

8月底，大侄子要去美国求学，我和大嫂送他到香港机场。一路上，我话题多多，气氛倒也融洽，不至于太伤感。直到侄子要进登机口，我再也忍不住了，我主动张开双手，抱了抱他，轻声叮嘱。身边的大嫂一脸淡然，并没有想拥抱的意思。侄子松开手转身进了安检室，我们也就折回了车上。我正奇怪于大嫂的淡定，突然大嫂眼眶里泪水决堤而出。我这才明白，刚才的她，需要多大的隐忍，才能遏制自己的情感。并不是每次离别都有勇气去拥抱，并不是每次离别之后都敢用力去思念。

以往祖母住在香港，我在内地工作。接近寒暑假，祖母就早早打来电话询问我去香港的日期，记忆中每次的相聚短暂到只残存离别的画面。离别之时，我都要狠狠地拥抱祖母，拥抱她日渐衰老的身躯，并允诺下次相聚的时间，总感觉她依恋的目光紧紧地牵绊，令我的离别举步维艰。每次拥抱，她的躯体呈现出渐次的羸弱，令你内心慌乱不已，那种随时都可能失去的恐惧，不断叠加你的痛楚。你不得不去面对这样的事实——眼前的生命正在逐渐消逝。我们还能做些什么呢？唯有用拥抱去呵护她的风烛残年，去体味躯体温暖的存在，安抚她不安的灵魂，在她逐渐老去的路上，因为陪伴，不孤单寂寞。

也是在香港，尖沙咀码头，曾看到一对中年男女忘情相拥。女子身着卡其色的风衣，细长的小腿，脚上是雅致的高跟鞋。男子身着得体的西服，结实的臂膀。他们温暖地相拥，在维多利亚港阔大的背景里，留下了美丽的剪影。但凡男女的拥抱，总免不了有点暧昧的情绪。然而那天，它却给我满满当当的感动。那不是敷衍的拥抱，由于时间很久，也不是礼节上的相拥，我分明看到女子脸颊有两行清泪。那是两颗心相互融合与包容，是情感上的共鸣与回响。中年，一段尴尬的时光，总自以为悟透人世的苍凉，渐渐失去了年轻时的热情，再不是秋日树上的黄叶，风稍一吹，就能漫天飞舞，犹如一方磐石，峻冷的躯干掩饰了它的脆弱，再强劲的风也不能轻易撼动它。一个外强中干的年纪，还没老到从容的时分。当时那对中年男女的拥抱，敞开的情感在苍穹之下散发出来的美，久久激荡于我心中。

秋风乍起的今天，似乎在预告冬日的寒冷。如果能不吝张开你的臂膀，拥抱你所爱的人，让拥抱温润每个细胞，让爱充盈我们的躯体，尘世终成天堂。

当古厝长满了草

那天午后，天空有些阴霾。

母亲、表哥与我，三人慌里慌张地在村口盘绕，最终才在乡亲的指点下，来到古厝面前。

我们的到访有些唐突，让你措手不及了。显然，你是拒绝的。高过肩膀的野草，绽放着细碎的小白花，摇曳着吞没了门前的土埂，掩埋了埂上的水井。屋顶的瓦片上一道道潮湿的灰黑的苔痕，是未凝的墨迹。石墙泛着时光的微黄，方砖斑驳成一抹抹惨淡的红。丛生的藤蔓夹杂在枯黄的野草的细须里，从屋檐的角落垂落。大门上了锁，被蛛网封锁，垂吊着一只蜘蛛，一起一伏。木质的门板上生锈的锁，干枯的黑色是冷峻的面容。你就像佝偻的老妇人，局促不安地摩挲着双手，尘满面，鬓如霜。我们三个熟悉的陌生人，木然地站在原地任凭相见的哀伤席卷全身。

这不是你原来的模样。对于我们，你向来是敞开胸怀愉悦接纳的。这三个人中，一个在她十二岁那年成了你的第一任主人，一个在你怀里呱呱坠地，还有一个与你一起戏耍了满满的童年光阴。

然而，今天，这三人只能小心翼翼地从灶脚（厨房）的小门推将进去，满屋的野草与尘埃一起扑面而来，那一刹那的惶恐几乎伤及了我的尊严。我闯入过一处荒芜的小公园，公园的三四把长椅上盘踞满野猫。野猫们那么不留余地地侵占，此刻的伤感与当时如出一辙。

157

深井里本铺满了青石，野草究竟如何奋力挤破了石缝昂扬地生长。爬山虎更是绕过石阶，向大厅深处、向两侧走廊欢快地匍匐前进，整个房子只要阳光所及的地方便少不了它们的踪影。此时已是寒冷的冬季，许多叶子和藤蔓已经呈现出枯黄，但遗留下来的阵容仍可让我们感知在炎炎夏季里它们曾经的喧闹。一棵不知名的树，挺着细长的躯干从深井中间探出围墙之外，枝条在上空柔嫩多姿，诡异得妖娆。小阁楼上的亭子里，有个花盆栽种着常青藤。它乖巧地生长，有节制地攀爬，内敛而拘束。但不知何时它早已踢翻花盆，陶瓷的碎片散落一地，它的根茎混着泥土暴露在空气里，向四周的地面寻找土壤，根茎越发粗壮，叶面硕大，有几条坚实的藤蔓在阁楼通往亭子的小门上交错着，野性十足地盘踞了整个亭台。

这地方原是一片光秃秃的山头。外祖父从菲律宾汇了钱，后用这笔钱在山上盖起了第一座房子。母亲犹记得当年的石头是从永和镇的马坪由毛驴驮过来的，她帮忙煮了一锅锅地瓜给赶驴的工人吃。木头则是从双沟买过来，起初放在旧房子的大埕上。夏夜，村民就爬在木头堆上睡觉。外祖父外祖母花了好大的心血才把房子建起来，然后全家从拥挤陈旧的老房子搬到崭新的大厝。母亲说起这些感受，面部表情丰富而言语贫瘠。正值抗战时期，能盖房子算是经济富裕的人家，政府曾派人来借过几担粮食，在新中国成立后才一一归还。社会秩序渐趋稳定，人们甚至夜不闭户，母亲一家也得以在这荒凉的山头安居。

同行的表哥正不断地以记忆里的画面还原眼前的景象。

"当时，奶奶就在这里做饭。"表哥望向几乎被尘土掩埋的灶台，上面有个破旧的水瓢，"我就在外面榉头的走廊上玩着大瓮的水，一瓢一瓢地舀……"

"房子里住了好多人。中午大家就围着桌子吃饭。饭后，大人就把桌子移到大厅，玩起纸牌。一大班小孩在走廊、在深井玩得忘乎所以。"那时，大家关系可真好啊！"表哥感叹着。

"晚上我就住在后轩的厢房里，白天经常在阁楼上玩耍，有时奶奶会把我抓到榻上，逗我玩，就在这里。"表哥所指的地方是阁楼上坍塌最严重的所在。我极力去回想当时的情状，可惜眼前的虚空太大，我的记忆弥补不了那方缺失。这方睡榻在这空间的存在，从无到有，再从有到无，也就短短的几十年时间。

古厝前面有棵芭乐树，心是红的、软的，季节一到，满树沉甸甸的果实，芳香四溢。我们几个外甥如约而至。树不高，果实唾手可得。而今，我再也不曾吃到过如此香甜的芭乐，很老套，但的确如此。另外，还有一株果树叫作邻居家的果树，至今令我们念念不忘，满足了孩童时的诸般欲望。屋后的邻居家有一棵龙眼树，枝繁叶茂，果实累累，我们只需爬过小阁楼朝北的小窗户，趴在屋顶上，那一串串的龙眼就在眼前颤动，忍不住要剥几颗在嘴里咀嚼，那甘甜顺着喉咙流淌，四肢百骸，通体舒畅。这种行动需隐蔽，通常选择在黑夜里，折完几枝就得迅速撤回。溜到阁楼后，几个小孩就在那里攀比谁用的时间短折的果实又多。吃完的龙眼籽聚拢在一起，等到白天，作为攻击武器。大舅房间的屋顶中央，有个一米左右的正方形镂空处，在阁楼上用木栅栏围着，大人通过那个空隙输运东西到阁楼储藏。我们几个小孩就围在木栅栏旁，把龙眼籽砸向经过房间的人。砸中后，小伙伴们哄堂大笑作鸟兽散。

表哥细心地发现走廊尽头的侧门，门闩打开着，他边念叨着边将门闩拴牢。可是，这样意义并不大，整间房子，基本是敞开着，不光是深井上那片空阔，还有后厢房的屋顶破开的窟窿，阳光倾泻在颓圮的木头柱子上，屋后的龙眼树窥视着屋内的一切。这不再是包裹严谨的房子，它远离它的主人太远太久。它的主人散落在香港繁华逼仄的都市里，只能在梦境里回味从前的过往。所幸这座荒废的房子仍在，虽已遍体鳞伤，不过它包容的不是它所期待的，这些杂草实在有点喧宾夺主。

然而细想下这世间谁才是房子的主人，也都是过客罢了。

埕 上 丝 瓜

大埕是闽南古厝的标配。每座大厝的门口基本都有一片敞开的空地，一般会用围墙隔离，以此来作为公共与私人的领地的界线。这片空地，有些是用红砖铺就的砖埕，更多的是大青石板砌成的石埕。埕能让登堂入室的客人在进入大厝大门的时候有一段缓冲的距离。在建筑功用上，很大程度上增强了大厝的私密性。这片埕还是大人晒稻谷种花养家禽、节日祭拜宴请宾客和小孩嬉戏打闹的地方。

家里曾经拥有一片大埕，祖母带着全家在埕上种菜种花、养鸡养鸭。记得丝瓜是埕上每年必定光临的客人之一。农历二三月，我们便在埕的东南角，靠近围墙的位置撒下丝瓜种子。施肥浇水，过段时间，细芽纷纷从土壤中钻出，两瓣嫩嫩绿绿的叶子在晨露中伸展。

待到幼苗的颜色渐趋碧绿，叶面伸展出不规则形状，就选择几棵长得较为苗壮的，挪移到周边的空地上，保证每棵幼苗都能拥有宽阔的成长空间。在闽南，你不必担心雨水不够充分，何况在厝埕的西边有一口水井，涓涓长流。

有了阳光与水的滋润，丝瓜的幼苗不断苗壮成长，它们努力地向上延展，叶面越发宽大，长出根须，细细长长卷卷，不断向外界试探性地生长。接着，要在每一株幼苗的近旁插上竹竿，挑起那细嫩卷曲的根须，小心翼翼地在竹竿上绕上几圈，像扶起一个刚刚从匍匐的状态下站立起来的幼儿，牵引着它的方向。

在我们辛勤的浇灌施肥下，它一天天向上向上攀爬，一根竹竿的长度已经无法满足它生长的欲望。某天早晨醒来，它细长的嫩须，正颤巍巍地游离于竹竿之外，它在寻觅，寻觅一个更为广阔的生长空间，搭棚架这事就势在必行了。先在围墙边角对角线处的空地上竖起一根柱子，与埕角落的两边围墙用竹条和绳搭成个四方形的棚架。取来绳子，将绳子的一端轻轻绑住丝瓜藤的根须顶部，另一端绑在搭好的棚架上。它用它极度敏感的根须环绕着绳子，朝着阳光的所在，紧紧依附着，向上向前缠绕而行。

有了那么多努力生长的丝瓜，整个棚架绿油油的颇具规模。一旦它们都爬上架子，就不必担心它们会乱跑。偶尔也会有一两根特立独行的丝瓜藤，特别有些爬上围墙，依附墙体的支撑，它们根须粗壮，直指蓝天。有时会长到三四十厘米高，或许这样的高度让它们误以为自己其实是棵树，选择了以树的形式笔直地生长，长就长吧，也无须多虑，过些时候，根茎越发粗壮，无法承受的沉重自然会唤醒它们清晰的意识，它们昂扬向上的根须会低下、折回，乖乖地贴紧棚架，开始孕育花蕾。

最期待有雨的夜晚，一场雨后，藤架上密密麻麻结满了小苞，在层层硕大的叶子的陪衬下，那么骄傲地宣告着它们的到来。它们的到来也使得这群疯长的丝瓜叶从此有了存在的意义。阳光下，美丽的黄色小花挣脱了绿苞，金灿灿的耀眼。很快，这些绽放在棚架上的黄色花朵，引来了嗡嗡作响的蜜蜂。许多的果实是以花儿的凋谢为生长的起点，而丝瓜很好，它那五瓣花朵会在结果的同时，慢慢地收敛在瓜的末端，伴随着丝瓜一同生长。并不是每朵花都能结果，丝瓜末端的黄色花朵就是一个个桂冠，它们在为每条成形的丝瓜加冕。起初，那些丝瓜还小，它们会躲在架上，慢慢地长、慢慢地重，踪迹便暴露了，身体从架上的缝隙中掉了下来，一条条或笔直或带些许弯曲，在架下、在风中招摇。

丝瓜的采摘时机很重要，在丝瓜长到一定的长度，嫩嫩的时候就要下手，迟一两天，这些粉嫩的丝瓜很快就老了。老了的丝瓜，不仅剖皮难，不够顺溜，丝瓜瓤里的丝络变硬变粗，很难下口。每年待到丝瓜成熟的时节，祖母总把丝瓜分送给左邻右舍，一起分享丰收的快乐。在采摘的同时要选择一两条长势良好的，作为种瓜，让它陪着这片丝瓜藤直至干枯，最后才采下。

在繁杂的丝瓜架上总会有一些隐秘的丝瓜，或刻意隐藏，或由于你的疏忽，等你发现的时候，它已垂垂老矣，成熟到无法作为食材了。通常胖乎乎的，不同于其他的丝瓜那样直立，它们会横亘在架子或者围墙之上。这些干瘪的瓜仍是有用的，一直觉得这些应该属于丝瓜中的智者。志向高远的它们，不满足生命只是停留在作为食材的价值层面上。这些瓜有时是良好的种瓜，待到明年开春，它的种子便会撒入土壤，开启新一次的生命轮回。有的便会被采摘下来，用刀切成片状，在每一片的缝隙夹上茶叶，一层丝瓜一层茶叶，这样放制一段时间，就可以制成香甜去火的丝瓜茶了。当然也可以用食指和拇指捏碎那黄色干枯的躯体，让那层薄薄的如纸片般的碎皮随风飘散，残留的丝瓜体就是绝好的洗碗工具。

待到这片瓜藤完成了它的使命，那些曾经水分饱满的叶子开始渐渐失却了它的绿意。往往从一两片叶子开始干枯，接下来，枯槁的传染速度之快令你猝不及防。"桑之落矣，其黄而陨"，在秋日高远的天空下，秋风吹干了叶上的最后一点水分，叶子便卷曲起身体，如一只只灰黄斑点的蝴蝶，在架上以凝固的姿势与天地做最后的诀别。藤蔓一节一节地枯，蔫了，黄了，干了。最后，整片的丝瓜一起归于沉寂。

后来，这片厝埕铺砌了青石板，只留下少许空地，丝瓜多年未曾栽种。那天回到久不居住的老宅，在布满灰尘的碗橱里看到一个长方形的物体，用了好几层塑料袋包扎着，这样细心的存放方式是祖母的风格。我层层剥开袋子，赫然见到一条干瘪的丝瓜，它默默蜷缩在这角落。我似乎看到它幽怨的眼神。我虔诚地将种子取出来，在厝埕的东南角，撒了下去。这些种子定然不会辜负我，下次回家，它们会呈现给我一片茂盛，那是它们年年都有的模样。到时那抹绿意又会跃然于厝埕之上，可惜旧日的时光却再也回不来了。

老　　屋

　　老屋终是要被拆了，当母亲提议我一起前去沙塘乡下看看时，在很长一段时间我相当抗拒。每个人的一生都在过着自己的童年。于我而言，那是无数梦境的底色，盛满童年的烙印，某天突然被夷为平地，面对虚无的空间，犹如灵魂失去了躯体，一时间无处安顿。

　　房子未过半百，其实不老。这是极具闽南古厝特色的红砖厝，主体建筑为五开间四榉头带大埕，坐北朝南，由红砖和白石条构建而成。又先后续建了右护厝、埕头间，铺了石埕，才有将近一亩的规模。

　　母亲说，房子始建于 1966 年，花费一万五千五百元，其中五百块钱是赔人家的青苗钱（这块地原本种着别家大队的番薯）。那时远赴海外创业的华侨，纷纷寄钱回家建大厝。这些盖房子钱正是当年旅居菲律宾的几个叔公寄回来的。有一次在马尼拉参观六叔公的别墅，六婶婆还在念叨，当初建好这座房子时，他们在菲律宾还租房住。叔公们的桑梓情怀由此可见。

　　为了让后世子孙记住这一切，祖母特地拟了一副楹联镌刻在大门上，上联：一室融融长把恩情铭手足；下联：寸心耿耿惟将耕读勉儿孙；横批：德仁由义。两边的小门门楣上，一边刻着"勤俭"一边刻着"持家"。在"德仁由义"四字上头，还有龙飞凤舞的"罗裳饶秀"四字。很多闽南民居大门的最上端原应写着"某某衍派"（我们隶属"太原衍派"），而时值敏感时期，于是就换成了上面四个字了。

屋子的厅堂主要用来供奉先祖和祭祀神明。厅堂尽头放置着中案桌和八仙桌，两旁摆有太师椅各一副。跟普通家庭不一样，在中案桌最中间的位置摆放着曾祖父的半身石膏像，这是王氏太原堂为纪念他而雕塑的。中案桌旁边有个落地铜镜上面写着"急公好义"四个字，是菲律宾王氏太原堂对曾祖父的嘉奖。每当夜幕降临，厅堂里电子香烛氤氲着微弱红光，映衬着曾祖父冷峻的面容。有月光的夜晚，月色穿过深井，投射到厅堂，几种光色交织，曾祖父的眼神炯炯，神秘而庄严。2012年我前往菲律宾，看见二叔公挂在其居所的遗像，眼神犀利，仿佛能看穿你的心，完全诠释"炯炯有神"一词的内涵。这点与他父亲一脉相承，他的确用他的一生将父亲急公好义、热心公益的优秀传统发扬光大。在厅堂两侧的墙壁上挂满了叔父们受到国家领导人接见的相片，省、市各级政府颁发给他们的"兴医利民""乐育英才"等牌匾。

有这样的规模又饱含故事的老屋在当时的村里是少见的，热闹是它的常态，它是从来不寂寞的。

老屋在1979年就拥有第一台日立牌黑白电视机，那是由菲律宾的亲戚取道香港带回的，乡邻们至今依然津津乐道当年围观时热闹的情形。一到傍晚，母亲就得在大门外的五脚架上支张桌子，把电视机抬到上面，将家里所有的椅子全搬到埕上，大伙不一会儿就会围在一起，对着那小小的十四寸电视，被剧中人的喜怒哀乐所牵引，如痴如醉。

生活在这大房子里除了我家七口人、叔叔家四口人、姑妈家六口人，再加上祖母、祖母的婢女，可谓济济一堂。每到吃饭时间，母亲就用锡锅煮一大锅粥，小孩们一下子像蜜蜂围将过来，风卷残云，个个胃口好得很，哪像现在的小孩挑三拣四。周围的老妇人吃过午饭便会聚集过来陪祖母玩纸牌。邻里亲戚如果有谁房子不够住的，也经常过来家里借房间住。

逢年过节是老屋最热闹的时分，特别在每年的正月、普度。最荣耀、最喜庆的时分则是叔公们回乡观光。叔公们从菲律宾回来为他们捐建的学校、医院、礼堂剪彩。镇里的干部很早就吩咐村里要以高规格的方式来迎接。在村口，由小学生组成的腰鼓队、鲜花队恭候他们，把他们迎至家中。那时，老屋里，人头攒动，人人脸上洋溢着幸福与喜悦，老屋的风光一时无二。

日子在幸福中流淌而过，住在这里的人不断地向香港、菲律宾迁移，到了20世纪90年代，老屋里就剩下奶奶、父亲、母亲和我，以及从香港带回喂养的大侄女。老屋一下子空落冷清了不少。一到傍晚，我得早早将院子的前后门、屋子的正大门关得紧紧的。每次穿门闩，那木质的门闩几乎穿进心窝里去，在日落的黄昏，孤寂中带着凄凉的意味，至今仍在心头隐隐萦绕。

后来，我到青阳参加工作，父母也离开了沙塘前往香港。老屋交代给奶奶以前的婢女阿看打理。自此，我便甚少回家。偶尔有事回村，刚近村口，心里就堵得发慌，眼泪肆虐于两颊。原本有序整洁的老屋变得凌乱不堪，再加上四周房屋均垫高翻建，它呈现出与之前干净敞亮大气完全不同的低矮昏暗，而且因久遭白蚁侵蚀，屋顶的木梁多处被蛀空，成了危房。祖母房间的家具，同样也因白蚁的入侵，干脆腐蚀殆尽。

老屋最终被拆了。那天跟随着母亲回乡下，看到眼前老屋已经被一片挖好的地基取代了，四遭空落落的。百无聊赖的我正想转身离开，突然眼前跳过一只蟾蜍，只见它停留在地基的某一处，久久不愿离开，在它两侧我赫然看到两团蟾蜍模样的水泥，仔细端详发现的确是两只被水泥浇筑的蟾蜍。一下子想起小时候下过雨的夜晚，蟾蜍成群结队从深井的下水道钻出来，四处逡巡鸣叫。此时它们终是觅得了一种形式，与老屋一起幻化为永恒。

深　井

　　走进五店市，一座座红砖大厝立于眼前，当你信步走进的时候，不知你有没有注意到进门处那片敞开的天地，你站在那里，脚踏青石，头顶蓝天，情境一时开阔无比，你的思绪随之在顷刻间弥漫开去，在天地间无限蔓延。这方天地便是闽南人口中的"深井"。

　　闽南语中的"深井"即天井。它面向天空，有通天地之意味，是古大厝建筑的中心。古厝中的天井比起北方四合院的天井，相对较小，但有许多功能和作用是相似的，不仅可获取不可缺少的阳光和朝露，还可采光通风蓄水。深井最早与"庭"有关，在《诗经·魏风·伐檀》："不狩不猎，胡瞻尔庭有县特兮？"诗中最先出现这个"庭"。古代汉语建筑方面"庭"有两个含义：一指大门之内，二指大门之外。在《说文解字》中："庭，宫中也，从广廷声。"所谓"庭"，古代就定义为厅堂前台下露天空地。"天井"一词最初见于西晋文学家陆机的两句诗，曰："侧间阴沟涌，卧观天井悬。"后来"天井"在闽南语中发音为"深井"，大概是讹音了。

　　住过闽南古厝的人都是幸运的，因为到如今你再也找不到一处更敞亮宽阔、舒适自在的绝佳住处了。特别是古厝里的那方深井，能让你足不出户，便可拥有阳光与蓝天、明月与星光、清风与鸟鸣。我是这群幸运的闽南人的其中一个。我自幼生活在这样的房子里。

　　冬日早晨，阳光一大早便穿过深井，在房子里弥漫。闽南的古厝都是"光厅暗房"，当你睡眼惺忪地从暗暗的房间里走出来，一下子便有亮堂堂的阳光迎面搂抱你，一种足与抵御寒冷的温暖。有了阳光，你可以在深井里各种晒，可以把"踏斗"（闽南的大床前的一种小床）移过来晒枕头、被子，可以支起木制的脸盆架放上簸箕晒花生、虾米。有了阳光，小凳上的我可以依偎着藤椅上的奶奶，奶奶口中有各种故事。她总不厌其烦讲起她亲身经历的那场劫难。类似这样的故事只适合在白天听，因为你呆呆地听着听着，抬眼望去，蓝天上的白云怎么都不会聚拢成贼人的模样。换成晚上的话，天上的一团团黑影像极了几个正准备往下跳的贼子，恐惧会直接带进你的梦里去。由于你虔诚地聆听，奶奶从兜里取出一些稀有的巧克力、水果味的糖果、香甜的饼干，都是你平日费尽心机偷偷摸摸去房间各处搜寻不得的美味。冬日的深井里，伴着故事，温暖中透着丝丝的甜味。

每年春天，深井会迎来一群尊贵的客人。可爱的燕子每年如约而至，它们会选择在大门塌寿左右两侧的屋檐下，或在深井东边两条石柱与屋顶连接处筑巢。燕子从蓝天上飞过屋脊，斜斜地掠过深井的上空，准确无误地钻入燕巢中，在空中留下美丽的飞翔的弧线。奶奶说燕子来咱家筑巢是因家里风水好有福气，打小我们对于这些客人相当友善。那些筑在家里的鸟巢，时不时会往下掉些东西。一坨坨灰白的鸟屎，"啪啪啪"地掉在石板上，因为下坠时力度饱满，坠地的那一刻炸开的线条四射开去。有时是小小的鸟蛋，从缝隙中掉下来，黄的白的洒了一地。大概是粗心的燕子妈妈筑的巢不够牢固，连雏鸟也掉了下来，通体红色，一根羽毛也没有，颤巍巍无助地立在那里，可怜得很。这时，我们会搬来梯子，小心翼翼地将它捧回巢里去。燕子们基本是安静的，默默地在深井处繁衍生息年复一年，直至古厝托人看管开始凌乱不堪，它们或许是嫌弃了，渐渐鲜见它们的踪影了。

最美好的还是夏天的夜晚。那时只有一把蒲扇就要挨过炎炎夏日，深井给我们带来无数个清凉的夏夜。我们经常铺一张席子在深井边上的走廊，其实如果睡在深井里会更凉快些，但大人说露水太重，对人不好。夜里，深井凉风习习，伴着院子外的桂花香，一阵一阵地，扑鼻而来。月色撩人，皎洁的月光透过深井，形成一个菱形的月影投射在走廊的青石板上，月光与青石板的磷光交织着，泛起阴冷的气息。月影可调皮呢，不断变换位置，在走廊四周游走，又像被谁牵扯着，四条界线忽长忽短。月光时明时暗、浓淡不一，却总是安静恬然。躺在青石板上，任月光悄无声息地在身上拂过，温柔而静谧，你的身体会变得很轻很轻，在深邃的夜空下沦陷在梦境中。

闽南雨水足，特别在春末夏初，天好似被砸开了个窟窿一样，哗啦哗啦往下泼水。儿时的我，最爱雨天，门外的路泥泞不堪，哪里也去不了，刚好躲家里，对着深井，看雨水从这四方形的空间往下坠。雨势小的时候，雨丝在深井上空随风扭动，升腾起一番迷雾，懒懒散散的，不够带劲。碰到大雨倾盆，那下得才叫痛快，一条条粗线条的水柱迫不及待、争先恐后地往地上砸，走廊四边全溅湿了。在这方天地里的雨，似乎不满于这种囚禁，带着饱满的情绪，有些暴躁，放肆地冲刷着、宣泄着，直至乌云散去，阳光重返。这是户外看不到的美景。趁大人不在，拿块布堵住下水道口，在深井里蓄起一汪约二十厘米高的水，取一个脸盆放在水面，自己坐到里面去，在假想中扬帆起航。当时，村里头有条小溪，自从被小溪中的水蛇吓得魂飞魄散后我再也不敢去，雨后的深井大大满足了我童年时对水的渴望。

下过暴雨的夜晚，深井下水道里的蟾蜍会约好出来狂欢。它们趾高气扬地跳跃着，粗糙地鸣叫，人至不去。面对这些丑陋不堪的家伙，有时真的无法容忍。据说他们有秘密武器，身上有毒液会把你变成一个麻子，况且，深井的下水道全仰仗这些清道夫，久而久之，也就接受了它们，不过仍是拒绝它们跳上走廊侵占我们的领地。若不自觉的蟾蜍过于兴奋跳上来，立马遭到我们的驱赶。后来，它们渐渐乖了，安分地在深井尽情跳跃，扯开喉咙拼命嘶喊，和我们一样三五成群的。我们在走廊嬉戏追赶，它们在深井逡巡鸣叫，各自喜欢。

不住古厝已经好几个年头了，古厝也拆掉重建了，但心里头对深井的情结却怎样都拆不去。看过北方古城的老宅子，也有类似的天井，由于房屋的色彩暗淡，灰与白的主色调带出一种幽怨的气息，那是留守女人的孤独。闽南古厝的深井，红砖绿瓦青石，色泽鲜丽，敞亮开阔，铸就了闽南人宽广包容的品格，那方明亮的天空，更引领着闽南人向着更光明的远方，无畏地前行。

眠床的味道

新房子建好了，母亲的眠床被重新支起了，放在新房子三楼的房间里。母亲长期住在香港，眠床暂时也就没人睡。除去蚊帐，七张铺板有序地架在上面，眠床就这样裸露着兀自站在四周齐整的白色空间里，犹如一个古典美女凤冠霞帔下一袭白色的低胸晚礼服。蓝天漂浮着白云，江面游荡小舟，漫漫长路里长亭更短亭，旧式的眠床显然与青石红砖的古厝更配。尖而高的屋顶，粗糙的青石墙体，红色的瓦片下木柱横亘，房间光线暗淡意境幽深，床在帐中，人在床内，我自隔绝一方哪管世事浮华沧桑。

1959年，父亲娶了母亲。二十四岁的父亲大学还没毕业，回家时，祖母语重心长地与他说，再不娶妻恐父老仔幼。当时母亲家在湖格，同一个镇上，两家有非常相似的家庭背景，外祖父也在菲律宾做生意，上有个哥哥下有弟弟，家境还好模样也不错。据说母亲来沙塘看过父亲一次，落落大方的样子，双方都挺满意。

这张旧式的眠床于1958年做成，配有两桌子一衣橱一个洗脸架两条长联椅，均以绚丽悦目的朱红色为主色调，华美金漆勾勒线条，黑漆基底的图案饰以人物花鸟彩绘。眠床里侧正中有面镜子两面竖行写着：民主新家庭，幸福新生活。衣橱拉手处题有：人人欢呼公社化，个个行动干劲足。处处散发着浓郁的时代气息。顶部的牌楼由七幅玻璃彩绘花鸟图案和金色镂空雕花构成，镶嵌于中间的一幅呈扇

171

状，两侧各有三幅呈拱门状，整体样式像极了三开间带两榉头的古大厝布局，中间突出，两边对称横向扩展。牌楼底下格子状木架称为承尘架，架下有一排五屈笼坊屈，紧接着是三面遮风堵和四脚亭。遮风堵共计十八堵，所绘的人物故事包括岳云大战金蝉子、凰凤山薛仁贵战盖苏父、长坂坡赵子龙单骑救主、武侯弹琴退仲达、东方朔、摩鹿姑等。后侧与左右的三面帐面为粉红色，正面红色绸缎帐面中间可开合，顶端垂下孔雀形状的铜制挂钩和棕形小香囊各一。

俗语"上有天堂下有眠床""眠床半世人""屋有千间夜眠八尺"，在世俗人的心中除了天堂再没什么可以媲美眠床。特别在闽南这个极注重子嗣传承的地方，一个家庭对于婚床尤其重视。就在这样透着雍容娴雅气质的床上，母亲体味了为人妻为人母的人间至乐。床犹如孵化器，从它那里，我们兄妹几个带着嘹亮的啼哭来到世间，扶着眠床堵攀爬，直至爬下床独自行走。

母亲生下来的孩子渐渐多了，大哥九岁那年，独自去榉头的房间睡，睡的床是简易的架子床，以前家门口的埕上种着几棵树，后来砍了，到姑父工作的青阳木器社换来这张床。二哥三哥开始争着和祖母睡，祖母的床跟母亲的床样式差不多，就是颜色为深褐色，有雕花但好像没上金漆。自从三哥向祖母许诺，长大后生个儿子，让儿子继续陪她睡，笑逐颜开的祖母从此偏爱三哥，去了香港回来后皮鞋书包都买给他。

有段时间父亲常下乡指导工作，那时七八岁的我陪母亲睡在这张床上。夜里的村庄黝黑而静谧，母亲总是半跪在床沿，撩下红色帐面，把底端细心地掖进床铺下，让我挨着她厚实的身子侧卧床内，脸正对着岳云大战金蝉子的画面。闽南大厝，光厅暗房，加上眠床三面围裹，帐面又是红色，若不是房间在东边，根本就感觉不到天亮。早晨的阳光从深井洒进走廊，再从木头小窗里透进亮光，懒洋洋的温暖。如果父亲回家，第二天我会在一阵烟雾中醒来。父亲醒来第一件事就是取一白色小纸片，抓点烟草一卷，然后斜靠在床沿，仍在睡梦中的我跟着一起吞云吐雾起来。

小时候生活在农村能出门的机会不多，又没什么娱乐活动，童年里我最大的兴趣就是在家里翻箱倒柜。我知道家里每个房间的抽屉各放着什么，厨房的仓库里叠放的旧物年代有些久远。母亲的房间我更是了如指掌，比如我发现眠床图案里的人物基本是男的，女的只有一个摩鹿姑，什么来历我至今不懂。通过仔细揣摩画面里头的好人都生得很白净，坏人则面上带须神情狰狞；好人一般都单打独斗，坏人身边总有一个在摇旗呐喊。他们乘坐的两匹马神态一致，眼神柔和，十分亲昵。母亲的金首饰就藏在眠床底下的方砖里，父亲的大学日记摆在笼坊屉中的第二屉，我们兄弟几个的脐带包在眠床前面桌子的第三个抽屉。近旁的衣橱里有个青色底盘黑色面的老式留声机，可惜已经唱不出曲子了。

家中西边榉头的房间有点神秘。那里放置着一张曾祖母或是曾曾祖母的床，三面齐高的黑色遮风堵，四周的凹槽为深红色，除承尘架中心处有一个金色篆体的"寿"字外，没有任何花色图案。黑色的漆因年代久远几处风干浮起，若手犯贱，稍微一碰就掉了。床背后有一堆半圆形的木料是为祖母准备的寿木，床巷一个四方形中间留空盖可开合的箱子，以前用来放置便溺的桶，后来放着祖母的黑色粗布大支衫。房间散发着木头的味道，夹杂着缕缕霉味。那张床的样式与村里曾经播放的一场露天电影《画皮》里的床极其相似，影片里那个挖心的鬼站在床沿的情形吓得我夜晚不敢一个人睡，所以更甭提去睡那张床了。

叔叔婶婶房间的眠床是大厝里最新的。叔叔一家很早就去了香港，他们的眠床依然是旧式眠床的式样，但床堵已经少了黑色鎏金的镂空与描绘，取而代之的是一幅幅玻璃彩绘图案。那张床只在叔叔一家偶尔从香港回来或菲律宾的叔公们回乡观光才派上用场。最钟爱

"五加皮"的四叔公常回来，在房间洒了菲律宾香水，房间时常弥漫起一股异域的风味，令我对这房间神往无比。后来，二哥的香港朋友，一个笑容甜美的闽北女孩子来家里做客，于是我陪她在那张床铺上睡了一夜。明明是在一个屋顶下，却无端感觉栖息于异地的生疏，那夜里空气格外清香，心底莫名空落落的，做的梦也荒诞而离奇。

年岁渐长，十二岁离家到青阳五店市求学，住在一中旧教室改成的集体宿舍。每到周六下午骑着自行车穿过废旧的机场回家，总迫不及待跑到母亲的眠床上大睡特睡。直至夜幕时分，非得大人来叫醒，否则可能得睡到隔天早晨。后来离家越来越远了，睡的床都是西式的高低床，只一面靠着墙壁，三面敞开着。一开始睡还真的有点不习惯，一个人就这样丢给了空落落的四周。半夜醒来，目力所及均是一团团的漆黑，蔓延了整个空间，内心发怵。

住在大厝里的人渐渐往香港迁移，包括母亲眠床在内的床也开始一张张放空了。厝西边邻居家的木棉树长了白蚁，压在护厝的屋顶。祖母的房间紧邻着护厝，遭到白蚁的侵蚀最严重。她的床据说是有图案的，但遗憾的是我还没来得及细看就腐蚀殆尽了。叔叔婶婶房间的家具也没逃厄运。母亲的眠床因在东边得以幸免，位于西边的那张古旧的眠床也离奇地得以保全。

白蚁最终侵吞了整幢古厝，古厝只好拆掉重建了。如今，母亲的眠床、一个衣橱和桌子在新房间里随意地站立着，床板、床架裸露着，衣橱和桌子里边空着。房间里的空气少了点潮湿又带着体香的俗世的味儿。闽南语中味道称为"味素"，素原是白色、淡雅、质朴的意思，素又有平素平常之意。那么，味道其实就是一种质朴而熟悉的气味了。眠床的味道大概也是如此吧。

呷伊饱，穿伊烧

母亲来我这里小住。虽已年近八旬，手脚仍算麻利，只是无法走得太远。每次寻思着出门，都要诸多考虑权衡，怕路程远，怕地方陌生。不过，她显然比祖母幸运得多。在这个年纪，缠过足的祖母已需轮椅代步，一有机会出门，便欢天喜地起来，孩童般雀跃不已。她会摊开包袱，细心挑选一双精致的鞋子。那些一尘不染的鞋子明晃晃的新，晃得你心疼不已。

"走吧，跟我去练瑜伽。"那天下午，我对着呆坐无聊的母亲说道。

"会不会麻烦？要走很远吗？"母亲还是各种担心。

"不会的，我开车。"

听到这话，母亲两眼放光，高兴地去换衣服。那样的情形像极了小时的我。儿时的我就是母亲甩不掉的小手绢，天天守在母亲身边，盼着她把我带出门。总觉得出门原是一种与生俱来的对外界认知的渴求。此时的母亲与童年的我一样，葆有一颗对外界敏感而热情的心，只是角色在时空中轮转了。

按我的本意，我想让母亲在瑜伽馆附近的几个超市转一下，买点东西，女人天生爱购物，逛完后再去等我下课。然而，陌生的地方让年迈的母亲心生不安，她非得跟在我身旁。于是，我将她带到课室，寻一角落，靠墙铺了张垫子，我的垫子就铺在距离她大约两米处。一节瑜伽课，各种体式、折腾，最后总余留几分钟的时间，让我们紧闭双目仰面平躺放松。我刚闭上眼，感觉有人为我盖上了一件衣服。睁开眼，"盖住，盖住。"母亲念叨着转身蹒跚走回垫子，扶着墙边的不锈钢管缓缓地坐下。

我不禁哑然失笑。我那平躺的姿势再次机械地触碰了母亲的神经，她看不得我不盖被子躺着，总担心我受寒生病。其实也就两米的距离，她完全可以粗糙地把衣服扔过来，仍是可以准确无误地遮盖我的腹部。眼看她此时缓慢的步伐，我真想象不到当我平躺那刻，她如何以最轻快的速度完成起身、挪移、覆盖这一系列动作，似乎惧怕我会在没有遮盖的那几秒而身体不适。

母亲总是不厌其烦地对我们说："人最重要的是，呷伊饱，穿伊烧。"假如我们兄妹几个有什么头痛脑热，她总把原因归结为可能吃得不够饱，要不然就是着了凉。在母亲身边的日子，我的身体就会一圈一圈地长肉。

有段时间，在外地居住，不知是否因水土不服，身体老是不舒服。生理上的不适直接引发了心理的畸形，抱怨唠叨，不良的情绪加重了肉体的苦楚。每天最渴望与母亲在微信视频上聊天。母亲的听力已经大不如前，但在那些日子里她总能在我微信邀约下，面容第一时间在屏幕上浮现。"呷伊饱，穿伊烧，没什么关系，一切都会好起来的。"在她的一番劝勉之下，神经松弛。直到后来，侄女悄悄告诉我，那期间，母亲每与我视频后，都暗自流泪。"儿子的不幸在母亲那儿总是要加倍的。"史铁生的《我与地坛》有这么一句深情告白。同样的，子女的苦痛在母亲那儿也总是要加倍的。脆弱的我多少次无意中伤害了母亲心。

归有光在《项脊轩志》里有这么一段，乳母对他讲述他母亲如何以指叩门扉，问道："儿寒乎？欲食乎？"一句下来，"余泣，妪亦泣"。归有光的确是练字高手，写祖母，写母亲，写妻子，都能抓住最具形态最传神的细节，一时境界意蕴全出。"儿寒乎？欲食乎？"天下的母亲在这点上竟然有如此惊人的相似——朴实的母亲的心。

"呷伊饱，穿伊烧"，我们哪一个人不是沐浴在这样的祈盼中？母亲的一句话，把生活拉至最本真的层面。

呷伊饱，穿伊烧

待 月 西 厢

待月西厢下，迎风户半开。浮墙花影动，疑是玉人来。

在她的房里，挂着一幅漆画《西厢待月》：玉漏三更，一方明月中庭，粉墙烟柳，才子佳人，春情涌动，巧笑倩兮。

十五岁那年她刚离开就读六年的私塾，便被当时在社会上已有一定名望的王家八抬大轿娶进了家门。小丈夫十六岁，是一位私塾老师，不仅学识渊博而且一表人才。在旁人的眼中，可谓天作之合了，红泥暖炉、红袖添香不正是历代文人的渴求吗？然而事实远非如此。才子当配佳人，才子才女却因同样的心高气傲，短暂的甜蜜后渐行而渐远。北雁南飞离人泪点点，虽说减了玉肌消了细腰，崔莺莺到底盼回了张生。而他们，却在一次离别之后，天涯异路，劳燕分飞。

对他来说，仅对他来说，那是一场艳遇。那天，他只身前往吕宋，路经厦门客栈，风流倜傥儒雅多情，很快引起了老板娘的注意。当老板娘提议将女儿许配予他时，他竟是隐瞒婚史，半推半就，果真携美娇娘远赴他乡。其实，当年过番的人很多，过番后再娶的人很多，过番后再娶而将原有妻儿抛弃的却少之又少。他自从与那位女子结合后就断了与她的联系，真正是老死不相往来。是那女子获悉真相后寻死觅活？是他的薄情寡义？还是她的不肯屈就？无从得知……

她持家有道，教育有方，将唯一留在内地未移民菲律宾的王家大房治理得井井有条，安排祖宗的祭祀，接洽侨领小叔对家乡的捐赠等无不做得有条不紊。印象中她很有威严不苟言笑，一家人甚为畏惧。当我们已习惯了她难展欢颜时，却惊喜地发现她的脸上笑意渐有。家中闹腾的小孩越来越多，充盈其间的鲜活的生命力为她一扫阴霾。

日子于无声无息中流逝，在她的床头，那本略微泛黄的《西厢记》慵懒地躺着，边角卷曲着。有时，还能听到她小声低唱一曲南音，或《因送哥嫂》，或《管甫送》。房间内那幅《西厢待月》在她每日细心地拭擦下，虽经岁月侵蚀，仍不失灵动与优雅。

六十岁时她取道香港去过菲律宾一次。某天早晨，好事的小叔曾暗地里安排她到黎刹广场，希望她与晨练的他有次偶遇。然而这次的安排并没有达到目的，一切仍旧波澜不惊。她知道他在菲律宾的这些年过得并不如意，厦门的美娇娘对他管理甚严，也并无子嗣出。但这一切似乎不重要了。

九十岁那年，她在香港医院去世了。她神志尚清醒，但已虚弱到无法睁开双眼，只是口中喃喃自语，微弱的声线却如针尖般清晰可触，一句话——他辜负了我。第二天早晨，她在梦中走了，很安详。她的那句话推翻了我们之前所有的想法，富足的生活、一定的地位、子孙迁就般的孝顺并不足以弥补她的伤口。忧愁无人与诉，相思只自知，夹杂其间的苦痛无人可触碰与想象。

不可轻言爱，既然爱了，那就是承诺，更是厮守一生的契约。有句话，死在情场上的女子要远多过死于战场上的男子，很悲情，然而世间有哪个女子不是为情而生呢？

莫向霜晨怨未开，白头朝夕自相催。崭新一朵含风露，恰似西厢待月来。

这就是我的祖母，一位普通的闽南番客婶，一位穷其一生待月于西厢之下的悲情女子。

家 有 明 镜

家里的大厅左侧有面落地镜，水银的镜面上从左至右依次竖行写着：

王若察先生惠存。

旅菲太原王氏家族自治总会敬赠。

急公好义。

民国十九年夏月，先生莅菲本会诸宗亲盛表欢迎，良以先生慷慨好义，对于桑梓排难解纷，早已有口皆碑，此次得瞻，雅度尤深，庆幸惟闻，锦旋在即，更不胜依依之情，谨志数言奉赠之，聊以纪念云尔。

1930年的夏天，春秋正茂，意气风发，穿着白色中山装，他再次来到菲律宾，之前他已在岷尼拉的其厘街开了家侨批——聚仁信局，生意兴隆。期间，他走访了菲律宾太原王氏家族自治总会，总会盛情接待他，并赠予了他这面镜子。

这面镜子静静地立于家里厅的左侧，与大厅案桌正中王氏太原堂为他塑的半身石膏像，成了家中特有的摆设。塑像中的他额头高耸，眉骨突出，神情坚毅，三根电香正对着他的下颌，终年闪烁着红色的亮光，与镜面中间四个红色隶书"急公好义"，相为呼应。

就是有那么一个人，你未曾与他谋面，他却从未缺席你的成长。在你的世界里，他如神一般地存在。

他就是我的太公。太公姓王名若察，字睦仁。闽南语中的"察"与"贼"只是音调上有细微区别，我家在沙塘村洋厝角，人们亲切地称之为"洋厝贼"。在家里，阿嬷最忌讳说"贼"字，说是不能冒了太公的名讳。

"哎，汝太公是个敖郎（能人）。""汝太公当年是泉州南门外出了名的老大……"阿嬷各种念叨。

每年农历正月初一或初九家乡的习俗里都要拜天公，到了农历六月十五也得拜，称为"做半年"。做完半年的第二天，阿嬷早早准备好一壶热茶，三个白瓷茶杯，备上水果糕点，带着我们到洋厝的祖厝厅去敬茶。那天是他的正祭（去世的日子）。每年梅雨时节偶有阳光出现，阿嬷总要打开一个包袱，抖出一片白色麻布，将里面碾碎的旧樟脑丸更换成新的。在深井的阳光下，太公的传记，被我们年复一年翻阅着。

特别在清明节，总能近距离地感知他的生与死。后林村公路旁，有一棵不起眼的榕树，气根错杂低垂，朝着坟墓的位置倾斜着。坟上的野草长年以疯狂的姿态生长，仿佛竭力以一种掩埋的姿态庇佑他的安宁。

太公的外祖父母的坟墓也葬在村里，典型闽南大墓，龟形墓壳，后有宽敞的墓扇，前有阔大的墓埕。太太公的坟墓没那么豪华，但式样也差不多。扫墓时，堂亲会在太太公的墓碑前，横空作势一抓，大喊一声："拿五尖钱来！"

传言中这位太太公的确有点"番"。包括堂亲的父亲在内的侄孙辈总是扯着他的胡须，向他讨要零花钱。这种恶作剧的动作，每回清明节晚辈们来到他墓前，仍不忘带着戏谑不断重复。一个没落的世家子弟带着与世俗不能衔接的傻气，更有一种难以掩饰的仁慈与慷慨。就这样"番番"的太太公生下了特别聪明的太公。

清光绪十五年太公出生，七岁进了私塾跟着村里的王亦材先生学了四个月，他言辞流利，思维敏捷，表现出过人的天分，但无奈彼时家境落魄已无力交付学费。

当了几年农民，可胸怀大志的太公不甘心一辈子就这样淹没于尘世。到了二十岁左右，经母亲在西滨的娘家介绍，到了厦门，在航行安厦轮船当售票员。热闹的厦门港口留下了他忙碌的身影，他举动敏捷、行事认真负责，颇得来往船夫们的赞许。

待到口袋里积蓄了些银两，太公便回村在洋厝家里开了间锡箔作坊，并召集乡亲集股成立锡行。鉴于偌大的沙塘村没有一条像样的街，在太公集资下，村里青山脚建起了两边各十间店面的"街仔"，总共二十间店面，太公自己买下了五间，在这些店面他经营过信局、粿炊店、锡箔店、布店、米铺。

太公努力赚钱，养活一家子。太公是"若"字辈，上去那一辈是"亦"字辈，这辈原有四兄弟，后来能成家立业的就只剩两个。太公抱养了两个男孩阿五和阿七来"顶柱"（续香火），阿五留在自家养，阿七则跟另一家。他自己生养了十一个子女，十几口嗷嗷待哺。按理说，以太公的能力，家里应该过得还不错。而事实上太公的孩子们吃穿都很一般，太奶奶常说小孩子穿破点穿旧点没关系，等他们长大了有本事了要穿多好都行。

太公辛苦经营，所赚来的钱财大部分都用到了公益上。太公还复办了一间学校。

"沙塘呷，后洋穿，上郭趁钱唔甘用……"以前人们把王氏家庙故意念成"土民豕朝"。沙塘人自明代开始打锡箔，全靠气力。张瑞图为王氏家庙题字，在笔画上故弄玄虚，还是王氏家庙的屋檐过低，遮住了匾额，人们看成"土民豕朝"。版本不一，但都有讥笑沙塘人只会用蛮力的意味。其实早在宣统年间沙塘就有了间学校，以沙塘宗祠为校舍，后来停办了。二十几岁时，太公开始掌管村里的事务，他先捐出重金，四方张罗乡人捐款，以沙塘宗祠为校舍复办了学校。时隔十年，学生渐多，但课室狭小破旧，太公带领村人在村的东南麓建起了一座崭新的校舍。校舍落成，获时任国民政府教育部部长蔡元培先生亲笔题字：沙堤学校。

解决当年乡邻的封建械斗更是贯穿他一生的大事。

从明代开始，泉州南门外一带的封建械斗惊动了朝廷，最为有名的就是东西佛之争，延续了三百年之久。清末和民国年间，官府腐败无能、法制松弛，加上民智闭塞、迷信风水，因建筑房屋、修造坟墓，一言不合就开打，时无宁日，民不聊生。

那时，太公在远近乡邻中口碑已经相当好。他平日里对于周围那些婚丧嫁娶无力承办、鳏寡孤独老弱无依之人都慷慨解囊，又加上他言辞犀利，处事果断，有碰到民间纠纷无法解决的，人们就会跑到沙塘来请他出面调停。

"乡里老大"可不好当，当"老大"不仅仅要花时间耗精力，还时常要贴上自家的银两。就有两个村落曾因建筑房屋引发风水方面的争执，祠堂被烧毁，死伤了好几人。那时陈国辉率军驻扎泉州，派重兵压境，军队开枪也无法震慑村民。太公与庄杰六出面，一边请驻军撤退，一边进行谈判。后期由于赔偿费用没有着落，太公贷了三千元，先行垫付。最后，为了偿还这笔贷款，他把辛苦经营的绵和布庄都赔了进去。

国内经济持续低迷，太公带着他的大儿子、二儿子前往菲律宾，开设信局，频繁往返于中菲两地。因此也才有开头王氏总会以明镜相赠的情节。

那时太公已然声名远播。有一次从菲律宾途经安海归家，十几个劫匪围着他一个，他背上的千两白银可都是受人所托。千钧一发之际，劫匪中有人认出了他就是"洋厝贼"，钦佩他平日义举，就含胸抱拳让他离开。

即便千年闽变，盗贼横行，太公对自己仍是有信心的。他再次赴菲律宾，临行前告诫家人，大的盗贼应该不会来犯，得提防小偷小摸。岂料人心险恶，难以估量。1933年农历六月中旬，几个贼子从家中深井跳入，掳走了所有财物，绑架了羸弱的三叔公和年幼的六叔公。远在菲律宾的太公惊闻家中噩耗，即刻启程。途中遇台风暴雨，抵家后，睹景伤情，悲愤填胸。太公马不停蹄地前往五店市查案，回来后即卧病三日，后药石无效，竟于同年农历六月十六日与世长辞，年仅四十六岁。据说他撒手离世那天，屋里屋外突然布满无数蜘蛛网。太公下葬之时，天空乌云密布，俄而，大雨滂沱。

1898年至1933年，回首太公在尘世匆匆的四十几年，中国正处于内忧外患之际，在如此艰难动荡的岁月里，太公支撑了一个大家族，救济了乡邻，复办了学校，调解了数十起民间纷争，创办了菲律宾沙塘同乡会等民间组织。如果时间的流逝是一条平缓的直线，他的努力起伏了这条直线，铸就了不平凡的人生。如果人生只是一个不起眼的点，他不断地延伸了点的半径，丰富圆满他的一生。

"急公好义，舍己为人。"王氏太原堂为他写了传记，并以这八个字来概况他的一生。距离太公去世已经有八十来年，他的后人现今遍及中国、菲律宾、美国、加拿大、新加坡、马来西亚等地，他的儿子们为纪念他所建造的纪念堂巍然矗立着，铭刻着他精神的明镜仍熠熠生辉，滋养着一代又一代。

太公躺下了，属于他的生命之门悄然掩闭；那一刻，一个家族的灵魂之光被点燃，属于一个家族的荣耀之门被开启了。

二　叔　公

　　王孝岁先生是我的二叔公，1918 年出生于晋江新塘街道沙塘村，2002 年于菲律宾马尼拉家中逝世。1931 年，小学毕业后，他告别家乡随同他的父亲侨居菲律宾谋生。他白手起家，艰苦创业，开拓进取，终于事业有成，成为菲律宾名望崇高的实业家，曾任菲律宾华侨总商会副会长。他一生热心家乡教育和公益事业，自 1950 年至 2000 年累积捐资人民币二千三百五十一万八千元，爱国爱乡的义举蜚声国内外。福建省人民政府授予他写有"乐育英才""兴医利民"的奖匾。他多次得到中国领导人的接见，邀请参加国庆大典、香港回归庆典、亚运会观礼等活动。

　　我小时候，在他回乡剪彩观光时，与他有过短暂的接触，他为人谦和平易，对后辈关爱有加，对家乡亲人始终有一份浓得化不开的亲情。今天容我用拙笔记下与他相关的一些事迹，特别是他对家乡教育事业的贡献，表达对他的敬意与怀念。

少年英雄，胆识过人

　　弟弟被劫，父亲命丧，寻仇、赎弟、复仇，这整个过程就在这短短的几个月间发生。灾难发生得突兀，令他措手不及。三个月前的某一天，在菲律宾，父亲神色凝重地告诉他家中出了大事，一伙强盗在夜里突袭沙塘乡下的老家，劫走了三弟和六弟。父亲在乡下是个德高望重的"老大"（闽南语中专门为乡邻解决事端的人），竟然有人敢如此猖狂，事情一定不简单。父亲坐船急匆匆返回家。过了几天，他却接到父亲暴毙的消息。

如此重大的变故接二连三向他涌来，家中的顶梁柱轰然倒塌，而两个年幼的弟弟至今仍生死未卜。仇恨和悲痛压得他喘不过气来，虽然他第一个念头就是回家，马上回家，但无奈身无分文。当时父亲来到菲律宾，就在马尼拉仙下其厘街开设聚仁信局，凭借父亲的名气，业务相当不错，他还是忍痛花了三个月的时间把父亲经营三年的信局转让他人，凑得白银三百两，兜里揣着两把手枪，踏上了回家的征程。

他找到了父亲的好友，当时晋江的另一个蔡姓"老大"，请他出面与绑匪交涉，最终敲定赎金为白银八百两。他继卖掉水田，又向父亲的好友借了些钱，再加上自己从菲律宾带回的三百两，总算凑齐赎金。三弟和六弟重新出现在他眼前时，已经瘦得几乎不成人形。

把两个弟弟安顿好，他马不停蹄地前往泉州找父亲的另一个好友，当时泉州国民革命军的司令陈国辉，请求他帮助缉拿凶手。他手中掌握充分的证据，证实此次强盗抢劫的事，是由村里的一个外号叫作"死猴头"的人串通外乡的强盗一起做的。为了不打草惊蛇，他让陈司令安排的两个国民军穿上便服。自己在街市显眼处摆了一个碗，碗内放置了几个骰子，那是当时民间广为流传的一个赌博形式，叫"共猴骰"。庄点一设，成功地吸引了在街上游手好闲的"死猴头"的注意，三下五除二将他缉拿归案。

那年，二叔公十六岁。

艰苦创业，造就辉煌

在厦门的码头，他想找点活干，赚点钱，然后买张回菲律宾的船票。遇见父亲的旧交丁双喜时，他仍然没找到活。丁双喜以长辈的口吻斥责他不应当四处游荡，而应该替父亲重整旗鼓时，他默然不应，那神色像极了他父亲。丁双喜感念他父亲当年从强盗头子的手中将自己解救下来，又耳闻这位倔强的少年胆识过人，毅然拿出了两百两白银资助他。后来，丁双喜的后人在菲国得到了他的帮助，创下了好一番家业。

来到菲律宾，他深深感受已故父亲的荫庇。父亲的一位铁匠铺的朋友，本来对他们父子两人就刮目相看，听闻他们家遭此变故，不惜将自己旗下的一间新铁铺赠予他。然而他断然拒绝。他诚恳地向这位长辈表示他愿意从学徒做起，这也是父亲在世时的意愿。他婉拒了任何特别的照顾，但凡学徒应该做的事情，他都一一照做，其中包括为师傅倒夜壶。师傅以"刻苦耐劳，敏而好学"这八个字来形容他。他一生勤勉奋进，身体力行。直到去世的前一天，他仍然到公司办公。他常常告诫我们这些后人，人是磨不死的。唯有经历困难与磨难，才能让生命结出丰硕的果实。

时机成熟后，他凭自己的实力，水到渠成开了间铁铺。当时"二战"刚结束，美国人统治下的菲律宾，经济腾飞，对于铁的需求增加。在他苦心经营下，铁铺扩大成大铁店，最终变成了大铁厂。这就是精华铜铁产品有限公司，制造铜铁原料，包括锡条。

然而，他并不满足于此。跟当年作为菲律宾经济发展先锋的华人一样，他明白只有向当时经济强国欧美学得先进的技术，引进先进技术设备，才有可能发展并壮大自己的企业。之前，他很明智地将手下的工人送到美国学习，同时还在美国购得一个油漆专利。

在这里不得不提及一个重要的人物，那就是连任三届菲律宾总统的马科斯。1957年，马科斯任菲律宾总统，正是菲律宾经济发展的活跃期，经济地位在亚洲今次于日本。在菲华总商会身当要职的他如何与马科斯结成好友，具体情形不得而知。只是知道他的两个孩子拜马科斯为义父。富裕后的菲律宾急需要以崭新的形象公示天下，马科斯以政府名义发布政令，要求全国上下的外墙建筑均上漆，以此美化市容市貌，我们称某些商人为"红顶商人"。

他的成功绝非偶然。从小在商场摸爬滚打，做任何产品，他都亲力亲为。某次，有工人故意作弄他，在配制油漆的时候，减少了某些原料的比例成分，造成油漆质量不合格。他凭借自己累积的经验，一眼看穿了工人的把戏。虽然他对于菲律宾商界的规则了如指掌，但是他从来不做任何稍带点风险的投资。他说他要养活一大家子，这点容不得他在商场有任何闪失。一直以来他的生意顺风顺水。除了照顾好家人的外，他对于自己的十个兄弟姐妹也是照顾有加，他为每个人安排了相应的产业让他们各自去经营，对乡邻朋友有求必应。

在他手上，相继成立了太平洋铁业有限公司、实地产业开发有限公司、世纪化学产品有限公司，旗下拥有包括"HUDSON""OLYMPIC""BOYSEN"三个品牌的油漆，制造建筑漆、车漆、船漆等一切工业漆。油漆供不应求，销量在菲律宾雄居首位，并大量销往欧美、东南亚地区，成了菲律宾鼎鼎有名的油漆大王。

学贤之道，报国效乡

"达则兼济天下，穷则独善其身。"儒家的这句古训，他始终铭记在心，且一生都践行着儒家的传统美德。他不仅独善其身，更兼济天下。

可能你很难想象，一个取得这么大成就、拥有那么多资产、荣获无上荣耀的人，却能始终保持极其的从容谦恭。你不会见到他发脾气摆臭脸或稍微大声一点去训斥别人。他朴素的穿着，故好几次都被访客误认为是普通工人。上王彬街（菲律宾的唐人街）吃一次肉包，回来感叹吃到"好料"。他裤兜里的钱永远是为路上遇到的穷人准备的，出一趟门立马被掏空。

赚钱并不是他人生的最终目的，而是他实现梦想的坚实基础。小时候，他就曾经目睹过父亲为解决一场邻里纠纷不惜赔上了苦心经营的绵和布店。父亲生前坦荡磊落、赤诚为民、热爱祖国、热爱家乡，备受乡亲敬仰，常以"学贤之道，报国效乡"的道理教诲他。在父亲的熏陶下，他很早立下宏志，将来若有寸进，一定要报效祖国和家乡。他一直以来都把父亲视为自己的道德典范，就如同他感念父亲生前为他积下的善德。

父亲在世时，总自言生于乱世，要以个人的努力弥补政治之不足。他将父亲急公好义的精神发扬光大。1976 年中菲正式建交，但是菲律宾国内的国民党势力仍然十分强盛，他顶住压力，与五弟孝酒先生迎接祖国使节来菲，让五星红旗高高飘扬在那异国的土地上。他慷慨解囊，增设完善使馆设备，为使节安置工作。1976 年周总理去世，他在菲华总商会担任要职，排除一切阻力，坚持在商会楼上降半旗，吊唁纪念周总理。1987 年，祖国东北大兴安岭森林火灾，这场火灾对中国造成了重大的创伤，也是在这场灾难当中，中国首次向国际发出救援。他在菲律宾得知这一消息后，首捐巨资，并且带动旅菲华侨募捐巨资支持赈灾，他两次捐助救灾款达四百五十万元。

在祖国的教育事业上，他更倾注了巨大的心血。

早年他就在菲律宾以父母的名义创设了助学金，帮助本乡的子弟就学。助学金每年发放两次，分上下学期申请，按期分发，无以计数的学生得以继续学业。1949 年，中华人民共和国成立了。此时，他经过十几年的苦心经营，已经略有积蓄。他明白到灾难深重的祖国急需大量的人才，需要向国外先进国家一样拥有先进的知识、人才、技术。当时国内小学入学率仅为百分之二十，兴办教育是当务之急。早在 1919 年，他的父亲若察先生意识到开启民智的重要性，捐出巨资复办了沙堤学校，并在 1928 年提议菲律宾沙塘同乡会集资兴办新校舍，改变了沙堤学校由村里的宗祠为校舍的窘境。学校在新中国成立后改为公办，更名为"沙塘中心小学"。

炮火纷争下的校舍已经破旧不堪，设备简陋，不能适应教育发展的需要。新中国成立伊始，百废待兴，国家经济正在恢复。1950 年，他捐资为沙塘小学购置了课桌椅及教学设备，切实为家乡分担了在恢复时期的困难，为培养家乡下一代尽心尽力。

1977 年至 1979 年间，他独资二百五十万元捐建了一座面积三千多平方米的沙塘学校大礼堂及内部设备。他发动其余五个兄弟，捐建若察纪念堂一座。菲律宾沙塘同乡会的侨亲们也踊跃捐赠，新课室、篮球场、厨房都以崭新的形象出现。新中国成立前，沙塘学校只有几十个至一百多个学生，校舍也仅有一座旧楼，教师不到十个。新中国成立后得到长足的发展，至 1980 年全校中、小学共二十二个班，学生一千零四十八人，其中女生三百九十四个，教职员工五十四位。招生服务的区域包括沙塘、杏墩、后林、后库、下埔等。毕业后的学生分布在全国各地各部门，有工人、技术员、工程师、教师以及海陆空三军战士。沙塘小学为远近乡邻培养了大量人才。

他对祖国对家乡的关注与贡献从没停止过。他耗巨资为沙塘小学兴建教师宿舍楼、校门、水泥道路等，以解决增设初中校的需要；建设幼儿园中心大楼及设备；设立校奖教基金。

同时，他也为沙塘村捐建罗山医院及购置设备，铺建沙塘村环村水泥道路，购置卫生工具车及拖拉机，改建全村卫生公厕，建设村老友会大楼，建村文化俱乐部等。为完善家乡人民的教育条件，改善家乡人民医疗卫生条件，丰富家乡人民的业余生活，均做出了重大的贡献。

他慷慨解囊在厦门、泉州等地兴办公益事业，他与他的六弟孝酒先生在厦门双十中学、泉州华侨大学、泉州黎明大学设立教育基金会；1996年，捐资兴建泉州师范若察礼堂大楼和泉州幼师柯银娘图书楼。从20世纪50年代至2002年2月，他在祖国和家乡兴办公益事业捐款已达两千三百多万元，在侨乡树立了爱国爱乡的典范。回首20世纪50年代，中国人均年收入不足百元，即便是20世纪70年代也不到两百元，如果我们仅以数额与后期其他侨领捐赠的数额相比较，显然是有失偏颇的，在祖国经济处于最困难的时期，经济最萧条的时候，他捐出的善款，金额之巨大，足证他对祖国对人民的心之赤诚。

他在国内外拥有崇高威望。福建省人民政府和泉州市人民政府多次对他以及他的家族进行嘉奖。受到国家领导人多次接见并与其合影，其中1981年中菲建交后，国家主席李先念往菲访问时，亲自接见了他。1985年，彭冲副委员长往菲访问，亲自接见他并合影留念。1984年，参加中华人民共和国成立三十五周年庆典，全国人大常委会副委员长亲自接见并合影。1994年参加中华人民共和国成立四十五周年庆，得到国家领导人的接见。1996年，国家领导人往菲访问亲自接见了他及他的六弟媳（王孝琼夫人）、菲华妇女主席李淑敏女士。另外，他还曾获邀参加香港回归庆典、亚运会观礼等。

令我们更为欣喜的是在2005年，也就他去世后的第四年，沙塘中心小学危房改建，短时间内，旅菲沙塘乡亲便募得四百四十万元人民币用于沙塘中心小学危房改建。其中，便有他长子王思荣先生携其余三兄弟捐款一百二十万，他的六弟媳李淑敏女士捐款八十万元。后期，以他的长子思荣先生为首的子女捐赠了科技图书楼，李淑敏女士捐建多功能厅一座。

这就是著名的旅菲侨领，我们永远爱戴和怀念的二叔公。他立身处世，温良谦恭，胸怀邦国，情系桑梓，是爱国爱乡的华侨楷模，他的事迹、他的精神终将被世人永远铭记。

如 果 懂 你

你可真怪。

记忆中有个有趣的画面：我向你讨要几毛钱，你从口袋里把钱摸出来后总要反复摩挲，正面看完翻背面，背面看完翻正面，看着将到手的钱迟迟不给，我便淘气地一把抓过来，一溜烟跑掉，留下你在后面一直喊："这这这……"那架在鼻梁的老花镜溜到鼻翼上，两眼珠凸出来，僵硬短促的食指指着我跑去的方向。我就奇怪了，平时你所有写过的纸张，要扔垃圾桶之前，反复翻反复撕也就算了，钱这东西有什么看头值得你哆哆嗦嗦地看？晚上给门上闩的时候，往往也是刚上完转身离开，又折回来再检查一遍，两次、三次……在家里你就埋头看书，沉默不语，表情木讷，甚少与我们沟通。据说你还是个大学生，在大学里担任过足球队的队长。这些在我眼里已经看不到什么太大的痕迹。只有当电视里播放足球比赛时，你两眼放光，才多少显露些端倪。

你胆真小。

当年单位推荐你参加晋江侨务副县长的竞选，你拥有太多优势了，你的大学学历、你在专业领域上突出的成绩、你当时极其有利的海外关系，但是关键时刻你退缩了，你自认为不是当官的料。你一手操办了叔父们在家乡的所有捐赠，当承包乡医院的建筑商邀你一起在医院旁建一排店面时，你拒绝了。后来因为严重的胃病提前退休，你经不起村里人的软缠硬磨，在村里当了个小村支书。村民送了你几个水果，你还得让你的妻子连夜送还回去。

你真懒。

还不到六十岁你到了香港，在一个完全陌生的环境里，你无所适从，渐渐暴露了身上所有潜在的缺点。在逼仄的空间里，连吸个烟也会被赶进厕所。你不肯出门，不结交朋友，每天在家里的沙发上昏昏沉沉。电视里再没有你钟爱的中央五套，翡翠台新闻里两三分钟体育报道是你一天最闪亮的时光。而相比之下，五十多岁的妻子摆脱了农村烦琐的世俗，新奇地发现了城市的便利。她大胆地操着掺杂着浓厚闽南乡音的广东话去迎合那个城市。她表现出了一个女人比男人更出色的适应环境的优势，她一如既往地勤快，照料家人，买菜、洗衣、做饭、煲电话粥，天天充实而忙碌。无所事事的你，老年痴呆的症状日益明显。你病态般地依赖妻子，当她外出时你总要在窗户里翘首以盼，童年父爱缺失的不安在老年再次凸显。

在你离世前的十几年时间里，你把生活过得了无生趣，你对物质方面没有任何的要求，封闭了你的精神世界，只是一味地懒惰、任性、脾气暴躁、悲观厌世。直至你离开，我们得以翻阅了你大学时的日记本，日记里夹着你年轻时的相片，那里有朝阳般俊朗的面容。日记里你细腻地描绘了上山下乡时老大娘一家细心的照料，详尽地再现了因为一些字条而遭到同学的猜疑、揭举的胆战心惊历程。从单位为你写的悼词中知道了你曾获得农业部推广农业金质奖章，你大幅度提升了晋江水稻产量。我们将属于你的故事稍稍梳理了一下，你一生的形象如此清晰地完整起来。于是，你的很多行为我们也似乎找到了产生的源头。

如果时光可以重来，如果你懂自己，或许你会更清晰地明白你想做什么，合理地安排晚年的生活不至于浑浑噩噩。如果你懂自己，或许你能敞开胸怀，开启你不善言辞的唇，通过沟通取得家人的理解。

如果母亲懂你，她怎么会懂你？一个始终处于忙碌状态的家庭主妇，除了细心照顾你的饮食起居外，她生命的亮光注定照不进你幽闭的内心。如果我懂你，或许我能更靠近你，我们可以像朋友那样轻松地交流，引导你把最真实的想法呈现。如果我懂你，我想让你知道其实你是多么优秀，老年的你完全可以像祖母、你的母亲那样反复去咀嚼过往故事，体味曾经的荣光，让余生因为回忆而充满意义。

只是你没有，整个的晚年你都在自暴自弃，你完全把自己封闭，没有人真正能进入你的精神世界。只是我没有，你最疼爱的小女儿，跟你有着血缘关系的至亲，一些思维的轨迹可能存在类似的地方，但是早衰的你遇上晚熟的我，我们完美地错过了可能的精神交集。一个人就是一座孤岛，即便偶有海鸥停歇，也必定不会长久，因为那毕竟不是它的彼岸。终是没人能懂你，包括你自己。

时光一去不回，等不及我长大你已匆匆老去，等不及我懂你，你已匆匆离去，再没有时间能够好好爱你。

父亲的担当

从农耕时代开始，男人在外耕作或捕捉猎物，女人在家操持家务养蚕纺织。据说这是闽南语中男人叫"打捕"、女人叫"在户"（后演变成"查某"）的由来。在晋江，一直以来延续着男主外女主内的家庭模式。一群在外拼搏的"打捕"凭着海洋般宽阔的胸怀，沿袭着先祖仁爱忠信的美德，一路踏歌而行。他们一面对妻儿呵护备至，一面承担起社会职责，这些有血性能担当的好男儿用生命撑起了一个不平凡的晋江。

20 世纪初的深沪海滩边停泊着一艘帆船，三个身材高大的壮年男子，赤足光膀，抬起大脚一踏，踏出了一条异域求生之路。躲避惊涛骇浪抵达陌生的国度，言语不通，举目无亲，无处栖息，他们如何克服各种凶险，艰难求得立锥之地？稍有积蓄，他们把银两寄回家让翘首企盼的妻儿过上好日子。他们在菲律宾做了"出国字"（通行证），引领亲族邻里奔走在通往异乡通向幸福的大道上。这三位是村里头远赴菲律宾开疆辟土的人，其中一位是外祖母的父亲。祖母那里也有类似的故事，说起早年下南洋的父亲和大哥，怎样带着赚得的所有财物，甚至赶着一头鹿回村。返乡后，他们让她松开绑了一半的脚，送她到私塾读书识字。

祖父的父亲生于清光绪十五年，生逢乱世，他不断地转换自己的经营，从一个村野农民开始到厦门船渡当伙计，开锡行、布店、米铺，到远赴菲律宾开设聚仁信局。为了完善丰富家族的格局，他抱养了两个男孩来为早逝无后的叔伯"顶柱"（闽南语续香火）。加上自己生下来的六男五女，他一个人托起一个大家族。曾祖母的女佣兰啊总念叨着一件事：他去江浙做生意，带来一大堆的猪油粕让一家子人滋润地吃上了好几天。在物资极度匮乏的年代，这样的场景是能深刻在一个人的记忆里。他所做的远不止这些，复办村里的学校，为乡邻解决困难，调解村落之间的民间械斗，参与创建了菲律宾晋江沙塘同乡会、石狮王氏太原堂，真正践行了他平日所言，国家内忧外患时，唯有以个人努力弥补政治之不足。

曾祖父英年早逝，而他的精神却留存下来。周易有言：积善之家必有余庆。他的几个儿子延续了他出色的经商才能，在菲律宾商界大展拳脚，一时风光无二。父亲的父亲这一辈，最出色的二叔父承担起了父亲的职责。在菲律宾，他为众多的弟弟妹妹安排好营生，让他们各自好好经营。与此同时，他在祖国满目疮痍之际，慷慨解囊，对祖国家乡的捐赠持续了他的一生。曾祖父心怀桑梓、急公好义的精神在他身上发扬光大。

南洋的侨亲逐渐有所建树，从20世纪30年代开始崭新耀眼的红砖古厝陆续在晋江大地上崛起。这些建筑诉说着他们对亲人的呵护与宠爱。每座大厝的门后都站着一群艰辛打拼默默付出的男人，如五店市传统街区里柳青新宅、朝北大厝、蔡德练宅、浣然别墅，梧林的三栋厝、五层番仔楼、蔡德鑨宅邸、坑墙楼。鉴于当时的盗匪横行，为保护亲人家眷，建楼时精心采用许多防匪的方法。抗日战争爆发，未建好的朝北大厝和五层番仔楼都停工，华侨将建造房屋的钱捐给了国家，这是一代闽南父亲的家国情怀。

20世纪50年代，母亲十二岁时，跑到菲律宾外岛三宝颜谋生的外祖父，在村里建起了第一座带阁楼的闽南大厝。我家也在20世纪60年代拥有一座五开间四榉头带护厝红砖石墙大厝，花费一万多元，这笔巨款可都是远在菲律宾的叔父们寄回的。大门上祖母拟就了一副楹联，"一室融融长把恩情铭手足，寸心耿耿惟将耕读勉儿孙"，横批"德仁由义"，表达着对他们的感念之情。

到了我的父亲辈，国家遭受太多磨难，投射在个人身上，形成了他们小心谨慎、口笨词拙的性格。父亲是20世纪60年代初的大学生，一辈子兢兢业业地工作，赚到的钱全部交给母亲。除了抽几根烟，没有任何不良嗜好。他从不责备打骂我们，甚至对我们没有要求，更不过问家里钱财的去处。改革开放之初，任由妻儿拿着家里的存款去折腾。他与人为善，乐于助人，在村里口碑极好。父亲天天把知足常乐挂在口中，不汲汲于名利，在祖母、母亲的眼中似乎不够伟岸。比起同龄人来讲，他有太多有利的时机可以升官发财，结果都被一一忽略掉。我承袭着祖母和母亲对他的感知，觉得我不懂他，细想之下，他一直以最真实的形象在尘世存在，不加粉饰夸耀，不带申诉告白，不急于迎合。他如同千千万万善良朴实的父亲一样，一辈子忠实地守着一个岗位，守着一个家。

先生的父亲与我的父亲年龄相仿，相对于家道殷实的我们，他们起初的生活相当困难。他是一个生性极为敏感自尊、生怕被人瞧不起的农民。耕作之余，每天天未亮，他挑起担子，到陈埭周边卖酱油；晚上回到家，口袋缝里一毛钱都要翻出来。他养七个小孩，连同他的母亲和妻子，一家十口全靠他一副肩膀。在20世纪六七十年代农村里没钱读书的人一大把，而他骨子有种"万般皆下品，唯有读书高"的朴实认知，他咬着牙坚持让每个孩子去念书。也有穷到不能坚持的时候，他曾经想让大女儿辍学，看到大女儿眼中对课室的依恋，他心一软，于是泉州多了一位医术精湛的儿科医生。他的一担酱油担子硬生生挑起了六位大学生。

大哥，先生的长兄，其实我应该叫他"大伯"，有人笑言闽南的女子在称谓方面普遍小一辈。他在这个大家庭中一直扮演着长兄如父的角色，从小他就是父亲的左膀右臂，边上学边做农活，到大队里赚工分。到后来，弟弟妹妹们的工作、婚嫁，事无巨细他都一一给予安排。平日里，他不吝将自己对社会、人生的看法与我们分享，引领着一个家族的思想。工作中他表现相当出色，一个只有两个门诊的小医院，经过二十几年的时间在他手上变成了全国闻名的县级医院。改革开放春风吹拂八闽大地，敢为天下先的晋江在各个领域涌现出了许多领航者，他们从根本上改变了一个家庭、家族的贫苦，促进了晋江经济的迅猛发展。这些领航者在拼搏的路上起初并不被待见，太多负面的声音，太多质疑，不合情理的打击，然而睿智有大格局的他们忍辱负重，坚守出晋江灿烂的天空。大哥无论在家族或是社会方面都带着新一代父亲的明显特征。

在晋江大地上，每个男孩降生都有隆重的欢迎仪式，噼啪作响的鞭炮声其实告知着他的担当。较之女孩，他们要肩负更多支撑家庭、光宗耀祖、匡济天下的职责。这样的担当会在祖辈父辈的言行举止中得到启示。于是乎，血性与担当一代一代传承下来，一个区域别样的辉煌也被创造出来了。

新　妇

在闽南，媳妇称"新妇"。

当年，那群小脚新妇颠簸着玲珑碎步一路摇曳而来。

她们有个带有戏谑、充满心酸的外号"五袋碗"（五个碗）。在闽南语里，十个碗为一把，五个便是"半把"。"把"和"绑"发音一致。"五袋碗"说的可是她们被绑了一半的小脚呀。

懵懂之年，父母之命，媒妁之言，恍惚间她们已被八抬大轿抬到夫家。那个家虚席以待已久，等不得她们卸下凤冠霞帔，婆婆已经递过一担扁竹筐，身边已围满了抹着鼻涕光着脚丫的小叔子、小姑子。迈开小脚，咿啊呀啊地走，在古厝的每个角落，在祖宗的祠堂，在村落里大小寺庙。她们嫁的不是一个人，而是整个家族。繁衍血脉，主持祭祀，为家族的祈福，她们日夜不停地走，走到忘记了丈夫远行的日期，那深爱的背影甚至开始模糊。

下南洋，过番，被生活的拮据、无处谋生的烦恼困扰着的闽南男子们，踩着木屐跨过深沪的海滩，走得义无反顾。"番客婶"，不知何时"五袋碗"变成了"番客婶"，关于称谓，她们根本无暇顾及。男人缺席的家，需要耗费更多的心血。

流淌的岁月悄无声息地将小脚新妇熬成了婆。她们郑重地将那担扁竹筐交到大脚新妇手中，这些大门不出二门不迈的婆婆们决意远行了。去向一个繁华的都市，一个离丈夫更近距离的地方，去探知一片或许子孙未来可以奋斗的领域。手里攥紧了政府签下的"出国字"，抬起小脚跨上了华侨旅行社的大巴，一路颠簸呕得昏天暗地的算不了什么，从罗湖偷偷地乘着舢板船到香港，头晕眼花掉到湖里的那才叫惨烈。

没有人知道踏上香港的山头后，她们如何褪下沉重的大支衫，换上从随行的护送员手中领来的香港衣。北角的水星街、电气道上的出租房如何逼仄。她们帮人看孩子，到工厂绣花、串珠子。她们摇摆着小脚，在香港都市繁华的大街小巷、杂乱的工厂车间辗转流离。

那天，解下绾起的发髻，剪去长发，烫一头漂亮的短卷发，穿上时尚的衣着，水当当的"番客婶"终于可以回家了。拖着大包，背着小包，恨不得将所有东西装入行囊，那不堪重负的小脚又是如何蹒跚着挨过罗湖的关口，迫切地向着心念所想奔走。

与南洋丈夫的联系时有时无，故土的家才最让她们魂牵梦绕。她们来了，为家人带来了各种新奇的东西，还有一扇观望世界的窗。想来她们是满意的。这些大脚新妇，把家里里外外整理得妥妥当当，已然可以独当一面了。多么成功的一种传承，闽南新妇个个都是治家能手。

一群可爱的孙子、孙女呼将过来，"阿嬷，阿嬷……"你搂着这些可爱的小人儿，正想抬头与大脚新妇说几句，眼前的新妇却早跑得不见踪影了。

这些大脚的新妇，跑得飞快，她们有一年四季的忙碌。

她们忙于各种年节的祈福、祭拜，她们还得种两季水稻，种花生、甘蔗、四时青菜，她们养鸡、养鸭、养猪，她们还用巧手变出各种精美的小吃，"碗糕、甜粿、糖粿、芋圆、润饼菜……"她们将平淡无奇的岁月蒸煮得活色生香。

她们所做的远不止这些，她们还能如此聪明地洞悉丈夫们的心事。这些嗅到改革开放气息的闽南男子又开始不安分了，透过南洋的

200

父亲，往返于香港的母亲，他们隐隐约约感知到了外面的世界，开放的春风吹得他们心旌摇荡。当他们蠢蠢欲动、热血沸腾时，一大沓零碎的人民币适时地推到他们眼前。他们眼光亮了，家里何时无端出现那么多的钱？眼前的女人，平时连一件新衣都舍不得给自己买的女人，一下子倾其所有。还有比这种信任更大的驱动力吗？他们只需放手去创。创！一个响亮的激情四溢的口头语。

在刚开始起步的家庭小作坊里，有群"头家娘"，整天像个陀螺那样奔跑着。她们会煮饭、会车衣、会缝鞋，会操着浓厚闽南口音的普通话和雇佣的外来工沟通。她们把算盘打得噼里啪啦响，这个月该发的工资、该收的账，无不理得有条不紊。她们无所不能。

小脚的婆婆笑了，丈夫的缺席，没有影响这个家族的繁茂，生活美好得一塌糊涂。她和大脚新妇一起在祖宗神灵面前焚香祭拜，配合默契。在闽南有种婆媳，不是母女胜似母女。不是身在其间的人很难体会她们相濡以沫的感情。

在中国，一定有种媳妇叫作"闽南媳妇"。

曾经的小脚新妇她们一步一步走着，把闽南的土地踩得沉实沉实的。曾经有群大脚新妇她们跑呀跑呀，跑出了闽南加速度。

如今啊，在"一带一路"的大背景下，新一代的闽南新妇，她们依然把家视为珍宝，她们大权在握，有野心，有魄力，她们搏击商海，丝毫不逊色于男儿。她们是飞翔在凡间的妙音鸟，高昂着头，身姿无比轻盈，在时代赋予的广阔天空里，她们要飞了……

做一个水当当的闽南女子

在闽南，身为一个女子，别人赞一句："水哦。"当即欢颜一展。如果碰到感情浓烈点的，来一句："野水哦。"那更引得心花怒放。"哟，卡水当当哦。"奖赏来个最高级，听完心底酥麻、舒坦无比，颜值气质陡增数倍。

"水沉为骨玉为肌"，女人是水做的骨肉。"脉脉眼中波，盈盈花盛处"，女人的眼神秋波荡漾，顾盼生辉之际撩人心怀。"娴静犹如花照水"，女人恬静之时便是浮沉水中的花一朵。"翩若惊鸿，宛若游龙"，女子轻盈的身姿，翩翩似鸿鹄惊飞于水面，柔婉如游龙乘于云雾之间。女人温柔时自有一番"似水柔情"，伤心时便会"梨花一枝春带雨"，当然生起气来，也会"河东狮吼"。

水之于女子的确有着无法细数的连带关系，因此在汉语里借水来喻指女子的确再合适不过了。如果从方言中考究，广东话中"水"更多喻指钱财，在山东人口中"水"便成了"差"的意思。只有闽南语无比聪明地将"水"与女子勾连在一起。

"生乞丐走俩俩，生夫人目银银。"在闽南，未免重男轻女了。只要是男孩，哪管他以后会成为乞丐，出生时举家欢欣奔走相告；如果是个女儿，即便以后会是地位高贵的夫人，呱呱坠地之时，也总会遭受白眼。没办法，因为在闽南，女人始终是泼出去的"水"，况且这些"水"泼出去的时候，还要卷走家里的财物，所谓"查某贼"是也。

20 世纪初，多少不甘于现状的闽南男子离妻别子，跨过浩渺江面远赴南洋，留守的闽南番客婶，在祈盼中耗尽青葱岁月。她们尽心尽力呵护家族的血脉，给远方思念的人留一份故乡的牵绊。她们于神灵前虔诚祷告，外出的良人能早日平安归来。在那似水流年里，挣扎到老获个叶落归根的团圆，算是幸运了。还有多少企盼空落，多少真情被辜负，在无尽的深夜里孤独蚕食着她们苦痛的灵魂。而无论怎样，她们都是静默地坚守，撑起家的港湾，随时等待远航的心。

就是这样一代代内敛、勤劳的闽南女子，成就了这个区域非同寻常的美。黄色的竹斗笠下，繁花似锦的围裹里，多少汗水自上而下，淌过扬起的花布衣襟、宽大的蓝色裤脚，从小看到这些女子扛起一方方石厝，看着她们在海边日晒雨淋收获海之珍宝。惊叹天地之间竟然有这么强大的女子，因她们的不寻常，上天赐予她们独特的服饰，以此区别于普通人。

在闽南，有多少女子涌动于那红砖古厝之间，始终多情地滋养着这片土地。她们如埕上的井水，冬暖夏凉，甘甜芬芳。她们不温不火、不急不躁，总能把深爱的家调适到最佳的温度。她们似深井的雨水，饱满热情，变幻多姿。她们时而是内敛的主妇，时而是精干的职场精英，她们是传统精神熏陶下的现代女性。她们像村口小溪的流水，迂回蜿蜒，遇沙则渗，遇水则汇。她们有着"弱者"的智慧，心思缜密、以进为退。她们更是环绕家乡土地的海水，波涛汹涌，阔大包容，否则哪里容得下比大海还放纵不羁的闽南男子呢？

这些比水还灵动的女子，无论散落于何地，她们都能将这些特质带到那里，她们永远是乡亲们口中的"咱厝查某"，"又搁水又懂事"。

来吧，做一个水当当的闽南女子，在似水流年里柔情似水。

风　　神

一个小城如果缺风少雨的话，总是不够生动的。闽南的小城很好，无论春夏秋冬它都风里来雨里去。

曾与风追逐嬉戏于田野、小溪、厝埕。入暮时分，炊烟袅袅，它把最温暖的呼唤声传递。我欢快地跑，它跟在后面，吹着口哨，碾压过细窄的青石小巷，试图进入红砖古厝的大门时，木质的门闩无情地拒绝了它。那时的风一定是爱我入骨了，找不到玩伴的它，在寂静的黑夜里，呼啸盘旋在旷野，空中迸发出它裂帛般伤痛的低吟与咆哮。它着了魔似的撞击着房子的每扇木门，"哐当、哐当"的响声彻夜不停。包裹在旧式眠床里的我，倾听着石墙外流浪的风凄厉地鸣叫，昏黄的灯泡下弥漫着比对下的暖意，有衬托的安全感绵延悠长了童年的梦。

有将近十年的时间每天往返于刺桐路上，那时护城河旁隔离带上的树还没被架到花岗石的神坛。开着车，它们就在你近旁，由绿到黄，由柔嫩至干枯，被风呼啦啦地吹着，连同岁月一起往后跑了。每到阳春三月，护城河夹岸，柳树、桃树妖娆。三月的风飘摇着树，吹松了泥土。柔嫩的柳条拂过岸边的青石护栏，桃花时不时摇摆着零落为尘泥。风与水、花与树一起缤纷在整饬的城市里，画面有种最贴近自然的慵懒与清新，那段烦躁的时光也被宁静成春水一汪。

后来我搬到了江边的房子，置于无遮蔽的空间里，风又开始日夜相随。夜里惊闻它的嘶吼，豪放地高歌"大风起兮云飞扬，威加海内兮归故乡"，它断然唱不出"东风无力百花残"的哀情。在它嘹亮的歌声里，日趋不佳的睡眠竟奇迹般地转好了。白天一出门，它早就在门口恭候。它先是正面对着你吹，狠命地剥开你的外衣，把你的头发齐刷刷往后扬起，风中凌乱的你俨然一副战斗中的英雄形象。接着，它又在你紧抓住大衣之时，突然从后面一涌，你的头发被吹裹到前面，可怜的你一下子沦落成了"贞子"。这样的捉弄，它仍是不满意的，走着走着，它打了个盘旋，从地上冒起，死命地掀起你的裙裾，你不得不下意识摆出个玛丽莲·梦露式的销魂姿势。

它是精力充沛又表现欲极强的精灵，小区几条宽阔的主干道更成了它表演的舞台。它拼命地摇晃树枝，那些意志不坚定的树叶，拗不过它的执着，随之纷纷飘扬。在地上，绿的、黄的树叶，蜷曲着身子，踩着碎步，义无反顾地往前奔走，犹如一列长长的行军队伍。部队的最前端是一支身着黄衫的先遣队，它们连滚带爬，节奏欢快，气势雄浑。后头紧随着一队绿色的士兵，整齐划一，充满生机。还有些爱凑热闹的路人，探头探脑乱窜，争先恐后地跟在大部队侧旁。颜色形态各异的叶子就是风的样子，它们披着风的外衣踩着风的足迹顽皮地跃动。

当然，它那昂扬的个性有时也令人无所适从。台风肆虐后，一大堆的绿意饱满的叶子层层叠叠躺在路上，被拦腰截断的树枝、树干散落着，新鲜的撕裂的层面上，木须尖锐地狰狞着，带着触目惊心的痛。盛怒下的风犹如脱缰的野马在七八月间肆意妄为。

除此之外，它基本是平静的，默默地穿行于四季。甚至当你离开它时，会觉得诸多不适。比如你到达一个城市，当你走出机场那一瞬间，如果没有微风拂过，总感到缺少了点什么，眼前的城市一片呆滞，严肃得了无生趣。

就是这样的风在江边的古渡口迎来送往无数希望的船只，掠过红砖古厝的燕尾脊，吹绿了清源山的丛生草木，唤醒了开元寺的晨钟暮鼓，荡漾了晋水的粼粼波光，袅袅升腾了一曲曲南音，由悠远的过去漂泊至今。神奇的闽南的风啊，它让一座小城摇曳出别样的风情。

在这个宗教和民间信仰如此繁盛的小城，岁岁年年沐浴在风里的人们视风为神，这些最忠实的信众感染了风的习性，他们骨子里可爱"风神"了。

我也爱"风神"。

有没有一首歌让你浅吟且低唱

早晨，炽热的阳光从每扇玻璃窗外拼命地挤了进来，在这乍寒还暖的季节里，明媚得令你春意盎然。

电视里播放着某卫视综艺节目，面具下歌手正倾情歌唱，最终被猜评团猜中身份的金海心脱下面具，言及她似乎回到最初学习音乐时，就凭借着声音和音乐与听众交流，不受其他外在因素影响，专心歌唱。另一名歌手赵传则说，之前他反复唱《我是一只小小小鸟》，歌曲的风格已经被大众界定成卑微。今天，他蒙上脸，一身华服，在舞台上表演斗牛舞，才发现这方是原来的自己，具有无限可能。这样的表演，作为观众的我们心无旁骛专注于歌声的渲染，把心沉下去，情感任由歌声的牵引，到你想到的地方，想重返的刹那。面具下的歌唱者，的确使得歌曲的演绎与欣赏重回了音乐功用的原点，无论是歌者抑或欣赏者都在聆听来自心底最深处的动人梵音。

一个晚辈，是个高高的大帅哥。第一次听他唱歌，他低沉的嗓音，把歌曲演绎得情深意长，一时佩服不已。后来，一起唱歌多了，发现原来他把所有的歌曲都唱成同一个调，一首、两首、三首……最后我们无情地批判他唱歌不走心，这么好的资质，把情感融进歌曲里，唱得该会有多好。对于我们的批评，他总是咧嘴呵呵傻笑。直到有一个晚上，他竟然像着魔一样把一曲《南山南》反复不停地唱了八遍。他神色凝重，一本正经，唱得相当投入，每唱完一遍，就会示意身边的我们继续点播。直至唱完第八遍，我们又自觉主动地点了第九遍，他这才回过神来，右手的拇指与食指一张，眼镜一推，眼神仍略点游离地说道："不唱了，不唱了。""真不唱啦？"我反问道，我拍了拍他的肩膀，说，"不唱的好，魂终于回来了。"

"你在南方的艳阳里，大雪纷飞；我在北方的寒夜里，四季如春。"

据说《南山南》里面有故事，我却始终悟不到除了有缘无分的幽怨外的其他意味，就像那时的我也实在不能明白平日粗线条的他，为何在碰到这首歌时竟至魂灵出窍。其实如果你问他为啥会将这首歌反复唱，我想他是不会说的，或许他自己也说不清道不明，潜伏在内心的那丝情愫，在曲子里迂回荡漾，或许是歌词与旋律把他带到一个他也说不清楚的过往，过往的情感轨迹上的某个点上，碰触心弦，情绪随之倾泻，继而收获内里久遭封闭忽而宣泄的快感。

偶然机缘，在车里收听广播电台节目时，听到蔡琴的《六月茉莉》，一时迷醉在蔡琴歌声那蚀人心骨的风情里。这首歌真的适合在六月的雨后时分，端一把躺椅，坐在阳台上，痴迷窗外的翠绿与清新。歌词里有一段独白：年轻时我是镇上最美的姑娘，每天早上都在家门口的石阶上看到一朵白色茉莉，从未问过是谁放的，白色的茉莉被放在窗台，风一吹，那香味忘不了。

六月的茉莉，洁白而清新。那种纯净的情感只在纯净的年纪才会有，朦胧的情窦初开，欲迎终拒的羞涩。那一朵朵白色的茉莉就是一段段青葱的岁月。一种情愫属于雨而不属于风，一番情思似雾而非云，无边无际地萦绕，缠绵往复。这首歌就在蔡琴的迷人嗓音倾诉下一点一滴地渗进你的细胞里，记忆被勾引被开启，甜蜜从心底涌出泛滥成灾。

有时人生就只活在一首歌里，它翻滚在你的过往、现在以及将来。比如那年，一个腼腆的男生将张学友《夕阳醉了》的歌词写在粉红色的信笺上寄给我，结果我比夕阳和落霞还沉醉，至今未醒。

我们已经习惯于重复每天直线型的生活，如果有那么一个机缘，让你整个世界变得小小小，小到一首歌里，让你的心不由地低低低，低到尘埃里，让我们渐行渐远的初心重返。

是的，有没有那么一首歌让你浅吟且低唱？

那碗面线糊

在外游荡了一个月，到泉州已近夜晚十二点，先生提议去吃消夜。吃啥好呢？要不去吃碗面线糊吧。

美食街的面线糊店，隔着玻璃窗，一锅热气腾腾的面线汤紧挨着一锅"抢抢滚"的猪血大肠，一盘盘炒好的佐料置于架上，猪血、猪肝、猪腰、蚵仔、虾仁、蟹肉、鱿鱼，还有炒蛋、醋肉、香菇、金针菇、榨菜、丸子、花生，地上爬到水里游的，好像哪样都不欠缺。随意选择你喜欢的加到那碗面线中，撒上葱花、白胡椒、料酒，家乡特有的味道随着白色的雾气弥散，简直就是咱厝的深夜食堂。

闽南人对面线情有独钟，在口语中我们称为"面干"，至今已有八百多年的历史。由面粉发酵而成的面线，纯手工拉成，面身雪白，细如发丝，因为它入口绵软，营养丰富，易于消化，成了老人孩子乃至病人滋养身体之首选佳品。又由于它长而细的特点，故它又被寄寓了我们富贵吉祥、长命百岁的美好祝福。

它频繁地出现在祭祀的供桌上。比如正月初一拜天公，三束拦腰扎着红纸的面线不可少。小孩周岁、十六岁拜七娘妈，祭品必备的"衣食"，就由面线、生花（一般以芙蓉花为主）、熟花（纸扎的红色花）和小陶人等组成。若家里有长辈去世，也要准备好带着面线的"衣食"分送晚辈。除此之外，给亲朋好友生日祝福贺喜的乌扁篮，男女婚嫁的盛篮里也不乏面线的影子。可以说闽南人的红白喜事都少不了面线。

餐桌上面线也是身份特殊的食材。正月初一拜完天地神灵，给家里人煮上一碗面线鸡蛋。平日里有尊贵的客人来，奉上的也是一碗面线。生日时，家人更不会忘记让你吃上一碗。老人寿诞或小孩满月办酒席，面线则是一道关键菜。

于我们这代人而言，小时面线可不是平日里能吃上的美味。每有客人来，母亲就在护厝的灶脚开始忙活起来。灶脚散发出浓烈的葱油味，炒个鸡蛋花，鸡蛋是自家母鸡生的，香味不同一般。花生也是自家地里种的，经油炒过，红彤彤的，颗粒饱满，散发着珍珠般的光泽。接下来，爆个葱头油，将备好的香菇、虾米下去翻炒，水开之后把海蛎、蛏肉、肉丸、肉羹煮开备用。换口锅，将面线煮好捞起，放入碗内，浇上刚才加了佐料的汤汁，满满一大碗。下面的面线一堆，上面小山似的佐料似乎一不小心就会洒出来，铺上蛋花、花生，撒上葱花，红黄白绿，色香味俱全。这么丰盛的食物用来招待客人倍有颜面。那时我们也可以蹭着吃上一碗，面线没那么多，料也没那么丰富，但已是心满意足。

等到生日那天，便可以享受客人般的待遇。母亲一大早就会按这样的程序煮好一碗面线。不过，鸡蛋不再打成蛋花样，会被煮成白水蛋，鸡蛋与鸭蛋各一个，剥好后，白嫩嫩、颤巍巍地搁在碗的两侧。先得敬奉灶君司命，点上一对小红烛、三炷香。祈福完，母亲一边把这碗面线端到我面前，一边嘴里念叨着闽南四句："呷鸡呷鸭呷卡百百百。"早已馋得不得了的我，提起筷子大快朵颐，面上的好料吃完就已经饱得不行，然而应景的鸡蛋和鸭蛋即使肚子再撑也得吃下去。

小学临近毕业，我吃了一碗特殊的面线。那天走在放学路上，一坨鸟屎准确无误地落在我脑袋上。回到家，母亲赶忙煮了碗面线，吩咐我躲到屋子西南角的厕所旁蹲着吃。那一碗面线吃得偷偷摸摸，别是一番滋味，至今仍有回味。过不久，小学毕业考试我考取了县一中，我想应该有那碗面线的功劳。

　　母亲的记忆里也有一碗面线。那年她才七八岁，下雨天，独自一人穿过村里的小桥去找她母亲，雨下得大，桥的一半被水淹了，年幼的她不小心踩到了青苔上，人便滑到了桥下的池塘里。幸好有个路过的村民救了她。这位村民是村里三房的人，母亲家属于四房。据说这个池塘有点邪门，要是三房的人掉进去必死无疑，换成四房的人却会没事。外婆为了感谢这位救命恩人，煮了一大碗面线送到他家。

　　好友苹老家在安海，舅舅家在南安，两边隔着一条安平桥。兄弟姐妹们会结伴从安海这边出发，沿着安平桥，一会儿桥上走一会儿桥下跑，那会儿桥下没有水，只有干裂的河床。大伙追逐着，一路嬉戏，带着春游的欣喜。舅舅虽然生活条件不是很好，但对于外甥的到来却很欢喜，会用一碗碗加了三层肉的面线招待他们。吃完后，小伙伴抹抹油光的嘴角，又嬉笑打闹着从桥的那端走回安海。

　　老同学深夜发朋友圈，缅怀青春往事，我有点八卦发微信试探询问，老奸巨猾的他回了三个字——面线糊。呵呵，可不是，哪扯得清啊？在这里生活过的人记忆里应该都有一碗面线，只是时隔已久，便糊了。

逛　街　去

"以后别给我买衣服了，我自己买。"那天早上家里的男人扔下一句话让我瞬间整个人都不好了。能理解一个女人安排了一个男人二十年的衣着穿戴却在某一天被拒绝的感伤吗？

"你告诉我到哪里，我自己买？"看来我好像还残存一点点价值。

"不如，我带你去吧，你自己挑？"女人啊，就是这样看不开。

掐指一算，距离上次和他上街也不过才十年的时间而已。鉴于最近他瘦身成功，很多衣服穿不了，我之前掌握的衣服尺寸基本用不上，如今耗费心思的地方多了，我为他挑衣服开始应付了事，这个真相终于被他发现了。

然而没料到，我陪他逛了半天街，三天缓不过气来。

一开始，男人的态度还算端正，手指头像拂过键盘般准确地留在某套西装上，黑色的不要，已经太多；浅色的不要，不适合。只见他迅速及时取来两三套西装进了更衣室。不到几分钟时间，他已经挑到满意的一套西装交付店员。至于衬衫就不用试，再怎么减，那骨架还是在的，就拿以前穿的码数就行。有件西装马甲倒是很喜欢，但是所剩的号码有点小，最终还是买了。男人很自信，说是回家减减肚子就可以穿。

接下来，由于没有进行良好的沟通，白白走了好几家店。看到男人脸上已经开始呈现不耐烦的神色，脑海中突然想起平日里他最喜欢的一家店。不过，那家店离当时所处的位置走路太远，打的太近，正寻思不知如何是好，男人一句："走！"连拉带拽将我扯将起来。

过马路时绿灯闪烁，男人犹如冲锋陷阵的士兵，而跟在后面的我已经疲惫不堪。我不知究竟怎样就过了马路，只觉得心未动身已远，口中不由喃喃自语豆腐花呀一枝花。正常来说，这些路还不至于把我辛苦成这样，眼前晃动着男人虎虎生风的两条长腿，我忽然就有了答案。男人一步顶我两步，我哪里是在逛街，我分明是在跑街，不由感叹男女节奏大不同。

好不容易挨到目的地，店里竟然有个沙发，我终于可以拾掇拾掇散开的四肢。谁知屁股还没坐热，赫然看到男人的手上已经拿了堆衣服，急吼吼地走向收银台。

"选好了？"

"嗯，选好了。"

这速度也太快了吧。

走出店面，可怜地望着男人："好累啊，走不动了。"

他斜斜看了一眼："那就回家吧。"仍是把步子迈得呼呼作响。

按照我的剧本，剧情应该不是这样发展的。比如和大侄女逛街，一般情况下我一说累，她便会找个地方。譬如在星巴克，寻个位置坐下来休息，看看车水马龙，品品咖啡，交流一下本季服装的潮流风向，讨论一下这季哪家的衣服做得好，归纳总结比对一番，有时也八卦八卦一下她的朋友、同事什么的。

大侄女是侄女中性情最温顺的一个。她在自家公司上班，工作强度不是太大，甚至有时间在办公室养四五只大乌龟，每天下班后得先帮乌龟们冲冲凉再回家。她天生信命，每到年底，她必买麦玲玲的新年运程书籍，早早把自己新年各种注意一一了解清晰。在香港土生土长的她竟对物质没有太多执念，她的懒散和知足常乐的作风，母亲和我一致认为有其祖父遗范。基于她身上带着一些一般港人略欠缺的可贵的冲淡闲散之气，我常戏称她为"王半仙"。"王半仙"还是个心肠软得不行的人，她曾因受不了野猫凄厉的鸣叫，半夜三更循着猫声给野猫们喂食。

她时常会顾及旁人的感受，跟她逛街也就比较舒适。你挑选衣服时，基本不用问她的意见，衣服好看，她会说很不错啊；如果不好看，她就一句："呀，黎中意啦。"每次逛街回来，你会发现你又重复买了一件跟衣柜里相差不了多少的衣服。如果想在着装风格方面有所突破，那得更换逛街的伙伴，二仟女是首选。

和二仟女逛街则是另外一种全然不同的体验。跟她逛街你不必带着大脑，她是总导演。你建议去哪家店里看看，如果那个品牌她看不上眼，她便嘴角一撇也不说话，径直带你去她喜欢的店铺。你嘟囔着那品牌的衣服质量不好，她会语重心长地教育你，现在的人们挑衣服都看款式，衣服一旦过了季就不会穿的。至于她的品位你还是放心的，她该上班上班，其余时间就是逛逛街、吃吃美食，感叹一天二十四小时不够用。回到家要么翻潮流杂志，要么打开"Youtobe"看潮人们教你如何化妆、穿衣。

跟她逛街还有诸多禁忌，比如路程中切记不可婆婆妈妈、啰里啰唆，比如等车、等吃、等洗手间一定要有足够耐心，不能有任何不良情绪，买东西付钱时则一定要快，越快越好。挑衣服时你也只需凭借她言简意赅的几句话去评判衣服的优劣。你把衣服在身前作势一比，看到她眉头和鼻尖紧蹙，嘴巴一咧，甩下一句："咁核突。"你得赶紧放下衣服，以免恶心到她。有时她会一脸轻蔑地回答："大妈feel。"一开始我也会将衣服挂回去，后来一想，不对啊，我不就已经是大妈一枚了吗？她这样的言语无非是想表达这件衣服的款式尚可，不过有点老气。直到她不做回应或芳唇一启"OK啦"，你就放心去试一下吧。总的来说，跟她逛街还是会有所斩获的。

二仟女逛街花样繁多，从不放过各种新奇的店铺。她还热衷于挑选各种小饰品，为了买一件自己心仪的小物件，她能不厌其烦地辗转于各个商场之间。有时她会一言不发，神色匆匆绕过人烟稀少的街口，穿过冷僻的小巷，你差不多支撑不住了，她忽然在某一个小得不能再小的店面前立着。店里站个外籍人，通常是东南亚国家的人，讲着不咸不淡的广东话或一口他们本土的语言，卖的也是各自家乡的小吃，有时是一串烤串有时一个甜点。侄女品尝时每每面部表情夸张，继而神秘兮兮地告诉你："喺全香港至好食嘅。"这时的我必须用力点点头以示捧场。

眼看着天气逐渐热起来，儿子也念叨着要去逛街买衣服。终于等到他愿意放掉手中的电脑游戏，心中窃喜，这将是把儿子改造成陪逛的第一步。谁知一陷入商城，他便一个劲喊头晕。我正奇怪于刚才好端端的他为何竟至于这般，只见他一副生无可恋的样子："人太多了，衣服太多了，我头晕……"紧接着斩钉截铁地说："我要回去了。"看到我脸色一沉，立马又忽悠道："妈，我同学经常问我衣服哪里买的，我告诉他们都是我妈买的，同学们竟然猜说你是服装设计师。我先回去了，你慢慢帮我挑吧。"迷汤一灌，旋即扭头走人，把花花世界和我一起扔在身后。看来我非得断了和男人一起逛街的念头。

如今年岁渐长，体力不支，杂事绕身，心烦气躁，对于逛街这码事渐至敷衍。凭借多年的经验，衣服什么合适什么不合适，基本了然于胸，弱水三千无奈只能取一瓢饮，再也不必花时间去尝试挑选，逛街一下子沦落成了单调的购物。竟也开始理解起男人们逛街动机之纯粹、效率之高，的确省时又省力。只是望着侄女们逛街时青春洋溢的惬意颜容，乐此不疲地游走，多少有些艳羡。

无趣最是流年，淡了红装，老了情怀。

一起吃个饭

刚坐上车，关上车门。抬眼，赫然看到车前玻璃上三张青春洋溢的笑脸。他们趴在车盖前，赖皮地喊着："老师，我们要跟你回家。"那是春季高考第一天的中午。

"好吧。"我打开车门，他们兴高采烈地坐了上来。

"老师，走吧，咱们去呷饭，我请你。"坡是乖巧的。

我载着他们找了家干净敞亮的餐厅，点了几样菜。一早上的考试，早就把他们饿坏了。菜一上，他们开始狼吞虎咽。我用勺子把菜不断地分到他们碗里。

"我妈说我就是这样好养，呵呵。"达比较胖，吃得大汗淋漓。

"是啊，要是我儿子也像你，我可就开心了。"我也笑道。

坡时而也抬起头，夹了菜给我："老师吃。"

"老师，你也吃。"鑫也附和着。

看着他们三人埋头苦吃的样子，我一时间神情恍惚。

"呷饭喽。"那时，母亲最悦耳动听的话语一响，我们几个小孩就以最神奇的速度来到桌前。祖母有个靠石墙的固定位置，其余的随便坐，最先到饭桌旁的会敏锐地选择喜爱的菜色近旁的位置坐下。父亲在五店市工作，得到晚上才回来，母亲等我们吃完饭才吃。和祖母吃饭最压抑了，她有各种规定，吃饭不许发出声音，吃鱼要从鱼头吃起，菜不能乱翻。开始时，一个个假正经装斯文。等祖母吃完离席，气氛便随之松懈。大伙原形毕露，你争我抢，你推我搡，动作幅度又不敢太大，声音不敢太响，怕惊动了祖母招来责骂。一个个小脸憋得通红通红的。鸡鸭是自家养的，米和地瓜是自家田里种的，菜刚从院子里采摘下来。几颗黑色的小脑袋围着餐桌，风卷残云，争先恐后中食物被瓜分殆尽。

先生家也是大家庭，当时我们结婚不久，几个成家后的兄弟姐妹仍住在一起。每天早上，婆婆挎上菜篮子和邻居阿婆穿过大井口或内头李的小巷到菜市场，买完菜后雇摩托车回来。经过一早上的忙碌，一桌热腾腾的饭菜做好了。她总是先对着二楼的楼梯喊我先生的乳名，每日反复地叫。牙牙学语的侄子们，最早能发音的字眼不是爸爸妈妈而是他们叔叔的乳名。于是，婆婆叫，不谙世事的侄子们也跟着叫，腔调惊人的一致，屋子里莺莺燕燕一片。婆婆叼着烟，志得意满地看着满桌狼吞虎咽的子孙。偶有发现没被消灭的菜肴，她取来筷子一尝，唠叨着明日找菜贩子算账。大门敞开着，邻居经过，问候一声"在呷哦"。婆婆折到门口的五脚架，在防盗栏杆处，和邻居一个里一个外，窃窃私语起来。

如今，孩子到外地念大学，先生不在同一区域上班，不知从何时起，我已经习惯了一个人吃饭。如果在外面吃，一进门，服务员殷勤地问："几个人啊？"总是没底气地嘟囔着："一个人。"躲个偏僻的地方，默默地吃。更多的时候，占着餐桌，开了电视，让某个明星陪唱一首，听访谈节目有一搭没一搭地聊，看综艺节目无厘头地搞笑。打开手机，批阅一下朋友圈，点个赞发个评论什么的。如果能有一本喜好的书，那就更好了，拌饭的最佳选择。偶尔走到阳台，对着绿影婆娑，倾听鸟鸣虫唱，倒也不寂寞。待到夜幕降临，华灯初上，斟一杯酒，迎着明月清风，对影成仨，我干杯你随意。

那天下午，懂事的坡发来微信，"谢谢老师的款待！"我不禁莞尔一笑，回了一句："不客气，老师很开心。"

喝 点 小 酒

　　知道很多闽南这地方的女子对酒是深恶痛绝的，因为酒的事可没少和家里那口子计较。偏偏自己却也喜欢杯中之物，时常也喝点小酒，怡养性情。当然只是小酒而已，以微醺为妙。个人认为，大凡女人从来没有过酒的浇润，永远清醒地直面生活，那该多枯燥乏味。

　　黄昏时分，暗香浮动，一位独守空房的女子，持酒、对花、怀人。正是借着酒劲，李清照将自己当时的情绪淋漓地展现出来。"莫道不销魂。"这充斥着情色挑逗意味的艳词，时至今日仍可以撩拨众多思妇的情丝。除此之外，这位"酒醉不知归路"的女子，同样吟咏出"生当作人杰，死亦为鬼雄"的豪言壮语，令众多男子汗颜。足以见，饮酒的女子古已有之，酒后女子之率性和豪气可见一斑。

　　最初尝到酒的滋味的应当是七八岁时，父亲与客人饮酒，仗着自己倍受父亲宠爱，在酒席间闹腾。期间，在一客人的怂恿底下，把一整杯白酒灌进了肚子里。入喉时才发现，那貌似开水的东西竟会令你火烧火燎的痛，从喉咙一直到胃。一杯下肚，腹内犹如一团火，小脑袋晕晕的，但自小要强的我竟是得体地离席，一直坚持到自己的房间，发现步履已是蹒跚走样，斜斜靠在床上，本想闭眼睡去，然而体内火辣辣，整个人热乎乎的。于是颠出房门，坐到院子里的一块大青石板，青石板的凉意直透心底，人忽然就舒适了，倒头径自睡去。当时，生活在农村，七八岁时正是不知天高地厚的时候，野性难驯，经历过这样一次醉酒也不上心，倒是迷迷糊糊地觉得醉酒也不见得是件坏事，有些腾云驾雾的感觉。

奇怪的是长大后却也没怎么喝，该学习时学习，该工作时工作，忙忙碌碌根本无暇顾及。如今，孩子渐渐长大了，有时间回首过往的一切，有时间过过自己，渐渐又迷恋上酒后的感觉。

和姐妹们一起促膝长谈时，最喜欢来点小酒。刚开始还比较拘谨，几杯下肚，便口无遮拦了，妙趣横生、悲天悯人、自怨自艾的话语喷涌而出。有所经历的女子，刚刚彻头彻尾脱去青涩的外衣，总觉得自己睿智得不得了，睿智到看透人间众生相，口出狂言也是常事。记得有次和一姐妹喝酒，饱受情感煎熬的姐妹，酒后说了一句话，女人有三六九等而男人却只有一等。两性之间的战争是不可避免的，要宽容一名受伤的女子酒后率性的宣泄。

天气渐渐热了，回到婆婆那里，中午时分照例会和婆婆喝点啤酒，一人一瓶，权当解渴。喝了点小酒的婆婆比平日更健谈，于是两人便分头斜靠在她的旧式眠床上，往往可以谈一下午。婆婆是一地主的遗腹女，她身上除了保留了传统闽南女子的坚忍和包容，还秉承了家族特有的豪爽和大气。从婆婆酒后的话语中，我了解了她过往的历史，学到了为人处世的妙处。在一谈一听间无疑拉近了婆媳之间的距离。很多旁人一开始都误认为我们是母女，能有这样融洽的关系，想来跟两人率直的个性，再加上偶尔的一小杯酒的调剂是分不开的。

曾经有个闽北调过来的同事拿我们闽南的女子开刷，你们闽南的女人很不会生活的。当时我们还在闽北时，下了班，约上几个同事一起喝点小酒，那小日子过得可真滋润。当然没有谁会理解成喝上小酒日子就美了，其间的奥妙之处还需慢慢体会，比如一下班，比如一下子就可以几个人一起。闽北女子天性中的率性和享受的自由的空间似乎有些令人艳羡的。其实，她错了，有些东西是女人天性中固有的，不会因为地域上的原因而更改。传统观念上，闽南的大男子主义更严重些，似乎女人有些不自由了。然而事实并非如此，闽南的女子一样可以在大男子们的包容底下，偶尔来一杯小酒。在这一点上和闽北的女人并无区别，只是一个较显性，另一个较含蓄罢了。

晋江，我们的家园

在中国的东南沿海有一处神奇的地方，它的陆地面积是海域面积的十分之一，就在这几乎被大海包裹的六百四十九平方公里的土地上，养育了一代又一代晋江人。如今它茁壮繁密的根系深深地蔓延到世界各地，繁衍出海内外五百万晋江人。

晋江，这古老而多情的土地何其肥沃。翻开厚重的历史画册，古闽越人在此刀耕火种，沿海聚集。他们泛舟于海面，干栏而居，断发文身。在人与自然的最初对抗中，他们不断焕发出强悍的特质。他们从不畏惧，在浩渺无边的海洋里，尽情地攫取无尽的宝藏，乐此不疲。

从拍胸舞可依稀见当年的情景：跳跃的篝火，赤足裸身的人们，拍打身体击打出声响节奏，头上的草箍颤动着吐信的蛇头，热烈而欢快的舞蹈传递出粗犷而古朴的民风。"嗦啰嗹啊伊都嗦啰嗹咧"，古采莲曲声声穿越千年，他们吟唱着舞动着，为龙王庆生，祈求龙王驱除瘟疫，保四方平安。古闽越族原始祭祀舞蹈的遗风保存至今，蛇、龙图腾的崇拜在歌舞中被淋漓尽致地突显出来。

古闽越文化造就了晋江人不安于现状、勇于开拓进取的精神，海洋的浩瀚广阔磨炼了他们宽容坦荡的胸怀。闽越文化和海洋文化在此播下了种子，中原文化如一袭春风吹拂，促使晋江文化破土而出。

西晋"永嘉之乱"，大批晋人"衣冠南渡"，沿江而居，晋江因而得名。南朝"侯景之乱",又有江东民众大批逃亡南迁晋江流域。中国的核心文化——中原文化,踏着强健的步伐,紧随着一路颠沛而来。大批南下的晋人不仅带来先进的生产技术,更带来了民居建筑基础模式、绘画艺术、衣着装饰等。古中原文化迅速传播,并占据了主导地位。其中语言和文字的渗入极具意义。这些先祖们在此次大迁移中避开了中原民族融合所造成的语言改革,完整地保留了两汉时代的古汉音,也就是中原标准音。中原古音与闽越方言的融合中产生了闽南语。闽南语现已成了全球六十种语言的代表之一,同时它也是三百多万晋江海外侨胞的共同心灵坐标,和宗亲会一样成为维系亲族关系的重要纽带。

"唐山人",至今东南亚一带的当地人仍这样称呼闽南的华侨。隋末早有晋江人导舟远航婆罗洲,直至唐代对外港口的设立,晋江与世界的交往日益紧密。唐末战乱,更迫使晋江人越过浩渺海面迁居南洋群岛。这便是"唐山人"的由来。此后,宋朝港口贸易空前繁荣,晋江人出洋经商的数量有增无减。"泉州人稠山谷脊,虽欲就耕无地辟。州南有海浩无穷,每岁造舟通夷域。"《泉南歌》里充分体现了晋江人不满于现状,频繁向辽阔远方探求的精神。

唐宋年间,作为"海上丝绸之路"的起点之一的晋江,伴着港口的开放,商船的出入,世界多种宗教文化涌入,晋江以兼容并蓄的博大胸怀海纳百川,儒、道、释为主体的传统文化互相渗透融合,晋江多种文化和谐共融,晋江在闽越文化、海洋文化、中原文化的基础上开始形成了以中华儒家文化为主导的文化特征。这是晋江历史最为浓墨重彩的一笔。

随着陈元光率军入漳,王审知率军入泉,中州士庶相继大批迁入。欧阳詹科举及第,陈逖登科夺魁,这片沉寂多年的土地上,伴着南音古韵悠悠,以儒雅睿智之姿惊骇世俗。晋江出现了十六位宰相、八位文状元、三位武状元、一千八百五十三位文武进士,带着荣耀的数字，冠压八闽大地。

人才孕育的过程中，宋代理学大家朱熹是不可不提的重要人物。他的到来使晋江兴起了史无前例的教化之风。他们家族在安海修建了规模相当于州县学的石井学院，对晋江文化产生深远的影响。"此地古称佛国，满街都是圣人。"他亲手题下这副对联表达了他对此处文化的赞誉之情。

一大批驰名中外的历史文物记载了当年的文化繁盛。祀奉千手千眼观音的安海龙山、唐代摩崖石雕佛像的西资岩寺、"天下无桥长此桥"的宋代五里人工石桥安平桥、镌有"泉南佛国"的南天石佛寺、世界仅存摩尼教寺宇草庵等，这些是先人为晋江留下的一笔笔无比珍贵的财富。

非物质遗产同样丰富惊人。传承着中原华夏文化精华号称"世界音乐瑰宝"的南音、蜚声中外的掌中木偶，富有中华民族传统特色的寺观星罗棋布，特色民居建筑异彩纷呈，民情风俗多姿多彩。

如今这座有情趣有特色有文化底蕴的城市更是在历史的长河里翻开了它优美多姿的一页。

晋江不断加大文物、古建筑、古村落修缮保护力度，南音、木偶、高甲戏等优秀文化持续传承。五店市、安平桥更被评为国家AAAA级景区。特别是五店市，凝聚着晋江传统文化特征的地标式建筑，至今已经接待国内外游客和商务考察团一百多万人次。

说起五店市的由来要追溯到唐开元年间，蔡姓七世孙五人，在青阳山下的官道上，开设五间饮食店，酒旗招风，声名远播，被誉为"青阳蔡，五店市"。自此，"五店市"遂为青阳之别称。随着社会的发展，经济日趋繁荣，五店市在明清时期已然成为一片繁华的街区，商店鳞次栉比，街道车水马龙，更有美轮美奂的红砖厝民居星罗棋布。

2011年晋江旧城改造，地方特色浓郁的宗祠、寺庙、民居、商铺被汇集在这里。蔡氏家庙、庄氏宗祠每年都会迎接三千多名华侨宗亲回乡谒祖。这些建筑保留着明清、民国至现代各个时期的民居特色风貌。"晋江五店市传统街区"成为晋江城市的一张响当当的名片。

五店市里富有特色的红砖古厝是闽南文化的标志之一。大气而开放的建筑特色里有个美丽的传说。当初闽王怜恤思乡的泉州王妃，一句"赐汝府皇宫起"，泉籍王妃和误传口令的太监一起改变了泉州府的民居建筑形态。晋江地面涌现了一大批雍容稳重、富丽堂皇的殿宇式建筑。天井相隔，回廊连接，更有燕尾脊直指天空，气势宏大。

红色表达了人们对生活的美好祈愿；绿色的琉璃、雕花的窗棂，带出了中原汉文化宫廷的高贵气质。青石的基底，以冷峻硬朗的身躯，支撑起一个个阔大的空间。房子里布局构思严谨精巧，巧妙地满足了居住、家族教育、宗庙祠堂的三种不同的需求，睿智地解决了家族繁衍、和谐共存的问题。

这些红砖古厝代表着一个个家族的荣耀。推开一扇扇木质大门，就是推开一个个家族的故事。晋江人远赴南洋始于隋唐，兴于宋元，盛于明清，这条异域求生的路径始终没有中断过。清末闭关锁国，晋江民生凋敝，这些身上流淌着中原不安分血液的热血男儿再次扬起心中的风帆，或跂着木屐取道深沪港，或顺着安平桥蜿蜒前行。深沪海滩上的绿色藤蔓绽放出点点黄花，那是一声声的祝福；安平桥的青石板托起祥云朵朵，只为他们的步履不再沉重。

怀揣着最质朴的"起大厝"的愿景，他们漂泊在异乡。祖辈"输人不输阵"的不屈执念，潜藏的敢于冒险、勇于创业的精神，让他们在异国风生水起。那一天，当他们的心血以空间的形式拔地而起，在建房时，他们又大胆的样式在传统基础上融进西方建筑的元素，一座座形态各异的番仔楼、洋楼就这样遍布乡间。而情思却是不约而同的一致，他们殷殷嘱咐，方砖一定要红，再红一些，红到炫目夺人；屋顶的燕尾脊再弯一些，弯成钩，好让他们即便山水相隔，一翘首，便可清晰无比地望见魂牵梦绕的所在。

留守的女人们，一下子有了一个共同的名字——番客婶。她们日日期盼，默默祷告，祈祷外出的人早日平安归来。在家乡、在厝内，无处不在的神灵让她们内心趋于澄澈清明、宁静安详。灶脚里的灶神会保佑五谷丰登。观音、土地公以及四处寺庙讨要来的香火会被安排在厅堂的神龛里。厅堂里祖先的相片高悬，冷峻或平和的脸上，有多少似曾相识的痕迹，在属于他们的日子里，她们都会呈上精美食馐，希望祖宗有灵恩泽后代。虔诚的祷告与烛火香火氤氲出一片圣洁的光雾，始终笼罩着整座大厝。那缕缕香烟应是会随风飘散，直至她们心念所想之处。

女人们是主持这些祭拜的人。晋江的女子，当她踏入夫家的那一刻，便接过婆婆肩上的那副竹制扁筐篮，挑起这份沉甸甸的家族祈福的责任。她们的衣柜里有一套通红通红的衣服，一双红色的鞋子，这是她们拜祭专有的装束。她们对生活红红红火火的渴求一脉相承。

她们有一年四季的忙碌。农历正月初一敬天公，农历正月十五元宵节"请替身"，清明节扫墓，端午节用燃烧着通术、蝉蜕角的炉子熏房子，农历六月十五"做半年"，农历七月初一"起灯脚"，农历七月初七"七娘妈"生辰，农历七月里做普度，农历七月三十"落灯脚"，农历八月十五中秋节拜月娘，来到年底除尘，备年货。年兜准备年夜饭，准备辞旧迎新的各种食物器具。这样的工作就在岁月里不断地循环往复，把水嫩的媳妇熬成婆。其间还不包括农历每月初二、十六拜土地公，出入村里村外大大小小寺庙拜祭。女人们还用她们的巧手在一年中的节日里，变出各种精美的小吃，碗糕、甜粿、咸粿、芋圆、润饼菜、粽子、炸枣、汤圆、糖粿……"一敬神、二敬人"，这些应节的食物肩负着神圣的使命，极大丰富了节日的气氛。

住在古厝里的孩子们欢乐无比，他们有阔绰敞开的空间，可以肆意地追逐、耍乐。门口的大树，埕上的水井，屋顶的砖坪、大厝、护厝的深井，都留下他们幸福的足迹。他们又是压抑的，他们始终生活在大人的管教与神明的监视下，所以，他们不得不规矩，不得不向善，一种心存敬畏后的道德自觉，如影随形。在大人们感染下，他们同样憧憬着美好的未来。

这些生于 20 世纪六七十年代的晋江人是幸运的，苦难的历史因为他们童年的天真渐趋模糊。从小，家里有田耕，有地种的，他们是大人的好帮手。学校是他们向往的地方，那里有书、有老师、有一群小伙伴。他们手持花束列队在村口、校门，被胸前的红领巾映红了的脸庞扬起，睁大惊奇的双眼，他们未曾见过村里有过如此热闹的景象。

每个人，的确是每个人，脸上洋溢着笑意，锣鼓喧天沸腾了整座村落。在各级领导、村民的簇拥下，一群衣着光鲜的番客向着村庄走来。村里的道路不再泥泞，取而代之的是一条条崭新宽阔的水泥路。课室不再狭窄，白色的水泥墙壁，黑板映衬着"实现四个现代化"的标语，亮堂堂、暖洋洋的。村里祠堂更是被修缮一新，有的村庄竟然还有了医院。家家户户都有机会接收来自这些侨亲的馈赠，大至电视、摩托车，小到香皂糖果、针头线脑。

心怀桑梓无私奉献的侨亲回来，意义远不止这些。此刻，土生土长的晋江新一代，眼前似乎有一扇窗倏然开启。家族与外界不可分割的联系，使得新生代从小就对远方有着朦朦胧胧的期待。如今偶像真实地到来，让他们内心追寻的蓝图轮廓渐至明朗。

他们曾带着好奇，敏感地捕捉一切新鲜事物，他们不厌其烦地去转动屋顶的电视天线，以此来让他们对隔海相望的台湾有更清晰的认知，从天而降的带有宣传语录的气球里，美味的糖果与饼干就是来自那里，他们迫切地想知道那里的经济为什么如此迅速腾飞。20 世纪 80 年代初陆续返乡的香港客也是他们学习的对象。他们唱广东歌，模仿港台的装束发型。他们有一种不可遏制的冲动，他们要做老板，要出人头地，像祖辈们一样勇敢地迈出去，成功的意念支撑着他们，骨子里的拼劲再次蓬勃在这一辈人身上。

他们这股高涨的热情与海外侨胞、港澳台亲人不谋而合，一股席卷整个晋江的时代浪潮不可阻挡地到来。他们有一句共同的理念性口头语"创"。他们各显神通，大胆迈出去，从容折回来。就在这来回之间，晋江经济以奔腾之姿飞速前行。

晋江人向世人展示了他们与生俱来的经商能力，他们与先人一样无所畏惧地在商海之上搏击。他们虽然不善言辞，但以实际行动，展现创新能力之外的共赢与包容的特性。发展经济的同时需要大量的人力，活跃在晋江的一百多外来务工人员，在近二三十年的时间里为晋江的发展做出了贡献。心胸宽广的晋江人带着感激让他们融入这个大集体。这些扎根在晋江的外地人，让他们联想起自己的祖辈，也曾执着地在异域留下深深的足迹，何其相似的经历。他们由衷地敬佩每个心怀梦想的人。

晋江的男子是一个地域性格特征明显群体。他们性格外向，爱群聚；他们豪爽豁达，爱面子。他们看似放纵不羁不恋家，实际却将家视若珍宝。在晋江，一个男孩自懂事起，环境就很明确地让他们意识到在家庭中的责任。具有家族使命感的晋江男子，骨子里的责任意识深深影响了他们的生活目标。晋江的女子则传承了祖母、母亲安分守家的美好品质。男主外女主内，这样的家庭模式，可以说晋江远比其他区域处理得更为完美。这是否也可以称得上"晋江模式"呢？

一代代睿智拼搏的晋江人，让晋江这座城市春色满园，绽放异彩。

清晨，当第一缕阳光倾泻在石鼓山上，听寺庙钟声悠扬，品一杯甘醇的清茶。信步八仙山上，翠湖晨曦，曲溪梦泉，小桥流水淙淙，细草高树绿意饱满，清新洁净之感足以涤荡心间久蓄的尘埃。踏上安平桥，追寻先祖的足迹，看晨光如何为青石披上圣洁的金衣，如何抚摸青石上每一处的凹凸，去破解它们潜藏千年的秘密。在草庵的摩尼光佛前，仰头对视，沐浴他仁慈的目光，烈焰般的光芒会引领你找到生活的光明所在。到紫帽山，顺着山路蜿蜒前行，奇松修竹夹道，野花老藤散落其间。在奇峰摩崖、陡嶂石隙、洞穴溪壑间追寻百字"心"的传说，思索着"心"的形态其实何止百种。

到深沪湾探访海底古森林、牡蛎礁遗迹，海蚀变质岩会告诉你岁月的悠长原只在一瞬之间。听一曲深沪褒歌，这些跳跃在渔民出航、归帆航程上的音符，充满着渔民的哲理智慧。到美丽的围头港去，迷人的海滨，曾经的战地，触碰它累累伤痕，钦佩它坚强果敢的心。

日暮时分，邀你来五店市，穿梭在青石的小巷，在红砖青石的墙体转换间，重现古厝的前生今世。聆听一曲悠扬古韵的南音，清丽柔曼、缠绵深沉的旋律，如怨如慕、不绝如缕的声音，曾勾起多少游子思乡怀人的羁旅行役之愁。看一段妙趣横生的木偶，感慨背景音乐的复杂多变，惊叹轻重缓急、吞吐浮沉间多重的语阶、音调。"横撇竖捺"舞台上，一出出的高甲戏，原是嬉笑怒骂的真实人生，一声"来呵"，柯派丑角的表演，形神兼备，意趣盎然，令人叹为观止。在五店市，汇集了晋江各地美味小吃，让你大快朵颐之际，心生无限美好。

新一代晋江人铸就一座城市新的灵魂。当年"衣冠南渡"的晋人，一定不曾想过，他们的子孙，这群身上流淌着跟他们一样血液的后人，不仅将他们当年仓促之下选择的地域建设得如此繁华，而且足迹遍及世界五大洲五十多个国家。如今，在"一带一路"的大背景下，他们将再次作为"海丝"的先行者，开拓进取，继往开来。

感恩这方热土，祈福晋江。

晋 江 制 造

晋江波澜壮阔，翻滚着历史的浪涛，孕育生命，传承文明。这条碧波荡漾的母亲河制造了一代代血性男儿。他们闯荡、拼搏、创新，最终带着旗帜鲜明的符号制造了晋江。

他们从来是不安分的。无论历史更迭、时空流转，闯荡的情怀未曾改变。闯荡原是一种突破，人并不是生来就要被打败的。

不甘于土地的贫瘠，闽越先人选择了向辽阔浩瀚的大海攫取宝藏，他们一次一次与大海搏击，高强度的对抗中，他们强悍的体质不断被磨砺夯实。峨冠博带的晋人，怀揣着中原文明的种子，饱含着对未来美好的执念，躲避金戈铁马，一路颠簸南下。20 世纪初的祖辈们，给木船描上矍铄双眼，希望借此避开礁石骇浪，探索陌生领域的桃花源。闯荡在辽阔的海平面，那广袤的天地再次赋予他们宽广的情怀。

乘着那一袭春风，带有先祖骨血中不安分特质的男儿们，提起皮革包一次次出走。他们敏锐地感知到这个贫瘠已久的土地，衣食的匮乏已到了令人心寒的地步。从模仿开始，从第一双运动鞋、第一件衣服开始，各种鞋服经由这个区域源源不断地向外界输送。

在最初的家庭作坊里，一群质朴勤劳的农民子弟，终于看到了突破贫困命运的转机。他们夜以继日，埋头苦干。他们集一切力量，拼出一方天地。他们把"拼"的内涵演绎得淋漓尽致。"拼"本有

"合"之意。在这里，所有的形式都很轻易地被复制，这个极重视祖先祭拜、血脉亲情的种群，从不吝于将自己的新发现新模式与宗亲们分享。他们抱团作战，要拼的是干劲，比的是韧性。鳞次栉比的小作坊在晋江大地遍地开花。

作为中国四大经济模式之一的晋江模式正在悄然生成。然而，苍穹之上星星繁多，闪烁的点点光芒，不足以照耀天地。量多质低，廉价底端像副镣铐捆绑着舞动奋飞的巨龙。在各种尝试失败后，遍体鳞伤的群体，集体陷入了一场痛彻心扉的思考。在这片儒家文化浸润的土地上繁衍生息的人们从来不缺乏睿智与眼界，更不乏思想卓绝的引领者。

撩开星雾的迷障，他们迫切地追寻那一轮皎洁的玉盘。唯一，就是要唯一，才是区别于芸芸众生的特定符号。无论是清脆悦耳的闽南语，缠绵悱恻的唐韵南音，还是燕尾脊高翘的"皇宫起"，种种特定的带有区域明显特征的符号，才足以作为响当当的标识。

做大，做强，创品牌。他们放下身段，虚心学习，走出去，请进来。他们撸起袖子，挥起大手，质量搞上去，品牌创出来。如果说这期间投入的数额巨大的资金可以用大概的数字加以说明的话，那一个个前仆后继突围的人，那一路耗费的心血则完全难以估量。此番的突变是惊天动地的，请当红的明星做代言，在央视等热门电视频道轮番播放晋江品牌广告，依托各大报纸杂志、广播网络媒体，晋江品牌广告穿插其间，无孔不入。在室内、在户外，人们耳闻目染，晋江品牌强势占据了国人的眼球，甚至把理念植入了他们的思想。

冉冉升起品牌犹如明月般夺目耀眼，坚定的信念在传递，筚路蓝缕的艰辛在诉说。安踏——永不止步，这些来自阿拉伯后裔的回族子弟，极具经商天赋，永不于现实所拘囿，向着更高远的未来无畏地前行。古老安平桥默默延伸千年，把平安和祝福呈予这片土地上的每个人。在恒安集团身上洋溢着温情的爱的意味：爱，改变生活；爱，让世界心心相印。他们更身体力行将这份爱播撒于世间。七匹狼从"奋斗无止境"到"男人不只一面",始终带着这份思考:奋斗中的现代男人如何在事业与家庭中取得平衡,在进家门之前请脱去烦恼,天伦之乐亦是人生不可或缺的幸福。

这波品牌风暴,以锐不可当之姿展示于世人面前。特步、361度、利郎、盼盼、浔兴、九牧王……四十二个中国驰名商标是翻滚在浩瀚大海的浪花朵朵。"中国鞋都""中国伞都""中国食品工业强市""中国陶瓷重镇"……十四个"国字号"区域产业品牌,如同鼓足风帆的船只,在波澜壮阔的晋江乘万里长风,斩波劈浪,勇往直前。

一种直抵灵魂深处的意念正被唤醒,旗帜鲜明地被彰显。在其他同为中国四大经济模式的地区仍埋头为他人作嫁衣裳的时候,他们早早地把灵魂铸进了商品。他们通过品牌传递着对人生的领悟,对生活秉持的理念。就是这么一群不甘人后,拥有开放胸怀,敢于冒险,勇于拼搏的人,在一次次主观或人为的设限中突围,被包裹,再突围,于是,他们的世界外沿一直在不断地扩张、扩张。

如今,他们更将疆土扩展到海外。恒安集团布局海外营销中心,设立洲际生产基地;贵人鸟投资西班牙足球经纪公司BOY;安踏集团开展品牌并购战略,入股日本迪桑特公司……晋江已有上百家制造企业直接在海外设厂,参与全球化分工,"晋江品牌"正在代言"中国制造"。

没人能阻挡他们前进的步伐,同样也没有人如同他们一般,对故土的眷念那么深沉,对于根脉的认知那么执着。相对于其他经济发达的城市,这方土地有着一个非常明显的、与现代文明似乎有点相悖的特点。他们保持着各自的宗教信仰,不忘却对祖宗的祭拜与缅怀。在五店市,他们拥有一个共同的心灵坐标,在那个殿堂里盛放着他们灵魂。一道道檐牙高啄,连接着历史与现实;一面面红砖拼花墙,是最饱满的热忱。"五店市传统街区"作为这座品牌之都的精神名片横空出世。

　　一片曾经贫瘠的土地，因为有这么一群锐意进取、敢为天下先的人，从"晋江制造"到"晋江模式"，从"晋江品牌"再到"晋江经验"，一次次奇迹般地超越与突变，惊艳了整个神州大地，乃至世界。

千 年 草 庵

　　"此地古称佛国，满街都是圣人。"闽南地域佛教流行广泛，各类大小寺庙香火鼎盛。祖母与母亲在各种民间的节日里，都虔诚祭祀，她们出没于乡里及附近的大小寺院。每每看到她们祷告时的专注与虔诚，小小的心灵往往对于眼前神明有着不一般的崇敬，以至于眼睛从不敢越过重重幡帷直视端坐其间的佛像。从小对于寺庙的大大小小神佛均存有无上敬畏之感，对于神明的拜祭有种敬而远之的推诿。

　　然而，童年时的我却对简陋的草庵情有独钟。每年农历六月中旬便跟随母亲及乡亲们来到草庵拜祭，是夜便留在前面的华严寺"坐暝"（闽南一带善男信女在寺庙端坐一夜，凌晨三四点随晨起的尼姑诵经的风俗）。恍惚记得儿时来到位于华表山麓的草庵，逼仄的空间，简陋的供桌，摩尼光佛神像前并无任何遮挡，依山石刻的佛像，虽高大，虽仰视方见，但因其和善的面容、似笑似嗔的神情令孩提的我一扫畏惧之情。他以千年不变的淡然之势俯视众生接受膜拜，显得如此亲切自然。他那触手可及的凹凸光环，分明就是烈焰，昭示着人们前往光明的所在；分明就是温柔荡漾的水波，上善若水，滋养众生。

　　是的，就是这么一方角落能让我们感触到简朴深远的力量，感叹一切本真的东西均是直白而静谧的，生命无须附着太多的外物，即便是绚丽之极终归平淡。世间总有一些存在能直抵我们灵魂深处，引导我们不断去叩问、感知生命的最原始意蕴。无怪乎弘一法师当年来到草庵惊叹于再没有任何一个所在，更适合他修行。他在闽南弘法期间，曾三次来居草庵，或度岁，或养病，或弘法，每次"淹留累月，夙缘有在，盖非偶然"。草庵的环境确是非常适合于他"养疴习静"。应该相信冥冥之中自有一种独特的力量，可解释为"夙缘"的东西，将大师和草庵完美地融汇，并因此完成了各自的升华。试想象一下多少明月之夜，一位精神矍铄的老者，破衣草履，端坐于草庵意空楼前讲习经文。

弘一法师的到来极大丰富了草庵的宗教氛围，法师特别为草庵题写了一对楹联："草藉不除，时觉眼前生意满；庵门常掩，毋忘世上苦人多。"联嵌"草庵"二字于句首。弘一法师看透了世间的浮华，顿悟了生命的意义并得以超脱，他把目光洒向尘世中苦难的人们。庵外不远处的岩壁上，于明朝正统年间镌刻着四行摩尼教"四位一体"的教义，文曰："劝念：清净光明，大力智慧，无上至真，摩尼光佛。"

时间永是流淌，斯人已逝，至今再也没有人能如此准确地解读偏居一隅的草庵，能与静默千年的古佛在精神层面碰撞出火花。正如余秋雨所说的：一切深层沟通都不能仅靠文字资料，而必须以脚步、目光乃至整个血肉之躯作为船筏。对于草庵对于摩尼光佛的认识是一件长远而深入的事，我们理当不停止我们追寻的步伐。

古 镇 安 海

泉州安海古称"安平""石井",早在宋建炎四年即建镇,是闽南侨乡的文化古镇和商贸重镇。朱松、朱熹父子以及郑成功都在此留下的足迹,成就了"二朱过化""朱文郑武"的历史典故。安平桥、石井书院、龙山寺、水心亭、白塔、星塔、忠义古庙等诸多古迹,以历史文物的方式,记载着安海曾经的辉煌。恒安集团许连捷、宝龙集团许健康等一大批在中国商界叱咤风云的人物,也都是来自这个侨乡小镇。

眼前,正在进行旧城改建的安海小镇,浮华与落寞并存,深沉和肤浅同在。在任何地方,你看到断壁残垣,必定会心生苍凉。在安海也一样,一路上的支离破碎总令你措手不及。明知道,旧的一切终将在某个时刻将舞台让位给新的,因为世间的更替无非如此,但是,那些浸润着我们儿时记忆的纷纷扰扰,又怎一个"让"字了得。

幸好我们还有安海的旧街,她一如既往沉默地坚守,让我们可以借这方天地,凭吊灵魂深处的过往。这条狭长狭长的街道,抬眼望去,上空仍纵横交错着各种电线,这场景在 20 世纪 80 年代的闽南是再熟悉不过了,此时看来那种慵懒的凌乱竟有种莫名的亲切感。两侧富有闽南地方特色的骑楼建筑,以其特有的空间语言,默默诉说着当年远赴南洋的华侨们的乡土情怀。那冬暖夏凉的五脚架塞满了小镇人们所需的各色日用品,历经沧桑的街道继续履行固有的使命,一如勤奋上进的安海人。

如果幸运，你会在骑楼下的某个角落邂逅一位摇着蒲扇的老妇人。她穿着白底碎花的大支衫，注视着眼前的人来人往，眼神深邃而空洞，干瘪的脸颊严峻得让你不由自主心生敬畏。但其实她并不是如此严肃的，你可以用她熟悉的闽南话，和她搭讪。一旦打开话匣子，她便会絮絮叨叨当年的老街，老街上发生的各种故事，闽南的童谣，关于龙山寺、五里桥、朱祠的传说，最后，她一定会摇头无奈于世事多变，以突兀而至的沉默收束此次的对话，眼神恢复至迷离。老人总是念旧的，他们不愿搬离这貌似混乱、陈旧的老街，他们喜欢这有天有地的感觉，喜欢左邻右舍的那句"你呷未"，喜欢老街正月初九浓烈的香烛味，端午节抑扬顿挫的"嗦啰嗹"……这些理由已经足够了。

既然是老街，总免不了有许多特色的小吃，老街活生生演绎着一出"舌尖上的安海"。白塔下过十一点就没有的炸菜粿。这是白萝卜泥炸成的小食，外酥里嫩，再沾点本地自制的甜辣酱，那口感绝对一级棒。小吃中最有名气的当数土笋冻，半圆形的透明胶状物体，凝结着多只虫状的土笋，千万别让这外形给吓住了，加点酱油、蒜泥，入口清甜、爽脆，此乃消暑祛火之上佳食品。奇味鸭仔粥的摊点，极其简陋，但这并不影响人们摩肩接踵前来品尝美味。大快朵颐的人群中，那些穿大背心、大裤衩，趿拉一双人字拖的人，你千万别以貌取人，他可能是个隐形巨贾富商，还可能是个大慈善家。谁说贫困是考验人性的试金石，富贵更能试出人性的优劣。在 2010 年，安海建镇八百八十周年之际，安海慈善协会成立，短短一个月，就募集了善款一亿八千八百万元。在这全国著名的侨乡，从先祖募资建成五里桥开始，扶贫济困、乐善好施的传统美德延续了千年。近几年安海的经济发展有目共睹，有了钱的安海人对待金钱的态度内敛而自省，他们不张扬更低调，实实在在。

放眼望去，安海新城区高楼大厦鳞次栉比，但是，她所透露出的繁华绝没有旧街浓厚的俗世味道，却是盛世的别一番景象。试问，那些早年离乡背井下南洋的人们，能够想象得到吗？

皓月当空，光耀千年

灰黑的主色调，硬山顶，三川脊背，燕尾高翘，脊身装饰剪瓷花鸟，脊端各立鸥吻。红砖拼花墙，青石螭虎窗，整石群堵，浮雕龙虎，装饰极具匠心。即便是再繁复的空间言语也无法穷尽后世子孙对供奉在殿内的先祖的敬仰之情。只是他仍是在寝殿的神像里，双唇紧抿，眼神矍铄，神情庄严而淡然。

曾经的祥芝海滩是否记得那个海涛低唱的黄昏，师从泉郡明哲丘葵外出游学历练多年的翩翩少年，海平面冉冉升起的明月映照着他俊朗的脸庞，眼神越发清澈澄明，伯父庄思齐搂着失而复得的他，口中喃喃自语："海月、海月……"

庄惠龙，号海月，庄氏三世祖，犹如当空皓月，承前启后，光耀千年。他一生励志奋发，"孝友型于家，文章名于世，咏诗百首皆可刊"，"复拓业千亩，以遗子孙"。在文学方面，他表现出惊人的禀赋；在经营管理方面，他更是才干卓绝。晚年，家族人丁繁茂，崭露头角。他与时任晋江主簿的欧阳贤互为诗文好友，时常结伴外出，尽享林泉吟咏之乐。

只是无人知晓他内心时不我待的煎熬。追忆父辈的足迹，庄氏二世五兄弟，投身南宋幼帝护驾之行，辗转流落青阳。"尽忠宋室，不事胡元"的祖训犹然在耳。恩师丘葵坚不仕元，金门士子也无一人应科考，无一人为官。儒家忠君报国的思想在特殊的历史时代显得多么不合时宜，道家"清静无为""绝圣弃智"的理念消极中略带颓废。望着日益兴旺的族群，一张张年轻旺盛的脸庞，在尽享物质丰厚的同时难掩精神追求上的空白，他甚感忧虑。

"晚年厌观世缔，托以苏邻法，构以苏邻法，构摩萨坛于其里之右，往来优游，自适己志而已。素以善掖诱人，常若不及，以故乡人有化之者……"

感谢欧阳贤为他撰写的墓志铭，令后人能借有限的文字拨开历史的尘雾揣度他的过往。那时，摩尼光佛，在家乡的万石峰，草庵寺的石壁上，跏趺而坐，俯视凡尘，引领众生开启光明之门。虽寺庙简陋粗糙，但信众甚多，香火鼎盛。

晚年他也成了摩尼佛信徒，一个虔诚的明教徒。"托以苏邻法"，苏邻法指的便是摩尼教，欧阳贤为何用一个"托"字呢？想来欧阳贤是懂他的，对一个教义的接受，他并非毫无自己的判断与思想，是他无比睿智地借助了摩尼教来完成了自己思想的建构与宣扬。

摩萨堂上他口谕教义，石鼓山与塔上堡的菜堂里他虔诚祷告。食素斋，不吃酒肉，乐施与，自我修持，一心向善。找到信仰依托的他，精神饱满、身轻如燕、悠然自得。物质上主张简约，精神上的修为才能真正圆满一个人的生命，他完成了一个族群甚至一个区域精神上的拨乱反正。

"清净光明""大力智慧"，黑暗总是暂时，唯有精神可永恒，心怀光明地等待，喷薄的黎明总会到来。"一门祖孙三进士"，他的后人庄一俊，明代历官浙江参议，著名诗人。其孙履丰官翰林院修撰，履朋任户部主事。

一种教义可以消亡，但根植在子孙血脉里的精神却历久而弥新。千年后，他的祠堂平静地伫立在五店市，门第荣耀，子孙繁盛。

五店市有个虎帅爷

农历六月初三是我们村里最热闹的年节，这天是村里的当境虎帅爷的诞辰之日。虎爷宫现位于五店市官道朝北大厝围墙外，一两平方米的小庵宫，布幔遮掩下有方瓷砖彩绘，一尊高六十余厘米的石虎蹲踞莲花座上，憨态可掬。两侧砖墙上，题有对联："虎踞梅峰腾紫气，帅垣官道仰清源。"虎帅爷深情地注视着幽深的小巷——虎爷巷，庇佑一方。这里的老人至今还记得 20 世纪初的菲律宾侨批的地址——泉州南门外二十八都虎爷巷管蓬角。后来这地方被称为"梅岭三角内村"，怎么感觉有种文言文演化为白话文的苍白寡味。不过，即便地址名称改变，但人们对于虎帅爷的崇拜倒与日俱增了。

闽南的村落里几乎都供奉着当境神祇，人们也亲切地称之为"境主公"，他们是地方的保护神。村里头的大小事务，看得见的看不见的事都归他们管。境主公的身份有王爷、将军、元帅等等，这些人生前爱护百姓，去世后人们感念他们的恩德，为他们塑金身顶礼膜拜。随着人口的迁移，这种信仰还传至了中国台湾乃至东南亚一带。境主公大凡由人充当，像虎帅爷这样以动物身份成为保护神的则较为少见。人类的先祖慑于自然力的伟大，一开始表现在对动物图腾的崇拜，攀上了亲缘关系后，战胜敌人、野兽以及逃避自然灾害的力量无形中增加不少。据说现存的雕工拙朴的虎帅爷像并非最初的版本，在青阳地下深埋着虎帅爷的真身。想来将老虎作为当境可能会比以人为当境的历史来得更久远些。

闽南的"闽"字，这门里面究竟住一条蛇还是一只虎，仍存有争议。古人确实称老虎为"大虫"。古时福建山地崎岖，山林中不乏老虎的踪迹。话说以前青阳一带尚未开发，较为荒凉。唐宋时，青阳山上时常传来虎啸之声，附近居民屡遭虎患。某日，老虎将一白发老者拦在后塘山路上，反被老人用拐杖轻敲其头部。原来老人是土地爷前来点化老虎，以解一方厄难。老虎也算通灵，愿意伏法受教。青阳一带的百姓便尊虎君为神灵，建庙置像，四时敬祀。直至明代，青阳山下的街市日益喧闹，虎帅爷当时虽与土地公约法三章"人畜不伤，小禽任食"，无奈人一多，野生的小禽愈发少，虎帅爷饥饿难耐，经常去沟下片的居民那里偷些鸡鸭来吃。那天他满载而归，途中遇上了谒家庙返回的庄履丰、庄履朋两位进士，偷鸡摸狗的行径败露，羞愧难当，再次表示要好好履行职责。进士兄弟顺水推舟，承诺会加倍奉祀。

村落的当境一般都以高大全满的形象出现并持续，我们虎帅爷的性格发展却有跌宕起伏的真实。这位虎帅爷不但知错能改、诚信率直，还有勇于担当、尊贤尚能的一面。我们似乎也看到青阳这一带自唐宋以来，人口逐渐密集，街市不断走向繁华，人与自然从磨合直至和谐共处的历史。

如今村里的人们日子过得一天比一天更红火，我们的虎帅爷想来也不会再饿肚子了。特别在他的诞辰之日，人们供奉四时珍馐、玉液琼浆，在帐前烧香点烛、下卜花灯，连着几天搭台唱戏。虎帅爷只管大快朵颐、痛快畅饮，赏一出高甲听一曲南音，乐呵呵、美滋滋。

一扇清风，一扇明月

在惠东平原广袤的海岸线上，净峰山卓然挺立。它三面环海，四周阡陌交通、村落相连。登上山峰，极目远眺，天蓝海碧，令人顿觉神清气爽。峰顶，有一座始建于唐朝的寺院——净峰寺，穿越千年默默守护着一方子民。观音殿、李仙祠、文昌祠、三宝殿一字排开，人们来此顶礼膜拜祈福消灾，更有不少名僧士子至此，或弘法，或结庐读书，或居住终老，与寺庙结下不解因缘。

弘一法师就是其中之一。所有的一切不可解释的吸引当归结于缘。崖之上，寺庙深邃古朴，山石玲珑奇巧，林木苍翠，波涛律动，凉风轻拂，意境明晰旷达、幽静安谧，这难道不就是为之神往的桃花源吗？他到过许多的名山，然而都不如此山风景幽美。他萌生在此终老的念头，于是乘舟从泉州南门外一路风急浪高颠簸而来。

脚踩一双破布鞋，身着褴褛不堪的旧衲衣，背负着经文，他来到紧邻三宝殿的一间狭小的禅房。不足二十五平方米简单的石头房子，形状不一的青石累叠而成的墙体，散发着冷峻久远的气息。有五尺木床，一桌、一椅、一脸盆架，已足以应对日常所需。唯一稍有遗憾之处便是室内幽暗无光。他请来匠人在东西两侧的墙上各辟一小窗，清风明月凭窗涌入。在禅房的南侧依山崖设计弧形厕所，并在厕池旁圈定类似花瓣形状的花圃，种下菊花，每日浇灌。

在这一房间内，他住了大半年。每日，从东西两侧的小窗，阳光倾洒，明月朗照，低闻幽幽花香，耳畔涛声阵阵。人居室内，坐禅念佛、校对经文，身心安宁自适。平日里，一双粗布靴鞋，一领灰褐色的衲衣，都是补了又补，被他视为陪伴多年的旧物，洗得干净清爽。他素食清水白菜，稀饭佐盐已觉为山珍海味，是坚持过午不食。

更多时候，法师走出禅房讲经弘法。人们怎能忘记他诵经时的神态庄严，与之言谈时的善目慈眉。多少次法师端坐在禅椅上，声音洪亮、浑厚而深沉，句句劝善，信众入神倾听，浑然忘我。在这民风淳朴的地方，信众们往往乘兴而来尽兴而去。至今仍可透过村民们回忆中片言只语去感知他们曾经深受的教诲。

法师让人们礼佛之时一切从简，有清花果烛就够了，不用鞭炮动地，更不需锣鼓喧天唱戏搭台。执象而求，咫尺天涯。世间的繁复往往遮蔽了最本真的层面，求佛求的是内心的纯净与安宁，太吵闹的声音只会扰乱虔诚的修行。芸芸众生，如能拨开形式云雾的遮挡，灵魂便会如清风明月般自在恬适。

弟子传贯将前来寺院拜晤的基督教传道士拒以门外，法师获知后，让传贯师长跪在传道士的课室门口，且赠送了法师的书法和《华严经》一本。虽教派不同，然双方的宗旨却是一致的。这位光明磊落的高僧有海涵山容的气度，不拘囿于宗教形式的表象，对世人慈爱而包容。

法师以字广结缘，几乎来者不拒。当身边的法师感叹求字的人比求佛法的人多时，他回复说自己的字即是佛法。"发心求正觉，忘己济群生。"获赠这一手书的村里教师回首自己五十年的执教生涯，感动于法师的字引领他从人生混沌之处脱出，悟到真谛走向光明。

缘起缘灭，种下的花还未开法师就要离去。寺庙庄严，禅房静默，屋外山石依旧秀美动人，远眺海天一色，两扇窗敞开着，时有清风拂面、月色倾泻。此番或许就是法师遗留的佳色，以待后世有缘之人吧。

石 佛 之 笑

"海滨邹鲁，仁和之乡。"此地是旧时的东石古寨。一片广袤的大地上生活着一群朴实勤劳的子民，人们对神佛有着一种与生俱来的热爱与景仰。这里的陶土、木头、铜铁都有机缘被塑成佛像，被安放在厅堂、卧室、祠堂、寺庙，祀以香烛顶礼膜拜。信不信，这里的山石也会长成佛。卧牛山有一岱峰岩，背靠着山石的南天禅寺，那里就有三尊巨大的石佛。

石佛根植大地，与大地血脉相通，外表素洁清新，体态柔和安详，石质的坚硬沉重由内向外散发出淡然冷峻的意味，诠释着天地间的自在与永恒。

不知究竟历经多少漫长岁月，石佛才积聚三道光的力量，等到了那双慧眼，等来了一双巧手。继而端坐山林间，八百年来抿嘴微笑，低唱佛音，召唤着懂它的人。

犹记得三十多年前，石佛前那位眉清目秀的小女孩，稚嫩的面容上眼神迷茫。这位成长在东石村落里的小姑娘，十二岁时带着母亲的宿世因缘，懵懂间踏进寺庙。这就是后来的理山师父。关于神佛最初的认知来自母亲——一位超负荷重压下的农村妇女，她将苦难生活下无处排解的压抑归结为一种原罪，在她的世界里神的驾驭无处不在。母亲诚惶诚恐的信仰在她幼小的心灵投下了阴影。每天陪着寺院的老姑在殿内卖香烛，人们掏出与脸上的纹路一样皱巴巴的钞票，请人跳神、卜签，这种于事无补的祭拜令她的反感与日俱增。

她想逃，逃离这个索然寡味的寺院。家仍有未了的俗世情缘，那里有温暖的牵绊。老姑递给她一个书包，对知识的渴求留住了她离去的脚步。她的内心对知识有种天然的向往，所有的疑惑或许可以凭借书籍有个答案吧。十年也就弹指一挥间，从小学到泉州佛学院再到闽南佛学院，对于佛学的探究越深入，内心却越发沉重。众生神佛不分，迷而不信。苦难的人们习惯于向外求，一直忽略了自力的重要。毕业前的那节佛教史课上，她陷入了深深的思索：毕业了，我该做些什么？

晨钟暮鼓，再次与石佛相对，石佛微启双唇，她似乎听到了动人的梵音，那应该就是无言的加持。不管春雨中的道路如何泥泞，不论六月的天气何其炎热，她奔走四处，教人念经、讲佛法基础。她的内心有种迫切，她想让人们知道人人皆有佛性，佛是一种睿智，信仰是一种转迷成悟的智慧，绝不是驾驭，更不会带来无因缘的惩戒。

清秀的背影辗转在东石的村落、寺庙甚至省外、日本，那纤细的脚一步一步将单薄的南天禅寺走成一座佛教丛林。每月初八的佛学课堂上，从她口中喃喃传递的佛音让多少信众迷途知返；从每月十元开始的宗教慈善走入乡村，临终关怀遍及多地；三千多名学生通过佛学冬令营懂得了孝道与感恩；义工团队从几人发展到制度完善数千人的规模。

二十一年的时间，她始终将目光投向悲苦的众生，谆谆践行宗教所应承担的社会职责。她目标明确：弘法、教育、慈善。一路上经历的艰辛，那柔弱的肩膀所承担的重负只有石佛知道。石佛身上泛起青石冷峻的微光，无法消解的钉凿的痕迹，阴柔的风姿下坚不可摧的意念。不经历秋的叶落萧瑟、冬的凄厉荒芜，哪有春天深情的刻画，只有不断地超越才有凤凰涅槃的圆满。

唯愿众生离苦得乐，理山师父双掌合十于石佛之前，眼神坚定。大地一片澄澈清明。

石佛，自在，微笑。

古 渡 情 深

飘着细雨的四月桐城缠绵悱恻。丰海路上木棉花火红绽放，落叶枯黄凋落，高挑笔直的棕榈树散发着浓烈的热带风情，宫粉紫荆袅袅娜娜地开，红花三角梅间杂着粉花翠炉莉，弥散着浪漫花海的气息。平整的青石自行车带向前延伸。道路旁文兴古渡口静默，海鸟时而盘旋而过，顺着江水极目远眺，高楼鳞次栉比，晋江大桥横跨，摩天轮在空间里画了个巨大的圆。恍惚间一时不知置身何地身处何季。

美丽的深圳湾有一段绵长茂密的红树林隔离了都市的繁华喧嚣，海浪翻涌清新的气息，入眼的苍翠与悦动的鸟鸣，在南国热烈的阳光下别有一番动人的韵味。跨海大桥连接着深港两地，不远处极具造型的春茧体育馆匍匐着，大运会火炬塔层层叠叠立于江畔。这座年轻的城市浓烈的现代意味已然掩去了小渔村的腥味，只偷偷地在江里的淤泥、江岸的细沙与鹅卵石中残留过往的印记。

而眼前这个江滨闹腾着城市的繁华，历史与现代完美交错，建筑的整饬与自然的慵懒和谐并存。这曾经的古渡口仍是一往情深，它执拗地保存着庙宇、石塔、蚝壳厝、原住民，在地下淤泥、沉船、古墓更是坚实地层层累积成传奇。渡口的庙宇石塔经历荣光、衰微、践踏甚至摧毁，今日继续以傲然之姿挺立着。身体可以受苦役，精神可以被屈辱，而内里对众生真挚的爱，足以穿越各种阻难，藏放在神佛的双手之间。生活在这里的子民，就在每次仰首、自语、叩拜间，带着无限的力量朝着光明、善良、美好的世界奔去。

依稀可见真武庙前祭海的盛况，盛唐的豪迈之气仍延续着，宋代官员们锦衣华服，仪仗庄严，村民们跟随着捻香叩拜。庙前晋江东流入海，波浪滔天，风帆如织，肤色各异、服饰迥然的人们在港口穿梭，一船船的蚝壳从大连，从大西洋、印度洋倾泻在岸边，丝绸、茶叶、瓷器、香料不断运到世界各地。岸边的宝箧印经塔更是以贴近众生的形象伫立着，四面观音佛像前多少启航者双掌合十虔诚祷告，他们出行的背影因此变得无比硬朗，又有多少归航者焦灼的眼神在触碰它的一刹那，心平静得如夕阳下江面的波光。

随着港口的繁荣，岸上的庙宇也日益增多，文兴三王府、北石帝君行宫、美山天妃宫……不同肤色不同人种不断涌入村庄，村庄包容四面八方的新人，容纳各式教宗，逐渐地，从道教从信奉玄幻的神明，到供奉忠烈之士、朝廷敕封的凡人。世代在大海中搏击的人们似乎明白了给予自己力量的除了神，还有人。

世事无常，几经沉浮，古渡已褪下了昔日的荣光，退潮的淤滩上，褐色的滩涂裸露着，船儿搁浅了，但海草依旧鲜明地绿着。人们依然摇着船楫伴海而生，只是路程不再那么遥远。岸上的庙宇被一次次艰难地修葺整新，人们从海中捞起、从地下挖出石塔的构建，重新垒装。在属于神明们的节日里，他们火烛香烟，载歌载舞，一如既往地感恩它们的不离不弃。女人则在头顶把含笑、茉莉、素馨花簪围成一方神圣的祭坛，代代相传的象牙筷子从发髻穿过，带着岁月的芬芳。

生活在这里的人们眷念着古渡头昨日的模样，这是不可丢失偃息的旗帜，只要它还屹立着，人们对生活美好的执念就未曾断离过。

站在古渡边上，任微风拂面，待潮涨之时，何不泛舟溯流而上？

248

丁屋岭的颜色

长汀上空飘浮云层，恰好可以挡一挡烈日的侵袭，这样的日子进山或许可以消解烦躁的干热。顺着山路蜿蜒而上，穿过青石块累叠的寨门，两三条土黄狗在路边，或蹲或躺，懒散的灰黑眼眸里，有丛生的杂草，觅食的黑鸡、黄鸡摇摆着胖胖的腿，有节奏地踏着碎步，低着头寻觅地下的食物。

四周一片片缓缓起伏的绿色梯田，房子依山而建，形状各异大小不一的灰绿色的片石撑起基底，黄土筑成墙体，木头制成窗棂、门框、小阁楼，黑灰的瓦片交错覆盖成屋顶。岁月的山风与清泉把木头熏染成了黑褐色，与屋顶的瓦片浑然一体。群山环抱中的丁屋岭似乎在摆脱尘世太过跳跃的明丽，努力长出山体的颜色，沉重成古朴深邃的永恒。

入口处，左边是古老的牛市街，右边是廊桥与吊脚楼。低矮的吊脚楼依偎在山脚，风情地探出身子，细细的脚立在小池塘里，几棵枝细叶嫩的绿树参差散落水中，有一半的树干被淹没。见惯了长在地面的树，习惯了水面飘摇无根基的浮萍，这立于水中的树，枝干利落地张开，身子纤巧又不羸弱，自有一番新鲜情趣。阳光仍蒙在层云中，天空、绿树、青山、亭榭、廊槛，在绿得沉实的池塘中，全都幻化成水墨的黑灰，在水中氤氲重叠。那一湖水将所有色彩调配成单一的颜色，稍嫌沉闷。就等一阵山风吹拂，颤动近旁树上缺了口的古钟，以

249

及吊脚楼垂下的朱红灯笼，那一声嗡响、那抹红意撩动起这幅闽西风情的水墨画。置于崇山峻岭中的亭台阁楼，既有江南水乡的精巧雅韵，又有高山托举下踏实沉稳的底气。

古老的牛市街，老牛当年侧躺的泥沼已繁衍出一座神奇的村落。鹅卵石混着水泥铺的小径，曲折迂回。路上的人不多，年轻人都出外打工读书，老人们倚在祖祠门口，把蒲扇掖在胸前对着山发呆。狗狗们混迹在巷道里，与土墙一样的黄，你不时转角遇上。不必惊慌，这些小动物不像城里的宠物，老把陌生升级成咄咄逼人的敌意，你尽管轻巧巧地走，不用对视躲避，它们是友善的。路上不期而遇的还有脚下涓涓的泉水，来自高山上的清凉静静地在你脚边萦绕。它沿着小径的一侧兀自流淌，冲刷着水泥与鹅卵石，小道的一半裸露出地表的褐色，与白灰色的另一半相映成趣。

一股股清泉从小路道上，还从墙角、屋侧渗进这座古老的村寨。一位老年妇女抱着半边的冬瓜就着泉水洗着，搁在由树干制成的水槽上，"咚咚"地切开。夕阳的余晖从她的身后跑来，散开在她眼前的小深井，使屋檐与墙角边缘在对面的墙体上投射出立体的影子。黄色泥墙蒙着一层金晖，掩去了剥落的痕迹，呈现一种亮堂堂的秀美风姿。阁楼上褐色的木栅栏，也被夕阳撕开了黑重的外衣，木头的纹理清晰可触，一圈圈断裂的年轮如老者脸上的褶皱。夕阳掠过黑灰的瓦片，爬上戏台，绕过古井，把木质的台阶折叠。袅袅升腾的炊烟与山中的云雾，在我们离开的背后纠缠缭绕。

夜晚的丁屋岭一定会躲进山的怀抱，在黑的围裹中，有山一般沉重的静。住在长汀宾馆里，我依然感觉夜那份沉入心的宁静，一点都不像城市的夜，漂浮着层白蒙蒙的轻佻，轻轻地静，一扯就裂了。

暹罗的微笑和狮城的花

新加坡滨海南花园，据说是世界首创的最大规模室内热带雨林花园，恒温冷室。走入花园，头顶巨大的玻璃苍穹，高大或低矮的树木错落有致，知名或不知名的花朵出奇艳丽，成团成簇，密密匝匝，昂着头热烈地开放。木栅栏划出不同的区域，树木与花排列整饬，景色层次清晰。游人如织，人们端起手机或转动相机的光圈，嘴里啧啧称奇。徜徉在花海中，一时感觉此处的美如此不真实。

花海中难以找到一瓣凋谢颓败的花朵，大规模的花圃闻不到花香，阔大的空间里见不到一只飞舞的蜜蜂蝴蝶。没有一丝风，所有的花与木静止不动，安静得让你与之相对时几近癫狂。大概游客散去自有人来拾掇它们，所有的衰败都在不为旁人所知的情况下被遮掩。花粉的传播也会假于人手吧，这里的花朵根本无须散发香气以招蜂引蝶。

从小在闽南农村长大，自家的深井、院子种着花，胭脂花、菊花、栀子花、朱槿花等"臭贱"（闽南语容易养活的意思）易活的花种，闽南雨水阳光充沛，不用太过关心，它们会遵循四时开放凋落。女孩子把花挤出花汁涂抹在指甲上，老人将花别在发髻边。上学路上，一路艳丽的夹竹桃散落粉红的花瓣。邻居院子里种的玉兰、栀子花香气四溢，总在院子低矮的木门前流连许久。清明节扫墓，那漫山遍野的白色雏菊在阳光与风中招摇，可爱得醉人。

至于在书中见到陶渊明"忽逢桃花林，夹岸数百步，中无杂树，芳草鲜美，落英缤纷"，一时为之神往。林逋的"疏影横斜水清浅，暗香浮动月黄昏"，梅花的颤动之姿在黄昏的月下水边蚀人心骨。惜花如命的苏轼"只恐夜深花睡去，故烧高烛照红装"，看来古人秉烛夜游良有以也。

世间百花盛开，各式各样的花舒展身姿，迎风怒放，在山冈，在屋角，在田野，在河边，雍容华贵，淡泊典雅，鲜艳夺目，妖娆妩媚，呈现人世的精彩与繁华。人们或散步或踏青或郊游，从那漫山遍野的花里，体味着勃勃生机的自然，感受到色彩斑斓的人生，扩展情怀抒发诗意，追寻愉悦美好之情。从曾点"风乎舞雩咏而归"到王羲之"暮春之初流觞曲水"，从李白"开琼筵以坐花"再到李煜"流水落花春去也，天上人间"，徜徉自然与花海间，生之美好自由、热烈奔放与凋零易逝，各种情感在花中纠缠。

而此时，面对这样精致的安排，我意识到我不过只是来看花，看花的姿容和色彩。花在人类的手上雕塑成凝固的风景，赏花的人们口中欢呼着，赞叹科技的伟大，洋溢出人类征服的快感。我们无法获取一种物我交融的愉悦，花是花，我是我，花以我要的姿态存在，一种冷漠的隔绝始终横亘在中间。

时隔不久来到泰国，人们把这里称为"微笑的暹罗"，一个柔媚至极的国家。充裕的阳光带给泰国人乐观开朗的性情，见面说声"Sabaidi"（你好），这原本是舒服、舒适的意思。每个人脸上洋溢着笑意，他们的微笑并非礼节性的微笑，而是一种发自内心，充满富足感与安逸感的微笑。

他们情感的流露向来不加掩饰。富丽堂皇的大皇宫是游客必到之处，虽然之前已有人交代不可大声喧哗，然而出游的自在轻松，使得游客们无法淡定自若，剪刀手拍照的有之，大声说笑的有之。而在寺院的一侧走廊用隔离带圈住，一群身着黑衣黑裤的泰国人，双掌合十，神情哀伤。每天民众从泰国的四面八方赶来，蹲在那里哀悼他们逝世不久的老国王，显得我们的快乐如此不合时宜，此刻的我们如同舞台上的跳梁小丑，台下黑压压的观众面无表情，剩我们在那里独自笑得滑稽。

泰国的舞蹈，有个固定的手势，"进三出五"，卷曲大拇指夹着食指的收进来，摊开手掌划出去。泰国人笑说，如果中国人进了三就不出了。这个舞蹈手势，几乎每个泰国女子都能做得行云流水，仿佛她们的手腕与手指头天生柔弱无骨。在指尖的每次晃动里，我仿佛看到一朵朵绽放的花儿，伴着嘴边微微扬起的笑意，有节奏缓慢地从心间流出去。

恍惚之间，突然想起新加坡室内的那片花海，那绚烂绽放的花朵像极了生活在都市里的人们，外表修饰华丽，冷漠而高贵，存活在旁人的注目中。花园中的城市新加坡不但处处是景，更是处处是"警"，城市干净整洁井然有序的背后是一双双隐藏在各处的眼睛，因此你必然要各种小心谨慎。大学的同学在这里工作，她在新加坡怀上了小儿子，她时常想起在国内生大儿子那会儿，同事们温情的照顾。而新加坡一切都可以按制度办事，如此这般好是好，却似乎少了点什么。

笃信佛教的泰国，随处可见神龛，供奉着神像，人们每天敬奉鲜花、水果、香烛，虔诚期盼神佛的庇佑。他们坐拥优越的自然环境，在门前随便撒下一颗种子都会长大结果，土地的膏腴使得他们毫无紧迫感，他们尽管微笑，一味及时行乐。加之宗教熏陶下的麻木隐忍天性，使得他们温柔敦厚与人为善，但同时滋生的贫困、糟糕的环境和泛滥的色情，他们也照单全收。这样太注重内在感受的民族很难突破传统的拘囿，往前迈步。

时间不停往前走，人们会一步一步走向规则，走向机械整饬。曾经雄健勇猛的狮子一路狂奔，生活的节奏越来越快，人与人之间越发疏远。那些律动的手指、合于胸前的祈祷最终会不会也僵硬成科技温室里的花，唇间的那抹微笑还会不会在世间温暖地存在？

走吧，去赴一场海的约会

　　周六，于是可以什么都不做在家里发呆。下午，朋友打电话来："走，出去走走！"这让我百无聊赖的心顿时蠢蠢欲动。去看海吧，如果出行前没有任何目标地点的时候，我总会有种不可抑制的冲动，我想去海边。朋友爽快地答应了，地点就选在家附近不远的滨海公园。

254

　　美丽的滨海公园占地约六百九十亩，是兴建中的城市滨海休闲旅游长廊。滨海公园是敞开型公园，周边身后的文化底蕴使这区域更富有吸引力，公园紧挨的法石街，留下了许多海丝文化遗产，海蛎壳民居、美丽的蟳埔女就是其中极具特色的景致。

　　那天下着雨，滨海公园的游人少得可怜，但这倒是刚刚好，雨中的江滨湿润清新、静谧迷人。两人撑着伞漫步在堤岸上，有一搭没一搭地扯着，脚下啪啪地踩碎了一地的雨滴。眼前的晋江波澜不惊，衬着灰蒙蒙的天空，有些迷离有点模糊，好一幅意境开阔的水墨画。极目远眺就是雄伟的晋江跨海大桥，它那硬朗粗犷的线条，由于距离的原因，望去竟然有种秀美整饬之感，犹如一把竖琴弹奏着华美的乐章。

　　江面上漂浮着两三艘大船，安安静静地依偎在天地间。总感觉江海之上如果没有船那是不可原谅的。看过闽南的许多画家的作品，他们笔下的海边最常有的意象便是船，一艘艘的船就是希望，就是远行。每个在海边长大的人，心中都停泊着一只随时想放飞远行的小舟。总觉得海边最不适合有房子，房子意味着停驻与裹挟。诗人海子他曾经试图面朝大海，期待春暖花开，他希望在海边有所房子，这里本身就是一个悖论。他虽然选择了海的辽阔与自由，但却无法参透海的苦心，他没能让海完成一场救赎，所以注定了悲剧。相比较而言，苏轼就聪明多了，林语堂说他是无可救药的乐天派，他完全把自己交付自然，"纵一苇之所如，凌万顷之茫然"。明月之夜，他心灵的小舟在天地间任意驰骋，这是造物者的恩赐，这是一个疗伤的所在，他的心胸为之豁达，境界为之开阔。灵魂经过洗礼后，他满血复活到现实之中。

　　想起六月份到过美丽的围头港。记得那天晚上友人说，他最喜欢的就是晚上时分，微醺之下，独自走在围头的海边，他建议不妨也细嚼下这种微妙的味道。当晚，喝了点小酒，带着醉意，走在围头港的细沙上，天很黑，海风习习，海估计也醉了，静静的。我倒是醒了，对着无边的墨黑的海。天地是静，整个人特别的轻松，就想来个晋江全身瘫。这时的海是忠实而木讷的伴侣，他成熟他包容。在某一段时空里，他静静地陪在你身边，他不言你不语，你需要这样的寂静来梳理自己，然后你又不寂寞，因为始终有他的陪伴。就是这样的感觉，迷人的围头港，总会让我们离开他后，仍旧心心念念，期许着重逢的日子。

榕　之　厝

　　在春和景明的时节，我在梧林村穿行，撞进了一方厝，邂逅了一棵树……

　　也应该是在春和景明的日子里，一只飞翔的鸟儿将它遗落，此刻它蜷缩在筒瓦间，一排排整齐、倾斜着的筒瓦，零落着不知名的野草，时光淡抹了红迹，岁月的青苔凝结成片片墨绿的痂痕。它躲在那痂痕里，迎着光，躲避风，吮吸雨露。那个夜晚，它不断地调整自己的位置，让褐色的角刚好卡在瓦片间的缝隙。那天晚上，它只是想抚摸一下日益隆起的腹部，伸一伸懒腰，突然"砰"的一声，它听到来自躯壳裂变的声音，在四野沉睡的村庄里，还是有尖锐的回音响起。似乎有些得意，它终于突破了壳的桎梏，两瓣嫩绿的细芽撑开了宁静的夜幕。为了这次盛放，它蓄谋已久。

　　清晨的阳光洒下，有些灼眼，它第一次以那么敞开的身姿应对着蓝天白云、阳光雨露。在闽南广袤的天空下，向来不缺这些恩泽。它偎依着青苔，攀附着红瓦，捕捉一点点养分。它其实不知道自己长在屋顶，直至它疯长的根须找不到泥土的坚实，那场七月的台风差点将它连根拔起。原来这是片贫瘠的所在，它刚觉醒的旺盛的生命力根本无处安放，当它看到身边那些野草，小心翼翼地细细生长，企图在此站稳脚跟时，偶尔的一场雨或一阵风，就轻易将它们摧毁，它开始彷徨开始恐慌。它无法接受生命如此脆弱地消逝。土壤，它急需新的土壤，它纵展细嫩的根须，四处攀爬、探寻。一定会有的，不屈的信念让它前行的脚步无比坚实。

终于，它惊喜地发现了一方绝佳的所在。古厝后轩的深井，距离它所在的屋顶有一层楼高的距离，那里有阔大的无遮拦的空间。条形的青石板间，野草挤迫出缝隙，翻出黑色的泥。地面铺满野草的尸骸，层层叠叠着岁月枯黄凋落的叶子，交错着坍塌颓圮的木头柱子，一起散发出浓烈的腐蚀的气息。这样的凌乱堆积着荒芜古厝的沧桑，替代了古厝曾经的人声鼎沸、烟火缭绕。在这里孕育成长的人们此刻已打拼在异域辽阔的土地上，大厝失去了活色生香的生活情态。如果可以，它想用它的生命燃烧这片腐朽；如果可以，它想让这方带着传奇的古厝别具意义。这样的房子不仅要有物质立体存在的依托，更要闪烁起矍铄精神的光芒。内心有目标的人是不会慌乱的。风调雨顺时，它努力地生长；穷风恶雨时，它慢慢地积聚着力量。它日夜等待，选择最佳的俯冲姿势。

"轰……"那也是在深夜，沉睡的人们还是不知道，但是天知道，地知道，这方古厝知道。那一刻，它似乎听到了四周赞许的欢呼。它倾斜地跳跃，带着破裂的红瓦碎片、泥土和着木屑的残渣。当它的根部稳稳地落在青石板上，它体味着从未有过的沉稳，脚踏实地的感觉如此之美妙。它的身躯呈六十度的斜角站立，有些谦卑。这古厝有最温暖的围裹，红色的砖墙，洋溢着真诚的情怀。脚下不知名的野草、无数的落叶，混着泥土一并渗入它的躯干。它内心蓄积已久的无法伸展的生命力，此刻终于可以蓬勃生长，它的枝干直指蓝天、振臂呼喊，底部的根茎紧贴着地面四处张扬、匍匐向前，绕过青石的台阶，蜿蜒盘旋，犹如游龙翻腾于白云间。灰白的硬的质地沾染着青石的灵性，它们替代青石的基底撑起了一棵树、托起一方厝。

它占据了后轩整个的空间，气根穿过横梁穿过木柱，寻得一丝缝隙，然后蓬勃地生长，最终愈发粗壮的根茎，迸裂了木柱。它从屋顶的榫口，旁逸斜出，姿态万千。它一头扎进红砖的墙体，墙体里的黄土孕育着日益茁壮的根系，红砖不断地向外拱出，呈现椭圆形的孕迹。期待它爆裂的一刹那，伴着天地间最嘹亮的唱颂，它混着黄土的根须定然会带着耀眼的红，红得像繁衍生息在梧林的子民呈给这片土地赤忱的心。

水 水 姿 娘

闽南语中有个关于女子的称呼"姿娘"，现在较多出现于地方戏曲的唱词，口语中已鲜为人所用。

关于"姿娘"称谓的由来，南朝梁文学家任昉《述异记》里记载："越俗以珠为上宝，生女谓之珠娘。"曾是古闽越族聚集地的闽南，把女子视为珍宝。也有这样的传说，越王勾践后代无诸逃至闽越地带为王。闽南话的"姿娘"据说是无诸之"诸娘"。晋人衣冠南渡，一路跋山涉水，过关斩将，到达闽南时，男多女少，免不了找当地的土著女人当老婆，这些闽越王无诸管辖下的土著女人就被称为"诸娘"。

这个称谓最初的发音应该是"诸娘"，至今潮州话、福州话和莆田话仍保留着"诸娘"的叫法。至于闽南语中何时把"诸娘"发音成"姿娘"，无处考证了。发音上的改变多少令本身潜在的美意有所减损，幸好在文字的选择上尚可弥补不足。许慎《说文解字》："姿，从女次声，姿态也。女人的美更多在于姿。""媚态之在人身，犹火之有焰，灯之有光，珠贝金银之有宝色。"李渔的《闲情偶记》亦有此妙喻。的确，女人一有媚态，三四分姿态便能抵过六七分。

就拿闽南 20 世纪初的女子来说，能被人称为"姿娘"是种肯定与奖赏。姿娘要有姿娘样，打小由家里的长辈耳提面命，从站、坐、吃都有一套严谨的礼仪，须做到笑不露齿、行不摆裙、发髻贴耳、抹粉涂脂，与人言谈当掩面侧身。"十三能织素，十四学裁衣，十五弹箜篌，十六诵诗书……"要懂琴棋书画，精于女红，更要知书达礼、三从四德。

历史的烟雨迷离，这些曾经"巧笑倩兮，美目盼兮"的姿娘们大多化为随风往事。幸好机缘巧合，在梧林窥见了她们遗存的痕迹。建于1901年的宅邸，为旅菲侨胞蔡德养所有，俗称"九十九门大厝"。典型的闽南官式大厝，二进五开间双面护厝。在上落厅堂两侧的厢房外各有一处狭长屏步，以杉木雕花漏窗、隔扇隔断，屏步就是姿娘们梳洗的地方。大门不出二门不迈的女子们，固守着那方窄窄的天地，"当窗理云鬓，对镜贴花黄"。整理姿容后，透过雕花漏窗确定家中无闲杂人员方敢提起那双小脚迈出闺门。可当时局动荡，男人们远赴南洋谋生，她们是如何一改往日的娇柔，纤纤步履摇摆于田间、灶台、埕上、井侧的？

260

大厝红砖围墙上有几方凹陷处，是放置油灯的所在。夏夜天气炎热，住在大厝里的人们经常将铺板搬至埕上。勤劳的女人们，白天下地干活，夜晚就着昏黄的油灯，佝偻着身子，一针一线地缝补。身边孩子们均匀地呼吸，不远处蛙叫蝉鸣，在静谧的深夜交织着动人的回响。石埕上油灯的光晕弥漫金色的光圈，笼罩着母亲们的身姿，泛起圣洁的涟漪。岁月拂去了多少涌动在古大厝里的身影，只在石埕的院墙上遗留凭吊往事的窗口。

姿娘们在她们的血脉中就这样一代代沉淀出隐忍、勤劳与坚强的因子。现代的闽南姿娘普遍都接受了学校教育，解除了礼仪上繁复的禁忌，真正做到下得了厨房上得了厅堂。服饰身份地位改变了，对神明的信仰却依然未变，在闽南的大小寺院随处可见她们虔诚捻香的身姿，烟火明灭间一叩一拜，抒发对家人平安的祈求，对美好生活的执念，内心因有所寄托而安定无比。

闽南姿娘们温顺与顾家可是远近有名的。至今，闽南仍存有嫁女送丰厚嫁妆的习俗。这样做，一来摆明出嫁后娘家的财产与女儿再没关系。之子于归，无形中又暗示了女儿，从现在开始你就是夫家的人，在你最终的归宿里当一个宜室宜家的妇人。这未尝不是一个很好的指向，娘家的决绝其实带着深情厚谊。一个女子能自觉地融入新的家庭，找到归属感，为婆家人所接纳，难道不也是幸福生活的新起点？不徘徊，不急不躁，无须顾虑权衡，从此，她们行走世间的姿态多了几分从容。

论说闽南的姿娘于容貌方面，似乎并无优势，她们五官较平，不够立体，她们身形中等，肤色偏暗，相较于江浙一带的女子似乎少了些许灵动，与湖南、四川的女子来说又缺了肤色上白嫩多姿，然而，柔和温润的气候滋养了她们秀美温婉的气质，保有中原文化深刻印记的闽南语也将传统的精髓植入了她们的情思，身后又有众多神明默默地眷顾，现代姿娘们活出了恬静平和之气。

有一女伴，五官精致，娇小玲珑，温润如玉，与她一起相处特别放松。交谈时，她总是面带笑意，不必担心出现说者无意听者有心的情况，她不敏感不多疑更不会咄咄逼人。某天，看到她穿着职业装，一副干练的样子，显示着职场女性的英气。我才发现这是个多面的闽南女子，她在工作中同样出色。这或许就是新时代的闽南姿娘。浑身戾气、怨气冲天、愤世嫉俗，或表情沧桑，一副看透世间无奈的颓废，均不能带出姿娘的淡然之气。

这世间，阴阳相生。男子阳刚气盛，女子则娇柔和顺。但凡有女人的地方，空气如同被挠了痒痒，麻酥酥、暖洋洋的。清泉淙淙淌过干裂的河床，春风微微拂过枯草的荒野，巧笑嫣然的水水姿娘轻盈盈地游弋凡间。

七月初七七娘生

　　"迢迢牵牛星，皎皎河汉女。"当年人们仰望苍穹，两点微光不偏不倚落入心间。他们顺着亮光的指引，决定以尘世最重要的两个角色为之命名。三千多年来，这两点微光承载着华夏先民的悠悠情思，人们不断以生活体验补充着一个关于夫妻悲欢离合的神话，颂扬着自由而忠贞的爱情。

　　每年农历七月初七，牛郎织女鹊桥相会，汉代将其定为节日，称为"七夕节"。这天，凡间的女子向织女乞求，希望拥有织女般织出五彩云朵的巧手，因此亦称"七巧节"。东晋葛洪的《西京杂记》："汉彩女常以七月七日穿七孔针于开襟楼，人俱习之。"是夜，女子们手持五彩丝线，沐浴月光，比赛穿七孔针，先完者为得巧，迟完者谓之输巧。至南朝，齐武帝兴建穿针楼一座，每逢七夕，宫人登楼穿针，民间从此也掀起了这股乞巧热潮。节日里女性表达着她们对智慧的渴求之余，也会偷偷仰头祈盼上天赐予一段美好姻缘。

　　家乡的信俗氛围特别浓厚，对于鬼神的祭拜向来毫不含糊，七月初七如此重要的节日断然不会忽略。特有的地域文化更使得闽南的七夕散发出别样浓郁的地方特色。

　　"客鸟报错喜。"我们从小就被告诫不能学喜鹊冒失犯错。七夕夜晚飘洒小雨，我们一年一年被大人骗去丝瓜架下安静聆听，可是从未听到天上那对苦情人互诉的衷肠。关于牛郎织女的故事在老人们的口中反复描绘，甚至延伸出地域色彩强烈的版本。家乡这天为七娘的诞辰，所谓"七月初七七娘生"，家家户户都得准备丰厚的贡品祭拜七娘妈，为家中的小儿祈福。

　　七娘是谁呢？原来人们将牛郎织女和董永与七仙女的故事杂糅一起，七娘指的便是七仙女。说是七仙女放不下留守凡间的一对儿女，总会暗中保佑他们。也有人认为七娘是七个娘娘，干脆七个仙女都来，组成一支庞大的队伍共同来保护家中的小孩。"七娘妈生"或许也可以称之为"闽南儿童保护节"。小孩一出生那年的七夕就开始拜七娘为"契母"直至十六岁。闽南自古山多地荒，众多男子渡海求生多年未归，留守家中的女人们，尽心呵护家中的血脉，子女的健康成长也成了她们坚强活下去的精神支柱。

　　跟许多传统节日一样，七夕也有自己的应令祭品，比较重要的是被称为"情人果"的糖粿。初七一早，大人们将浸泡过两三天的糯米沥干，倒入石臼中，用一个石制的棒槌，把糯米碾成粉，因为所需的糯米粉不多，不必拿到街上的碾坊去碾。糖粿的制作与年兜搓的小红丸大概一致，只是形体上比较粗犷，也不必搓得太圆，最后选择中间一处地方，用食指戳出一个凹陷，事先得将指甲剪干净，否则会留下指甲痕迹。这个凹凹的所在像极了我们的小酒窝，据说它还用来盛放织女的眼泪。搓好后的糖粿用开水煮熟捞起，再浇上葱头油和白糖。

　　七娘妈灯和七娘妈亭是必备的配置。七娘妈灯为长圆形灯笼，下面还挂上一串白色与紫色的粗糠花串成的花串，早在夫妻新婚时就挂在新房门口，寓指早生贵子。清末陈德商《温陵岁时记》载："七夕：……家各悬一纱灯。一书'七娘神灯'，一画一仙女骑鹤，一男子衣冠仰视，云是董永遇七仙女事。"不过，我所最常见的七娘妈灯上面七仙女骑着马，董永伴于其侧。宋代《东京梦华录》也有关于七娘妈亭的记载："七夕以锦绿结成楼殿，陈设花果……设坐具以祀牛女二星。"七娘妈亭则是一次性的，当天去村里专门糊灯笼的人家买来，祭拜后与金纸烧化。

闽南家中平日里挂的灯不多，一般灯挂在哪里神位就在哪里。天公灯挂在大厅，普度灯只在农历七月挂大门口，七娘妈灯挂于主卧房门口。小时候拜七娘妈，就在母亲的房门口张起一张八仙桌，正对着深井。母亲房门上的布帘被撩起来，七娘妈灯取下来放到供桌上。荤菜碗若干，红白相间的糖粿一碗。祭品中不可少了"衣食"的影子，三束面线、生花、熟花和中间糊了圈红纸的小芋头，祈愿子孙丰衣足食。生花以清香淡雅的茉莉花为上品，鸡蛋花、芙蓉花亦可。另备一盒凸粉、一条红鬐绳，让七娘今天梳洗打扮得漂漂亮亮去赴约。

七娘妈亭摆在供桌靠房门那一侧，前面还配着一个小凳子，不过可不是给小孩坐的，那是留给另外一位闽南儿童保护神——床母的位置。熟睡的幼儿常莫名其妙笑得嘴歪歪，那是床母在"浪眠"，在梦中他和床母玩得可欢心呢。待三炷香袅娜升腾，孩子们合拢着胖乎乎的双手，跪拜在供桌前，依旧伴有配套的闽南四句："七娘妈汝得保庇囝仔念呷好大凸凸大。"拜了七娘妈，母亲又折进房间对着眠床"呼请"床母加入这场盛宴。传说中的床母是一个矮胖的女人，要垫着凳子才吃得上贡品。看来，闽南儿童的确幸福，他们在床上有呵护他们的床母，走下床有七娘妈罩着，凡间的母亲们就放心去忙农活做家务了。

如今的闽南人依然保留着农历七月初七祭拜七娘妈的习俗。家中有女孩子十六岁，就选择这年的七夕举行仪式，祭品中多了粿粽、毛巾与扇子。祭拜后粿粽分发给乡邻亲友。男孩的十六岁行礼多数安排在八月十五中秋节或他们的生日当天。与我们一海之隔的台湾也是将这天作为为孩子祈福的节日，举行"牵出花园"的成人仪式。作为一种古老的传统民俗文化，三百多年前，浙江石塘、箬山先民从闽南迁入，把这一习俗带入石塘一带。现石塘小人节设彩亭、彩轿，祭七娘妈，祈愿儿童成长，表现了七夕节日内容的延续性。

　　时下有人炒作七夕为中国的情人节，在我看来，不免有些怪异。农历七月在闽南是鬼节，绝不允许男婚女嫁。早在秦代的占卜文献《日书》上就曾明确把牵牛、织女视为对婚姻不利。试想牛郎挑着儿女去赴一场等待了一年的约会，凡间男女有谁期望这样的爱情？虽说"两情若是久长时，又岂在朝朝暮暮"，但未免有点酸葡萄的意味。以闽南人为代表的东方人在情感处理方面更有以家庭为核心的庄重严谨，这可能与西方人情感上讲究浪漫有很大的区别。

　　世间所有真挚的情与爱都值得赞颂千篇。"天阶夜色凉如水，卧看牵牛织女星"，褪去炎夏燥热的七夕夜，对着繁星点点，让我们合掌祈求，愿女子们心灵手巧，愿孩子们健康成长，当然也不会忘记祈求爱情，颂扬担当、忠贞与永恒之爱。

听　香

　　"听香"二字乍一看，着实令人费解。"听"本身是作用于听觉的动词，却拿来修饰作用于嗅觉的形容词，语法上似有些不妥。然而奇怪的是，当两种感官互相转换融合，共赴一场盛宴之时，弥漫出的感受又是极其丰富的。"听"与"香"，两字的结合，本身就带出一缕深邃而悠远的意味。这样的况味撩拨了我们儿时的记忆，那里有满满的月色、甜美的月饼、熊熊燃烧的砖塔仔前红扑扑的脸蛋，还有是夜大人们神秘莫测的听香。

　　"听香"原是一个流传于闽南民间中秋节的传统习俗。"八月十五日，谓之中秋，夜深时妇女听香，以卜休咎。"（《台湾通史·民俗志》）王定保《唐摭言·卷八·听响卜》条载："毕相公及第年，与一二同人听响卜。夜艾人稀，久无所闻；俄遇人投骨于地，群犬争趋，又一人曰：'后来者必衔得'。"士子们通过听香来探知未来的功名。唐代诗人王建《镜听词》云："重重摩挲嫁时镜，夫婿远行凭镜听。"妇女则通过听镜来求得外出丈夫的音讯。听镜就是听香的前身。

　　人们在对"听香"的考究中发现，"听香"其实是"听响"的讹音，原意是"听响卜"。在中秋节深夜，妇女们在自家厅堂或村里寺庙供奉的神明前点上一炷香，把要卜问的事先向神明讲明，卜卦求个行走的方向后，手执信杯，到厝边巷尾听人讲话。当听到第一句话时，立即返回神明座前再卜卦。如果卜的是顺卦，那就是听到"香"

了，可根据听到的那句话进行剖析判断；如果卜的是反卦，就不是"香"，可再求个方向出去听，直到是"香"为止。

童年我亲身体验过听香。每年中秋，母亲照例摆一小茶几到厝埕，供上月饼水果若干，拜完月，她总是神秘兮兮地手握信杯出门，说是去听香。每次听完香回来时，母亲仿佛得到了某种昭示，整个人眼神明亮、神情柔和。孩子的内心最为好奇，在几次提出跟随的要求被无情拒绝后，我偷偷尾随她目睹了听香的过程。依稀记得村里东厝土地公，一垒极简陋的土砖砌成的神龛，香炉上密密麻麻插着跃动红点的香枝，香灰四溢。母亲手捻三炷香，双手合掌于龛前念念有词。而后，她又是如何倚墙听香倒是印象模糊了。

小时对这样带有神秘意味的活动充满不解，如果提问母亲，碰到她心情好的时候，便是一句"天机不可泄露"，更经常的情况则是被训斥"囝仔郎，有耳没嘴"。长大后，才多少有些了解，母亲借助听香这一习俗，求得神明的喻示让她在处理家中某些事情时，思路更为明晰，从心理层面上得到更多的对未来生活的暗示。

时代在进步，科技不断发达，民间依然保留这些形式来预卜祸福吉凶，特别是晋江、石狮一带。听香不仅体现了民间对于神明的虔诚与信仰，更透露出人们对于将来美好生活的渴求。人们对于未来充满未知的惶恐，当有一种方式在自己与神明之间架设了一座联系的桥梁，神的力量让他们的自信心与对于未来的把控力顿时增强不少。

其实，听香这个活动并不是一定要在中秋晚上进行，正月十五或者平时都可以进行。人们为何要选择在中秋去听香，大概源于这是阖家团圆的日子，听香的人更容易听得好香。在闽南长大的孩子深有体会，逢年过节，总被大人告诫要多说吉利话，不准口出恶言，高兴放纵之余言语上必定也会战战兢兢多加小心。此外，听香这个习俗还是带有测字猜谜的游戏成分，如何去解听到的"香"，细究之下，过程相当有趣。如果只是将它简单地理解为一种迷信的活动或许有失偏颇。

今年的中秋之夜，期望月色如佳人般皎洁而温柔，我们不妨三五成群，相邀去五店市听香，让不可预知的将来在听香中变得清晰，变得美好无比。

烫个发过个年

前天晚上，我们三人聚在苹家，絮絮叨叨聊得正过瘾。芳忽然眉头紧蹙，一脸忧郁。当我们不知所措之际，只见她朱唇一启："什么时候去做头发啊？"我和苹不由得一脸不屑地说："不做！"

不过，实在佩服芳的恒心，一二十年来坚持在年末烫发。俗语有说："好头荫半身。"又有一句："饿肠无人知，饿毛蓬狮狮。"头发久未打理，终是会蓬乱不堪，影响全局。芳有一头乌黑亮丽的长发，这头长发跟她忙碌了一整年，是时候犒劳一下，整理完后的芳的确更风情万种了。苹的头发也长，乌黑、顺直，其实不去折腾它倒是相安无事，怎奈苹工作清闲，又不满足于长期的清汤挂面，没事就想在头顶做文章，哪天心情好，做一下头发穿一套新衣，我们都艳羡地说她随性过年。无奈她的发质属于耿直坚强一类，虽屡遭主人强行改变，节操依然不变。后来，苹终于顿悟了，顺其自然吧。

我也是秉持顺其自然理念的一个。人家掉的头发是直的有时带些许弯曲，我掉下来的头发起码有三四个曲度。每次洗完头发，只需用梳子把发尾一卷，方向朝内就卷往里，方向朝外就卷向外。头发似乎很听话，但实际并非如此。不一会儿，它们便开始形骸放浪，朝着各自的方向卷曲，每根头发体现出桀骜不驯的特性，我忍无可忍只能选择用条皮筋把它们约束起来。

以前每到年尾，我都会与它们来一次正面交锋。烫直是最经常选

269

择的方式，但这方式很伤头发，也维持不了多久，更主要的是，头发从未有过的乖顺与服帖，映得那张脸呆滞得可怕。烫卷吧，美发师巧舌如簧指着图册里的发型，不遗余力地鼓动你，在他的话语中你会逐渐树立起烫完后完美而迷人的形象，一旦在那一刹那间冲动地点头，立马成了砧板上待屠宰的鱼肉。熬过三四个小时，发杠一卸，头发一吹，发型生硬缺乏灵动，根本无法达到预测的效果，理发师会告诉你大概要等上一段时间才能有最佳效果。但往后的日子却是恐怖的，整个春节，早上醒来，镜子中鸡窝一样的头发让你生无可恋。那头卷发比之前更凌乱不堪，最初的梦想在现实中支离破碎，一地鸡毛。

记得 20 世纪 80 年代，改革开放带来人们形象上的巨大改变，全国上下涌现出无数菜花头。香港的沈殿霞和徐小凤的卷发就是当年的标志性发型。到了年底，母亲总在百忙之中带着我一起去烫头发。理发店在一间旧式的大厦内，要穿过深井到后厢房。两三把破旧的椅子，墙上的镜子水银斑驳脱落。屋内升腾的炉火耀眼夺目，炉火里几把火钳通红通红的。理发师拿起稍稍冷却过的火钳，开始运作。火钳接触到头发，即刻发出滋滋的声响，伴随一阵阵烧焦的气味。烫完的头发卷是卷了，同时也呈现出病态的黄色。后来发廊经常有这样的广告：烫发送染发。一时恍然大悟，感动当年店家的良苦用心。除了短卷发后，当时的另一个流行元素就是喇叭裤，衣服的色彩还不是很丰富，以灰色蓝色为主色调。春节里人们活跃于大街小巷，一致地烫发，身着喇叭裤，如果光看背影，是男是女傻傻分不清楚。

现在的烫发技术发达了，麻辣烫、数码烫、空气烫、陶瓷烫……五花八门的烫法令人目不暇接。女人们在式样上翻不出什么新花样，开始在头发颜色上下功夫。头发不再像以前呈现单一的病态黄，只是挑染部分的头发，红的蓝的绿的紫的，春天未到，人间已是一片万紫千红。喜庆吉利的中国年味流淌在女人们的发间。男人们把周围的头发都剃尽，只在脑门上留下一丛，或染或卷，极尽折腾。那样式像极了古代婴孩的发式，因小孩囟门还未闭合，需留发遮盖；有些则是因枕秃，旁边的头发还没长出。这便是男人们最新最潮的复古发型。

如今，经济好了，人们未必都等到年底再匀出些时间和钱来整理头发，但是好多人仍然保持着在年末收拾打理头发的好习惯。年关渐近，我也开始蠢蠢欲动，想拥有一头风情长发的情怀一直未曾改变。那天顶着一头乱蓬蓬的头发，朋友乍一看，惊呼："你烫发了！"顿时目眦尽裂。突发奇想买了个假发回家戴上。先生看后，丧心病狂地笑了，好不容易挤出一个"假"字。如此这般就拥有了满头长发，省却了漫长的蓄发过程，省略了三四个小时的煎熬，但毕竟速成的东西，难免失却了它应有的味道。凡是意味深远的东西，总是不能一蹴而就。慢慢地期待，慢慢地熬，熬到那长长的卷发带出岁月炉火纯青的风情。我们不也熬了三百六十五天，才熬到大年三十的晚上，那一夜终于要把这年给过了。

有时想，还真的要感谢"年"这只怪兽，它的出现使得绵长的岁月富有节奏感，我们可以停顿，可以沉淀，可以扬弃，包括头发在内的很多东西在此时都可重新梳理。

除　　尘

假如当年这个时节，有那么晴朗的天气，祖母便会按捺不住，口中碎碎念：除尘了，要除尘了。

一年一度的除尘是每年辞旧迎新的序曲，女人们挑起了这个重担。是日，祖母立于大门内侧，口中念叨着的闽南四句："扫出去，好财气；扫进来，添丁共进财。"手中的扫把作势往外一扫，仪式感十足，开始了这场"浩大的工程"。

家里的房子建于 1966 年，改良版的古式大厝，五开间四榉头，带护厝、埕头间，铺了石埕，围了院墙，是间结构谨严、功能齐全的房子。这样的房子打扫起来的确不轻松。厅堂处于整座大厝的核心部分，按照尊卑顺序，这里必须最先清理。

厅堂正中间，长方形案桌供奉着观音菩萨、土地公等神灵，中间位置有一尊高四五十厘米的白色石膏半身像，王氏太原堂为纪念曾祖父所塑造。案桌的八仙桌设有电烛电香等祭祀用品。清扫前，备好糕点或水果，焚香告知神灵，然后把他们一一请到一个大的竹篮筐暂时存放。曾祖父的塑像则被罩上一方红色透明丝巾，头上戴上一顶竹斗笠，平时远观时感觉威严无比的曾祖父，一下子如待嫁的新娘子般，甚是有趣。

母亲戴上另外一顶竹斗笠，取来高两三米、宽三四十厘米的竹梯，把顶端靠着墙，我负责站在下面小心翼翼地用脚抵住竹梯底端。

待母亲爬上去，竹梯发出"吱吱"的声响。随着母亲手中那扎着扫把的竹竿挥动，屋顶缝隙里积聚了一年的粉尘张扬，四处飞溅，呛人鼻喉，你不得不屏住呼吸。突如其来的震动打破了各角落的宁静，蛛网破裂，蜘蛛们吊着细长细长的蛛丝倏然坠地，壁虎攀着墙壁仓皇逃窜，甚至遗弃了尾巴，那细长的尾巴兀自在地上扑腾很久。

接下来便是各种洗。厝内墙壁及地板都由红砖与青石板构成，红砖只需湿毛巾一抹，就如枯萎的花朵经雨露滋润，立刻绽放湿润的欢颜。青石板却要一个劲地刷，把躲在缝隙里的尘土驱逐干净。十几个大大小小的外门上贴的春联经过一年的风吹日晒，早已残破不堪，但是某些旧渍依然顽强地占据着墙面，得用铁刷一点点地去除，如果清理得不干净，新贴的联对难以粘牢。

祖母与母亲所睡的床是旧式的雕花眠床。祖母与母亲对各自的床爱护有加，清洗时是从不假于他人之手的。床堵表面上着的鎏金黑漆要小心拭擦，那层金色的漆据说是真金调制的。床架上雕花的镂空之处，须拿着细小的刷子一个窟窿一个窟窿来回刷。也就她们俩有这份耐心。

室内的清理只是大扫除的一小部分。在埕上，桌椅，拆下来的眠床的牌楼、承尘架、床板，被褥、枕头，厨房的锅碗瓢盆，把整个院子挤占满了。幸好大埕上有一口龙泉井，水是充足。一大脸盆的水泡着蚊帐，泛起黑的颜色，粉尘终是无处遁形，在水里现了原形。厨房里炊糕炊粿的用具被清洗后靠着墙角，懒洋洋地晒着，再过几天它们将派上用场了。有些东西，一年复一年地搬进搬出，是祖母舍不得丢弃的旧物。在祖母眼里什么东西都可能派上用场，一切得从长计议。

大规模的清洗后，房子从里到外洋溢着洁净与清新。空气里去除了杂质，预留着虚空，等待着浓烈年味的入驻。

一切欣欣然的美好。

炊　碗　糕

每年靠近年关，大人便开始史无前例地忙碌起来。除尘拉开了过年的序曲，除去一年的污秽，祈求来年以崭新的面貌带来更美好的生活。

清理完屋子，接下来便会炊年糕、碗糕，等待那日子的到来实在很折磨，我们会缠着大人反复询问："虾米时节（闽南语，什么时候的意思）炊碗糕？"

正在忙碌的大人总不耐烦地回应："去去去，虾米呀，虾米碗糕呀。"

如果某天晚上看到大人将米浸泡在桶里，就知道好事将近。第二天，全家总动员参与这场年末的盛事。那一桶桶的米不知何时已变成白色米浆，空气中满是清新的甜。全部的米浆都倒入一个特大的铁盆了，竹制的大蒸笼上铺上一层纱巾，形态各异、大小不一的茶杯酒杯放置其间，每个杯子内部都要涂上一层油，大人用铁勺将米浆舀入杯子中。灶台的火已经烧得很旺了，锅里的水不断冒出烟雾，蒸笼被架上铁锅，盖上盖子。

那是一个静待花开的过程。

在闽南，炊碗糕是很有讲究的。碗糕炊得好，有两重标准：一是得"发"，就是发酵，那就意味着发达、发财、发家致富；二是要"笑"，碗糕发得适当，旺火蒸，顶面就会绽开三四个胀开的口子，叫作"笑"。"发"得好自然就"笑"得灿烂，"笑"是检验"发"的最好方式。不发不笑，不笑不发，多么深刻的领悟。厨房里，大人坐在小椅子上谈天说地，小孩东蹿西跳，貌似轻松愉悦，实际上有着一份一致的牵绊凝结在那方圆圆的蒸笼里。

终于等到第一笼的碗糕出笼，随着那蒸笼盖的打开，白色的烟雾弥漫，夹杂着香甜的味儿扑鼻而来，每个人目光炯炯，胆战心惊，当看到蒸笼上粉雕玉琢的花儿如愿开放时，这才都长长舒一口气，紧张的气氛也随之松懈了。蒸笼热腾腾地搬到地面，大伙围拢过来，用筷子蘸着红色的水，在碗糕中间凹陷处一点，红艳艳，犹如我们"六一"儿童节表演时，眉间那一点点的朱砂，跳跃着喜庆。

然而这些香喷喷的碗糕是吃不得的，严厉的祖母年年都告诫我们，这些蒸好的糕粿是用来拜祭众神灵和祖宗的，而我们只有当这些神灵、祖宗品尝完才能享用，所谓"一敬神二敬人"。不过她应允我们，碗糕溢出杯外的白色团团可以吃。但毕竟溢出的不多，终是吃不饱的。幸好她又说我们将碗糕从杯子里掰出来的过程中，那些被掰断的不完整的碗糕，神灵和祖宗也是不吃的，我们可以替代解决。于是，正常掰断的、故意掰断的碗糕就成了我们的口中之食。刚开始还能以饿狼扑食状解决所有长相残缺的碗糕，随着一笼一笼的碗糕出笼，渐渐撑得不行了，再加上没了之前贪吃欲念的支撑，小手酸了，坐也坐不住了，于是以尿遁结束了年前的第一场集体活动。

总是无法理解为什么大人年年都要蒸那么多的年糕、碗糕，于是小心翼翼地向大人求证。大人说是用来拜祭的，心里嘀咕着神仙、祖宗们也真够大吃的，他们大吃没关系，因为吃的时候都是新鲜的，而我们这些凡夫俗子，到底吃不了那么多。过完年的一两个月内，我们的早餐便是年糕、碗糕，碗糕接年糕，无休止地吃，总是暗下决心不再吃这些糕点，直到看见绿的黄的点，零星散布于其上，于是有了拒绝的理由。然而拒绝是无效的，祖母开始唠叨了："惜福呀，要惜福。

谁说不能吃，我吃给你们看，蒸过啦，有啥关系，越吃越长寿。"的确，那时七十多岁的祖母仍身强体健。

闻不到碗糕出笼的香味已有多年，偶尔经过菜市场卖糕点的小摊，总感觉那碗糕的味儿太淡，笑得也不够灿烂。

跳 火 群

再没有什么景象比火焰更加壮观。

先祖经历了第一场火，惊魂未定之际，他们发现火的伟大，自此他们的生存状态彻底被改变了。环绕着热烈的焰火，肢体有节奏地律动，用简单的号子尽情欢唱，传达着对大自然恩赐的敬畏与赞颂。朵朵跳跃的焰火，有形亦无形，有色亦无色，是温暖、光明、希望，也是吞噬、毁灭与虚幻，人们似乎看到了婆娑的人生万象。人们把它尊奉为神，千万年来虔诚地膜拜。

中国的东南沿海，繁衍生息着这么一群人，他们对火的崇拜竟是如此热烈，至今保留着与火相关的习俗——跳火群。据说早在元末，人们在农历八月十五通过赠送月饼传递信息，门前用红砖垒起的尖尖小塔里，燃烧的稻草是约定的红色旗帜。人们在大年三十晚上再次点燃篝火一起杀掉元兵。历史会铭记这激动人心的时刻，久遭压迫奋起反抗，过往的屈辱艰辛灰飞烟灭。多久未曾有过那么美好的夜晚，辞旧迎新被赋予如此饱满的意义。这片红色的焰火穿越时光的长河，与晋水的粼粼波光交相辉映，耀眼的光芒庇佑着这里的子民。

这些沿海而居的人们眼中任何能发光发亮的物体都与火有关，他们将灯也称为"火"，口语中"开火"即是"开灯"的意思。这里民间信仰和宗教信仰特别活跃。人们热衷与神灵交流，火是其间重要的媒介。点燃的香火明灭地跳跃，他们的意愿与神的旨意在升腾的烟火

277

中传递。家家都有个红泥小风炉，端午节人们用它来燃烧通术、蝉蜕角，氤氲的气味缭绕整座房子，邪气无处躲藏。"新娘过门跨火烟，明年添财又添丁"，跨过盛满木炭的风炉火，新嫁娘犹如雨后花枝清新艳丽，往后的日子无论如何会红起来。参加丧事者、刑满释放的进家前，身上的污秽在门口燃烧的稻草熏烧下，四散无影踪。抓只猪仔回家养，最好也要让猪仔走过"火场"，所谓"过火气，喂猪大过牛"。

年兜暗（大年三十晚上），人们更是迫不及待将门外埕上的稻草和地瓜藤点燃，伴随着噼里啪啦的爆裂声，烈焰盘旋而起。家中年长的妇女在近旁默念闽南四句："跳入来，年年大发财；跳出去，无忧共无虑；跳过东，五谷吃不空；跳过西，钱银滚滚来。"也有个简洁版："跳出去，好财气；跳入来，添丁共进财。"男丁们按照长幼顺序依次从里往外，再由外到里跳个来回。如有外出未归的男丁可由其他男丁替代完成这个仪式。

为了来年的生活更红火，火要旺，焰要高。跳火群讲究果断决绝动作快，靠的是骨子里头那股冲劲，假如稍有犹豫迟疑，可能火烧须发。从小就对这样的仪式相当迷恋，目睹着父亲与哥哥们在埕上一次次地跳跃，小步加速、跨越、腾空、收速，动作一气呵成，流畅而完美。他们火红的脸庞上浮动的笑意，完成跳跃的志得意满，艳羡了我整个童年。多希望自己也能参与其中，然而，女子是没资格跳火群的。往往等待焰火熄灭，家人折回房子，我一个人在那堆闪烁着红点的灰烬上，迈开腿来回跳，想象着自己凌驾于火焰上的优美身姿，然而一味地假想终是未能尽兴。

后来嫁到五店市，与五店市的名人大炮比邻而居。热心的他每到年兜，都自掏腰包买来稻草和地瓜藤，在村口点燃，招呼着村里的人们集体跳火群。这仪式吸引了众多过往的路人。当外地的人们了解到仪式竟有去晦的功能时，讶异中充满惊喜。热情的大炮和村民们力邀他们参与。有胆小者，起初畏畏缩缩，迟疑不前，人们击掌鼓励，跳过的瞬间，掌声雷动。女人们也被鼓励参加，我总算圆了小时候的梦了。

亲，不如来讲闽南话

　　从小生长在一个非常纯净的闽南语世界里。家里村里的人都很一致地讲着同一种语言，念过大学的父亲，跟我们说话也是一口闽南语。祖母、母亲最喜爱听的南音，村口咿咿呀呀唱的高甲戏，跳跃趣致的布袋戏，说的唱的全是闽南语。我并不知道这世界里还存在着其他语言。

　　直至六七岁，我的语言世界里开始出现了其他语种。家里有了电视机，能收看中央电视台的节目。特别上了小学，部分老师上课用的是普通话，才知道普通话才是中国的官话。除了闽南话和普通话外，广东话对童年的冲击最大。20世纪80年代初香港亚视（如今亚视停播的确令人慨叹）拍摄的《大侠霍元甲》《铁血丹心》风靡一时。电视剧的人物对白已经由配音演员转化成普通话，只在主题曲、插曲里保留了广东话发音。那时只感觉再没有什么语言比广东话更适合用来传唱，特别听到最后一句歌词"这睡狮渐已醒"，内心不免豪情万丈，作为共产主义接班人，总被老师们提醒要为实现四个现代化而努力奋斗，那是满满一个时代的情怀。

　　那些定居香港的亲戚开始返乡，他们衣着光鲜，带回各种潮流服饰和新奇的玩意，令我们倍感羡慕。叔叔家出生在香港的两个双胞胎堂弟回到家，在埕上语速极快地用广东话吵架，就是再努力，你也一句都听不懂。至于母亲则说，怎么好像两只小狗在乱吠啊。他们所居住的香港，繁荣富庶令我们神往，我们对广东话这种语言更是迷恋得不行。广东话就是当时的"潮语"，传递着繁华的意蕴，甚至隐隐约约中有高人一等的况味。这样的感觉一直保留到后来，在广州小住，偶尔到菜市场买菜，摆地摊的阿婆用一口很纯正的广东话推销她的菜。那一刻，我世界里高于云端的广东话忽然一下子市井了许多。

台湾话则以另一种戏谑的身姿出现。20世纪80年代台湾文化开始进入大陆，晋江与台湾隔海相望，小时只要在屋顶架设一根天线，就可以收到台湾电视节目，然而信号不会很好，图像经常不清晰。这时，需要两个人分工合作，一个跑天台去转竹竿调节天线的位置，一个在房间扭电视按钮。楼上的人边转边喊道："好了吗?"楼下的人积极应和："好好好，再转一点点，不行，还转回去……"几次三番，待到屏幕上的雪花渐渐聚集浮现出人影，欢喜雀跃。但闽南风大，竹竿绑得不够牢，信号很容易变差。为了收看有趣的台湾节目，要耐心上下楼去转动竹竿。

台湾话作为闽南语的一个分支，它的语调更轻缓，特别是从台湾女子口中吐出，语气中带有刻意拉长的娇嗔。20世纪80年代拘谨的大陆人听来，麻酥酥的，暧昧中别有一番风情。台湾的综艺主持人诙谐幽默，节目轻松搞笑。台湾的歌仔戏，比如《桃花搭渡》《病仔歌》，曲调简单，歌词内容甚至有点色情的意味，在闽南等地广为传唱。台湾话无厘头、市井略带粗俗，这样的轻松大概使得压抑已久的人们有释放的轻松，因而人们就如当年追着飘过台湾海峡满载物资的气球那般，乐此不疲去迎合。

长大后到福州念大学，平日里说普通话，但和闽南这一带的同学仍用家乡话交流，发现不同区域的闽南语的腔调差别可不是一般的大。因为家乡介于青阳和石狮中间，我的闽南语中带有很重的石狮腔。每到一处，只要我开口说闽南语，所有人会准确无误地说出，"哦，你是石狮的。""哦，你是晋江的。"参加工作来到泉州，买菜时，卖菜的阿婆总会感叹道："哎，泉州的房子都被你们晋江、石狮的买贵了。"无独有偶，来到厦门，我一开腔说话，厦门人民也说出了同样一句话。这真替我们晋江、石狮人的经济能力感到自豪，我因口音中独特的区域特点很荣幸被划入了有钱人的行列。

后来家人都移居香港，我也经常趁假期出入香港。来到童年梦中的富饶之地，略带着卑微。出门能不开口就不开口，购物的时候，那几句简单的问答，尽可能用广东话完成。在外也不大敢说闽南话，普通话更不好意思说出口。有个亲戚，他们移民之前文化程度比较高，他们要求自己的孩子不要说闽南话，尽量说广东话，最好说英语。广东话特别是英语代表着香港主流文化。当时一口的普通话，在香港你可能会遭到店员的白眼。当然，除了北角的春秧街。这个曾经被江浙人占据的领地，最后成了福建人的天下，挤满了来自晋江、石狮的新移民，一条街上时时沸腾着熟悉亲切的乡音。

为了被一个地方接纳，说好当地的方言是最重要的。我曾下过苦功夫去学广东话，下载视频翻看资料，为了一个字的发音反复练习。抓不住调时，母亲就会过来现场指导，让你试着用普通话或闽南话发某个音。一试还真是那回事，于是会笑自己就是个不懂变通的书呆子。我试图把每个字说得字正方圆，结果却支支吾吾、结结巴巴。母亲五十几岁来香港，二十几年练就了一口不咸不淡的广东话。在香港，跟母亲年龄相似的来自闽南地方的妇女，广东话里顽强地透着浓厚的乡音，不过，倒也不影响她们与这座城市交流。

苦练之下，我的广东话渐趋流利，可香港各大商场的店员却开始磕磕碰碰说起了普通话，对满嘴普通话的顾客客气得很。我和母亲上街说着闽南话，遇到一些潮州籍的店员，会讨好地说："哦，福建人，咱们是自己郎啊。"有次到集友银行办事，大堂的领班是个四五十岁的大叔，西装革履，笑容可掬。我用广东话开始向他询问相关业务，他用广东话耐心解答。过程中，我嗅到了他广东话中的乡音，我们两眼

对视，不约而同地说起了闽南话来，一时情绪随之顺畅，愉悦而轻松

话说我们这一代中年人的闽南话一般都很地道，可是儿女辈就不一定了。儿子也是一个不大肯讲闽南话的家伙，每次跟他讲闽南话都不由自主转入普通话模式。后来，他在广州读了一年书，那段时间得在宿舍里头打电话，为了不让广东的室友听清楚他通话内容，每次自觉地切换成闽南话模式。一段时间后他的闽南话流畅了很多，不再夹杂着普通话，却又不自觉地搅进些广东话，的确有趣得很。足以见，你在一个地方待久了，会身不由己被当地的方言围剿。广东室友们对他的闽南话相当感兴趣，经常让他教些闽南语。大家都知道这些小伙子们学习其他方言，最感兴趣的是什么话，说起这些，不仅咬字准确清晰而且气势神情兼备。

到过菲律宾六婶婆李淑敏女士的家，听到她三岁的小孙子闽南话讲得那个顺溜。六婶婆是菲律宾华文学院的董事、宋庆龄基金会前主席，一直致力于菲律宾华文的推广。她身体力行，几个孩子和孙子都会讲闽南话。她自豪地说起带上这个小孙子到黎刹广场，可受那些阿嬷欢迎了。她们会热情地用闽南话喊道："来哟来哟。"各种巴结，就想和他说上几句。可不是，闽南语是她们曾经的心灵坐标，浸染着她们浓浓的乡愁，老一辈的人怎能忘记他们的乌篮血迹？当他们的乡音在异国新一代口中传递，那是多么感人的一种传承，分明看到闽南文化的根在菲律宾的土地上茁壮地延伸。菲律宾有个有趣的现象，再笨的土著都懂得用闽南话称呼年纪大点的华人，"阿公""阿嬷"。学会了这两个称呼，会很顺利地向这些年长的华人讨要点零钱。在他们眼中，这么拗口的语言属于上流阶层的语言。

新加坡的闽南语称为"福建话"。当年许多福建人或被当"猪仔"卖到这里，或乘着描绘着两个大眼睛的木船一路颠簸而至。一百多年的时间里，带来的家乡方言备受考验。在新加坡乘坐了几次的士，的士司机中只有一个明确表示他不会讲闽南语，但他表述如何在

越南街头邂逅他的小新娘，说了一句"头帕帕"，他浑然不知他的普通话里有闽南语的痕迹。在这个地方四十岁以上的从事服务行业的人，不论你来自潮州还是海南都能讲闽南话。某夜在克拉克码头乘船畅游新加坡河，离开时，我对掌船的老艄公说了一句福建话："多谢!"这个面部黝黑明显有马来血统的老艄公下意识叽里呱啦一串他们的家乡话，最后终于挤出了一句福建话："慢走!"听完这话，不知为何内心无比舒坦。

经常坐动车往返于深圳与泉州，记得那天坐在我后排有个六七岁的小男孩，用字正腔圆的普通话各种说，他的爷爷、奶奶用带着浓厚闽南口音的普通话逗着他。爷爷、奶奶还算年轻，闽南普通话讲得挺流利，然而咬字相当不准，听起来倍感别扭。想起母亲刚到香港，侄子、侄女还小，母亲听不懂广东话，只好用闽南话跟这些后代交流。恰好是她对闽南语无意识的坚守，换得了孙儿辈们一口还算道地的闽南话。眼前这一辈的爷爷奶奶年纪较轻，普通话也好广东话也好语音虽然不是很准确，但不影响沟通。他们迁就地与孙子辈们说起他们并不擅长的普通话或广东话，孙子们当然很乐意，他们对于发音古怪的闽南语或许有所抗拒。这家人到了厦门北准备下车，好事的我实在忍不住，对着奶奶说道："为什么不和他说闽南话呢？现在不说以后他更不说了。"奶奶一脸歉意："家里的保姆讲普通话啊。"他们临走时，我终于听到奶奶和孙子讲起了闽南话。

黑格尔曾说过："人活在自己的语言中，语言是人存在的家。"一路走来，闽南语一直是我存在的家。无论走到哪里，一听到闽南话，亲切之感油然而生。

我们需要一本族谱

　　此前在深圳，因为咨询托福的事情结识了一位福建老乡。这位来自美国的五十几岁大叔，童年时从福建龙岩跟随父亲去了大连，三十几岁时到美国谋生。二十年后，他回深圳分割中国托福教育与留学这块大蛋糕。交谈当中，他说他一直有个疑惑，他接触到的一些福建老乡的子女，怎么像猫一样？他深情地说起老一辈福建人爱拼敢赢，如今感觉这种传统精神日趋式微。比照国外，特别是日本，我们在家族精神传承方面相对滞后。

　　的确如此，现今时代，物质丰足了，中国人传承的着眼点通常只关注财富方面，家族的理念、家族的精神却没能很好地得以交接。现今成长起来的"90后""00后"，集万千宠爱于一身，自我意识空前膨胀。我经常看到这些人在追问存在感，什么是存在感？无非是他们走出家庭，却感受不到在家庭里所受的关注，因此他们失落他们困惑，他们享受着比上一辈不知优渥多少倍的物质生活，精神上却迷茫与无助，他们自诩是一代精致的利己主义者。再加上此时西方文化不断推波助澜，强调个性解放，使得成长起来的这一代更是在特立独行的泥沼里越陷越深。

　　要如何解决这个问题呢？我们不妨先来寻根溯源，看看先辈们曾经走过的道路。回想起曾祖父，自幼当过学徒做过船务，开过锡箔铺、布铺，重新修建村里小学，解决多起民间纠纷，名闻泉州南门外，王氏太原堂用八个字"急公好义、舍己为人"总结了他四十六年的短暂人生。二叔父与六叔父，踏着先辈的足迹，艰苦创业，终成菲律宾的油漆大王，在 20 世纪 80 年代对家乡的公益事业做出了巨大的贡献。五叔父在中菲建交时，让五星红旗高高飘扬于菲律宾的国土之上。虎父无犬子，叔父们继承了曾祖父热心公益的胸怀，把家族的声誉推至顶峰。祖母，一个闽南非典型性的普通番客婶，她总会告诫我们要"克己待人"，事实也的确如此，她一生隐忍，在她苦心的操持之下，王家的长房得以成规模。祖宗的祭祀、祖业的维护、儿女的教育、农村复杂的人情世故，她无不安排得妥妥当当。她一封封地写信到菲律宾，为村里的学校、祠堂、医院争取捐款。她的信为内地与菲律宾的沟通提供了平台，叔父们在内地的很多公益事业离不开祖母的牵线搭桥。父亲是 20 世纪 60 年代的大学生，他经历过"土改""大跃进""文革"，重重的灾难下他变得谨小慎微，我们一直觉得他很懦弱很平庸，直至他去世，我们得以翻阅他的过往，这才发现他曾经为晋江的农业发展做过很大的贡献，他研发水稻种子，大幅度提高水稻产量，获得了农业部农业推广金质奖章。记忆中，他总是淡淡的一句——"知足常乐"，除了知道他狂热地喜爱足球外，我看不出他在生活上什么特别的要求。

在晋江，从 20 世纪开始，涌现了无数优秀而又普通的先贤，先辈们在他们的一生当中都秉承着儒家所提倡的"穷则独善其身，达则兼济天下"的理念，舍弃小我而成就大我，这也是很多家族精神的核心理念。说到家族精神的核心理念，这里不得不提一下日本。中国优良传统文化能够传承五千年，但中国能够传承百年的企业却是寥寥可数。日本长寿企业的数目，属世界之冠，这和日本的家族重视以"匠人精神"为核心理念的家族精神传承有莫大的关系。"师夷长技以制夷"，我们应该清楚地明白这些差距，不断去修复自身的不足。如何弘扬我们的传统美德，传承我们的民族精神，真的值得我们好好去思考。

看过一篇文章《中国人用"族谱"圆满解决了人生的三大终极问题》，"我是谁？我从哪里来？我将去哪里？"这是困扰古今中外哲学家的三大问题，但中国人用一本族谱就解决了。第一，只要你有的姓氏与名字，你就知道你在整个家族脉络中处于什么位置。第二，翻开族谱，仿佛穿越时空，一个个往上找，你就知道整个家族的根源在哪里。第三，只要你有子孙，每年的清明和生日忌日，你就有人拜祭，子孙还会把你和祖宗的精神价值一代代传下去。从某种意义上说，你的肉身可灭，精神不死，薪火相传。如果明白了这三点，人生是否会更具使命感和存在感？生命是否就不会因为不能承受之轻而虚无缥缈？最后让个体的独特与渺小更为完美地融合在每个新生命之上。

晋江人自古以来形成的商品意识、竞争意识和开放意识等深厚的历史文化积淀，凝练升华为具有鲜明时代特征的地域文化——"晋江精神"，"敢为天下先""爱拼才会赢""输人不输阵"这些先辈们传承下来的精神激励着新一代的晋江人为着理想而奋发努力。在农村，经常看到厅堂上悬挂的遗像，那容貌与眼前的主人何其相似，而相似的难道仅仅是外在的面部特征吗？身上流淌的血液、盘踞在脑海的思想体系更是一脉相承。据悉，晋江图书馆接下来要花几年的工夫去做一件事——收集晋江的族谱、名人传记、轶事、文本等。每个家族如果能积极配合，做好这些整理工作，最终把这些详尽的文字资料作为教育子孙的蓝本，那么这种以家族精神传承为主要内容的家庭教育将在很大程度上弥补学校教育的空缺。

与你邂逅在冬日暖阳里

那是 2014 年一个初冬的黄昏，我和友人相约在竹园小区门口聚首。我把车停靠在小区门口的道上。那天风真大，在闽南秋冬交替的时节，风就是呼啸的巨人，它吹着口哨不分昼夜、毫无章法地四处狂奔。下车时，一阵狂风袭来，带着初冬阴冷的气息，裹挟着我，真有点举步维艰了，我得找个避风的地方，不远处就有个蓝白色的小屋。

我以最快的速度飞奔而去，正想拍去身上的尘土，我却已感觉到某种东西如磁铁般在牵引着我。是的，无论走到哪里，那些氤氲在周遭的浓烈的墨香总会第一时间牵扯我的意识，一如此刻，即便是一层玻璃幕墙也没能阻挡层层排列的书本飘散出来的吸引。白色的日光灯下，写着几个蓝色大字："晋江 24 小时街区自助图书馆"四五排整饬的书籍静好地依偎着，散发着柔和的光，与此时黄昏里夕阳的余晖相交映，令我倍感温暖。

对书的喜爱，最初来源于父亲。早晨，斜靠着红色的眠床，一本书，一根点燃的自制卷烟，昏黄的灯光下，沉浸在阅读中的父亲神情松弛目光柔和，显现出与平日暴躁不安完全不同的情状。一旁的我，幼小的内心总在忖度，书本应该是带着某种不可抗拒的魔力，那时混着烟草味道的早晨宁静而美好。读书识字后，我也迷恋起书本。小时候的书并不多，每获一本我都需虔诚地放在桌上，内心愉悦，就如美食当前，我很快就能享受饕餮盛宴了。午后时分，取个搪瓷的杯子，放些"一枝春"，烧一壶滚烫的水，冲入杯中。我也学着父亲斜靠着眠床，在茶叶释放的缕缕清香中，端起书，卷曲的叶子在水面舒适地延展，我的思绪也在书中慢慢地松弛。在书的海洋里，我如茶叶般自在漂浮，我的灵魂似乎暂时离开了沉重的躯体，在精神的世界里无比逍遥，那是一段幸福的时光。

在书柜的近旁还有个类似 ATM 的书籍存取机器，供借阅者借还书籍。它不同于 ATM 的地方是它拥有浩瀚的储备，你永远不用担心余额不足，只要你手中的那张借阅卡一刷，它会孜孜不倦给你无尽的知识。这在家门口的二十四小时自助图书馆，二十秒时间就能免费借阅到心仪的图书，带回家细细品读。其实类似的机器，早年就在香港见过。那时陪侄女去还书，侄女就在街边一个小箱子里便完成了还书的程序。当时的我羡慕不已，而彼时在晋江借阅书籍还得往图书馆一趟趟地跑。现在，我们已然拥有比他们更完善的借阅机器。香港寸土寸金，这占地五六平方的小屋他们是很难在闹市安放的。我一直在想什么时间把侄女带过来，让她到家乡走走，看看家乡这道美丽的风景。

遐思中，背后有人拍了我一下，友人笑语嫣然地立于身边。"晋江的机器好先进。"我不由赞叹道。"可不是！这个自助图书馆可受欢迎了，这是 2010 年投放的首座自助图书馆，你眼前这座已经是更新换代过的了。"我看到了友人脸上骄傲的神情。我是落伍了。2006 年因为工作的关系调职泉州，来晋江机会便少了，但是每次来到晋江都强烈地感觉到它的蜕变。20 世纪 70 年代出生的我们是如此幸运，我们伴着晋江一起成长，我们目睹晋江日新月异的变化。虽说不能在比照中生活，但没有比照，你的丈量缺乏坐标。没有美哪来的丑，无旧亦无新。在我们成长的足迹里，我们是切身感受到晋江这片生养我们的热土，就像一座蓄势已久的火山正在喷薄。

如今已有三十五座自助图书馆覆盖了晋江十九个镇、街道。这三十五座自助图书馆犹如三十五座泉眼，它们终年涓涓长流，滋养着这片土地上的人们。在这美丽的城市里，一座座的自助图书馆，更是一座座书之"桃花源"，那里落英缤纷、茂林修竹，那里阳光明媚、花香鸟语。它们静静地在每个转角守候着，散发着迷人的墨香，它们正期待着与你邂逅在冬日暖阳里。

做一个摆渡人

"师者，所以传道授业解惑也。"韩愈在《师说》中针对当时"师道之不复"的弊病，特别强调了教师解惑的功用以及从师学习解惑的重要性，可以说《师说》是距离我们一千多年的一篇业界良心之作。唐代经济迅猛发展，人们物质生活丰富多彩，这样的时代往往会出现此类现象——人们的精神的提升远远滞后于物质的发展，因而"欲人之无惑也难矣"。

历史其实存在着诸多相似之处，我们也正处于这样的年代，生活水平提升了，但灵魂的脚步迟缓了。人们每天主动被动地接收来自各种渠道的信息，老老小小个个貌似精明，上知天文，下通地理，实质上真正植入自己精神世界的东西却少之又少。这是个精神特别贫瘠的时代，无惑的外表下掩饰了困惑重重的精神内核。经常会碰到这样的学生，学校不让他带手机，他非要藏着掖着，时不时还得摸一摸，他是不会明白他已被手机这外物所控制了。这样的细节暴露了现代人的弊病，总想往外求，不能反求诸己，单薄的内心不能得到厚实的宁静，目光只停留在眼前的苟且，哪有心思去考虑诗与远方。

基于这样的现状，教师，这些教育最前沿的工作者，我们是否应该重新去审视我们的教育，是否应该清醒地意识到比起教授知识更重要的是人的思想品格的培养与塑造。教师应当是学生精神领域的引导者，抚平他们的浮躁，替他们拂去内心困惑的迷雾，把他们引向丰富广阔的精神乐园。

《记梁任公先生的一次演讲》一文，梁实秋回忆当年梁启超的一次演讲，一次演讲能让人印象深刻至十几年不曾忘记，足以见其感染力之深。这篇文章不是重点篇目，而且大纲的要求就是掌握叙事中表现人物的方法，然而我个人认为这远非课上重点。文章令人感动不仅是梁实秋笔下那个极具真性情和爱国情怀的梁启超，演讲中引用的几篇韵文更凝聚了充沛的情感力量。其中古乐府的《箜篌引》如此写道："公无渡河，公竟渡河。渡河而死，其奈公何。"据说是一个狂夫，冬日早上在河边"披发乱流而渡"，他的妻子从后面赶来，没拦住，溺死了。这是一个悲壮的故事，在这悲壮的美学体验里，一种知其不可为而为之的勇气隐藏其间。世间就存在着一种精神力量，它可以超越生死而存在。当时我试着与学生交流，不曾想反应相当热烈，他们想到历史上的屈原、史可法等。那次课上，我真正感到学生的心灵犹如泉眼一般，只要我们挪开堵塞在出口的阻碍，他们的思想泉流便会涓涓不息。

291

这种能在学生精神层面进行交流的课是相当有意义的。诸如此类的课文很多：苏轼在《赤壁赋》中，凭借强大的精神力量在困境中突围，放纵心灵的小舟在浩瀚的自然中疗伤；《老人与海》里那个不屈服于命运，凭着勇气、毅力和智慧在艰苦卓绝的环境里进行抗争的海明威；"20世纪的良心"——巴金先生在《小狗包弟》里表现出强烈到令人动容的自我反省、自我解剖的情感诉求……这些课文无不掩藏着巨大的精神能量，我们应该善于利用这些课文，意识到比知识点的讲解更重要的任务是对学生精神方面的感染与提升，并在每个四十五分钟自觉地贯穿与践行这样的理念。

最近新东方的董仲蠡老师在《我是演说家》这篇演讲中，强调教育的核心意义：教育，不仅是为了传授给人以知识，更是提高个人修为，增强我们对于生命的感悟，从而更好地认知自己，并且不断地提升自己。的确如此，我愿意做学生精神领域最初的摆渡者，带他们穿过精神的荒原，让他们认知自己提升自己，直达爱与美的彼岸。

当一个幸福的人

此前一个 9 月在《泉州晚报》偶见教育随笔征文大赛，从事教育工作二十几年的我，也斗胆提笔写下自己对于教育的点滴认知，感谢主办方给予的肯定。

教书匠，教书匠，教师干的是匠人的活，耐心、细心与恒心是少不了的，除此之外，还应该呼唤一颗"仁心"。我常想，文学是柔软的，教育何尝不是呢？对于学生，如果我们像爱自己的孩子那样去爱他们，如果我们的目光不仅停留在知识的灌输上，也更多关注到他们的精神领域，或许我们会收获更多的欣喜。从教以来，我接触过很多老师眼中的问题学生，当你卸下架子，靠近他们，用平等的对话来替代指责与训斥，你会发现他们一样拥有丰富的精神世界，他们敏感而自尊，他们极希望得到尊重与肯定，他们所欠缺的是正确的疏导与引领。

作为语文老师，我自认为语文学科最有趣也最实用。我们经常会接触到许多好文章。在阅读的过程中，往往能让你思想泛起涟漪。这便是极好的脚本。和学生一起思考一起讨论，听听他们的解读，也谈谈自己的看法，便能在思想的碰撞里，让他们潜藏内里的想法呈现，水到渠成地帮助他们树立正确的价值观。

教育的关键更指向人的精神与灵魂。这是一个信息繁杂、物质丰腴的社会，人人都处在时代裹挟中，迷惘、困惑甚至孤独都在所难免。有人给予教师"人类灵魂的工程师"的美誉，其间也许有不可承受之重。只是想，身为一名普通的教师，带着一份爱，与学生沟通交流。做一个灵魂摆渡者，带他们一起到达爱与美的彼岸。唯愿如此，即是幸福。

小木偶的大舞台

海丝古城泉州，转角遇上"神"。点燃城市的，一半是人的烟火，一半是神的香火。最初，人们总不吝以虔诚、火热的歌舞狂欢来取悦神明，祈求神与福与自己同在。然而在更迭的流光冲刷下，根植在这片土地上这些来自遥远时空的人神齐欢愉的模式，日渐隐没在大地的怀抱里。所幸有这么一群人，默默地坚守，执着地挽留，不仅让一方乡土保留下原汁原味的语言表达与吟咏曲调，还与时俱进，激发古老剧种原有的内在动力与活力，让其焕发出新的时代光彩。

1978 年，洪世键十五岁时，他生平第一次提起了木偶的丝线，从此再也没有放下了。他常凝视着自己手中的木偶，木偶奉拉着，跟普通的木头没什么两样。然而，只要你把丝线扯起来，木偶能走、能跳、能翻，就连脸上的神情也灵动起来。人不也是一样，动起来了，才有丰富张扬的生命力。

"别人比我出色，我比别人勤快。" 4 年后，当他把许仙、唐僧、张羽演得得心应手的时候，晋江木偶剧团却要整合，只留提线木偶剧团。洪世键拒绝了去物资局、供销社、粮站这些紧俏部门的诱惑，留在了剧团。哪里的岗位缺人，他就顶上去，"脚手捷利（手脚灵活）""目头（脑袋）巧"，当出纳，当总务，当灯光师，啥都难不倒他。1997 年，晋江木偶剧团里，人走的走，心散的散。"前棚嘉礼（木偶），后棚戏。"就是去其他单位当个司机，也比留在剧团强。组织上是给了洪世键选择的机会的，要么去体育中心当主任，要么留剧团当团长。已经有十年党龄的年轻"老"党员洪世键始终离不开自己钟爱的木偶。

闽南人生性就爱拼。别看洪世键个头不高，留着一头文艺长发，长得斯斯文文，身上却有股初生牛犊不怕虎的猛劲。"找人才、找市场、树品牌、出效益……"洪世键眼光犀利，思路清晰。剧团要建造自己的造血功能。动起来！提上木偶去农村，去校园，到国内旅游景点。不到两年的时间，剧团就活了过来。洪世键开始排新戏。男人都说洪世键是"兄弟人"，"兄弟人"身边自然有许多的好兄弟，。一部浸润着剧组人员心血的大戏——《五里长桥》诞生了。2000 年《五里长桥》获得了中国政府舞台艺术领域最高奖"文华奖"。

大家都说"一部戏救了一个剧团"。洪世键沉思了，点点头又摇摇头。他心里明白，这只是个开始。根植在闽南大地的古老剧种，那看似老旧的木偶，却沉淀着一个区域完整的历史、一个区域智慧的结晶，甚至可以说是中华文化的底蕴。越是民族是越是世界的。家乡的木偶戏缺的不是价值，而是一双发现的眼睛。洪世键满脑袋都在想着怎么带着小小的木偶去闯荡大大的世界。

戏谚有云："一招鲜，吃遍天。"剧本，一剧之本。好的剧本才是木偶演出最好的舞台。自编出取材本土故事反映晋江人聪明才智勤劳肯干的《五里长桥》后，洪世键连续编出了反映闽台两地情的《清源仙女》《龙山情缘》，反映少数民族文艺题材的《人偶婚嫁情》。2012 年，党的十二大召开之前，洪世键就敏锐地领会到"文艺是时代前进的号角"的含义，明白了小小的木偶也可以有大大的作为。他编排了木偶戏《金星花——小萝卜头》《铁窗蝴蝶》《赴宴斗鸠山》，将木偶艺术与革命历史题材融合，让观众们特别是青少年在艺术的氛围中重温红色历史，激发他们爱国热情。《火焰山》入选文化和旅游部"百年百部"传统精品复排计划。《风雨桃花山》《慈母曲》《小金刚传奇》等都紧扣时代风向的剧目。小小的木偶手之舞、足之蹈，律动着一个时代最美的身影；小小木偶唱着念着，奏响着时代最嘹亮的赞歌。

洪世键挺反感有人说木偶是没感情的。木偶怎么会没感情呢？每一"仙"（个）木偶后面前面都站着一个个活生生的人。他们会给木偶注入火热的血脉和精气神。关键是把"人"培养好。洪世键在晋江举办"百场木偶戏进百校"活动，剧团按照日程到各个学校开展进校园传播表演，让青少年了解家乡优秀的传统文化，有利于培养木偶戏潜在人才。他与上海戏剧学院戏曲学院合作，在晋江设立"上海戏剧学院人才教学实践基地"。晋江木偶剧团作为"福建木偶戏后继人才培养计划"的申报主体之一，被联合国教科文组织列为人类非物质文化遗产"优秀实践名册"。2014 年，他调到泉州木偶剧团兼任团长，他要求在木偶剧团老团址，每周固定有 4 场木偶戏半公益性服务演出。大人小孩看着醉酒的钟旭、上蹿下跳过火焰山的孙猴子、一步三颠下山的小沙弥，笑得前仰后翻，感受着这座古城浓浓的传统意蕴。

别看木偶小，但它腿一迈，就十万八千里，上天入地，无所不能。就一个泉州地界，怎够它施展拳脚！2018 年，泉州剧团办起"全国提线木偶戏培训班"。团里就有声音，生怕宫行线、旦行线、三四连线这些表演动作被别人学了去。"我们要有文化自信！"洪世键格局大着呢。再说学员学成后，说他们这套艺术是从泉州学来的，这岂不是更增强了泉州木偶在中国木偶界的地位？洪世键主持举办连续三届的中国泉州国际木偶节，有利于扩大泉州木偶在国际上面影响力。把木偶节成功办成世界木偶的一次共同的节日，让国内外木偶戏剧有一个交流艺术及感情的平台。20 多个国家和地区的木偶与"木偶人"齐聚泉州。一场世界性的盛宴最大的受惠者当然是泉州的老百姓。洪世键安排使用流动舞台车，将舞台搭在幼儿园、小学、中学、高校，也搭在街道、社区、广场。这场盛宴，即使在偏远地区的泉州人也能品尝到。

洪世键带着小小的木偶，频频出现在各级表演舞台上。"我觉得自己有种文化自觉和文化自信。"洪世键的话里累积着 30 多年来 70 多个国家和地区演出的自信。老华侨们看到家乡的"线戏"，他们一下子回到了童年锣鼓喧天的往事里，催发了他们浓浓的乡愁。有一次在法国演出结束后，观众久久不愿离去，许多观众跑到台上和演员面对面，就想探究木偶里的奥秘。他率团赴美国演出，在当地引发了不小的轰动。他在当地华侨脸上看到了难以掩饰的骄傲。主动出击，将木偶戏以独创的形式和主题推广到人民群众中去，到世界艺术舞台上去。讲好中华民族的故事，塑造大国的良好形象，小小的木偶挑起大大的担子。

择一事终一生，不为繁华易匠心。获得诸多荣誉的洪世键，如今已接近退休的年纪，但因组织需要、艺术需要，他又留了下来。他依然以一颗平常之心在木偶艺术传承的路上孜孜以求。40 多年的光阴里，洪世键始终将自己和中国木偶戏的延续、保护、发展与传播紧紧连在一起。艺术使人年轻，每次看到洪世键依旧如精神小伙，一副忙忙碌碌的样子，恨不得一个小时掰成两个小时用。"是的，我要让我的木偶动起来。"他一脸的真诚与爽朗。有人说，在经济发达地区，把生意打理好，也许不算特别。但能把文化搞上去，搞好，就一定有特别之处。或许洪世键做的事业并不惊天动地，然而，如果我们从国家文化建设的高度去看待，他的努力，他坚守，联系的是一个民族全面振兴的事业。

绽放，在沉寂千年之后

——观卢思立木雕有感

　　每次看到木雕作品，总是唯心地觉得眼前的造型难道不正是它本来的模样。此刻，站在博林艺术馆卢思立的木雕前，这种感觉越发的强烈。

　　世间的人与人、物与物、人与物间，冥冥之中一定是存在着某种吸引力。有人会历尽艰难，千山万水只为找寻一个温暖的怀抱；有人执着念想等待千年，穿越时空只为了结心中那份未了情思。于是有了一个汉字，为所有感天动地又令人费解的故事做出清晰的诠释，那就是"缘"。

　　卢思立与木头之间显然就存在着这种浓烈的情分。

　　首先他是爱它们的，对于每个出现在他眼前的木材有种发自内里强烈的爱。在这种爱的驱使下，他总在下刀之前，苦苦思索，如何在木雕原有的形状之下，做出正确的立意。他总担心假如立意不对，一刀下去就会将这独一无二的材料给破坏了。

　　木雕的创作该是一个多么玄妙的过程。在一刀一凿之间，形状不一的人物就出现了，展现在观赏者面前，已经是极具形态的成品了。私下里总认为这些木材里肯定都潜藏了沉寂多年的灵魂，它们在那里静静守候，祈盼一双慧眼、一双巧手，将它们从隐匿中剥离，还原它们本来的样子，让它们渴望对话的灵魂在世间寻得一个触摸可及的实体，并借此完成千年夙愿。卢思立正是拥有这种禀赋的人，他深深懂得每个呈现在他眼前的木材，他能精准地判定它们的来世与今生，他的每次刀起刀落，犹如琴弦拨动，高山流水的旋律穿越时空倾泻流淌。

在他的作品里，有一种云淡风轻应对生命苦难的从容。

《天问》塑造的是一位长者，振臂高呼，长袍的褶皱、须发的律动都通过木材的自然纹理得以彰显，木质的朴实与痂痕刻画出累累伤痕的躯体。一声仰头的呼啸如雷贯耳，那是苦涩的灵魂向天空的呐喊；那声质问是向上苍发起的挑战，是一个不屈灵魂最决绝的抗争。一种迂回荡漾于天地之间的凛然之气在张开的指尖处向外延展，令人动容。

《我的惠东小姨》和《羞》是两尊以惠女为题材的作品。《我的惠东小姨》刻画的是一位翩翩起舞的惠女，腰肢酥软，盈盈一握，动态十足。《羞》则受一根酷似人体的树段启发，仅在头部、腰部用了两刀，一位千娇百媚的惠女便呼之欲出。"寥寥数刀，活木生香"，这两尊作品都是根据木头的纹理规律将惠女的服饰特征体现出来。

惠女是一群带着具有标志性服饰符号行走在尘世的女子，在她们身上存在着的坚忍刻苦的品格，令人称道。这两尊木雕灵动的身姿带出的娇羞，大大丰富了惠女的传统性格内涵，在这样轻盈的躯体掩藏之下，是厚重的惠安女子的灵魂。这需要多少代人历经磨难才能沉淀质化出这一身的飘逸，要尝尽多少世间的苦难才最终选择以这样灵动的方式飞翔。

《弘一法师》是这些木雕作品中比较写实的作品，显然太过写意的手法是不适合来表现他的。作品中他身姿方正，神情似笑非笑，颧骨高耸，眼神慈爱而祥和，那是绚丽至极终归平淡的从容，木材的纹理在刻刀修饰下，五官凹凸有致，更带出眼神的矍铄光芒。

卢思立的十八罗汉木雕是展馆的镇馆之宝。木雕采用珍贵海南黄花梨木料，纹理独特。十八罗汉形态各异，但是一致的憨态可掬、诙谐趣致。这些降临凡间的精灵，一直在默默履行着它们的神圣使命，护法镇宅、驱邪祈福。

许多的艺术珍品本身就是无价之宝，当我们有那么一个机缘碰到心仪已久的艺术品，然后可以用有价的货币将它带走，那该是多么幸运。拥有它，便可与它朝夕相对，互生情愫，然后，它会带着这样的情愫向更深远的未来留存你的精神。因为今生的交集，或许在某次的轮回中，再次相遇。电光火石之后，深情凝眸，轻声地互道一声："嗨，原来你也在这里。"

礼言该不该死

——观越剧《潇潇春雨》有感

一个经战乱摧残的小城镇里，有个没落的乡绅家庭，男主礼言在战乱中失去了大部分的家产，抑郁不得志，病急乱投医。妻子玉纹青春貌美，守着病恹恹的丈夫以及一份有名无实的夫妻关系，夫妻两人相敬如"冰"。

撩人春色易伤人。戏剧开始便是高大的城墙，配以柔美绚丽的灯光，身着紫色长裙的女主手揣着药包缓缓走于城墙之下。春天出游本是件赏心悦目的事，然而对于一个终日封闭在死气沉沉婚姻牢笼里的女子来说，这一趟走得可真辛苦。《牡丹亭》里游春的情节，姹紫嫣红的美景唤醒了杜丽娘内里涌动的春情。玉纹的感慨与她诸多相似，如花美眷怎敌似水流年，美好的青春年华就要这般赋予断井残垣。春天的到来无非是徒增烦恼罢了。

直到初恋情人，也是丈夫的好友章志忱的闯入，这个春天突然开始别具意义。随后两男两女的出游中，志忱这一剂春药，把两个青春年少的女子撩得晕头转向。小姑子戴秀以红鲤鱼相赠，愿与志忱结百年好合。玉纹似乎看到了多年前的自己，一个正常的女子对于情爱的追求也曾如此热烈而坚决。如今，相对于小姑子的率性示爱，基于身份限制的她，痛苦与压抑显得尤其沉重。

不明就里的丈夫为妹妹的亲事托她为媒，把她推向了媒婆的位置，当她在心爱的人面前要将其拱手相让时，种种试探性的言语，每说一句内心的伤口就撕裂一次，谁能理解她的肝肠寸断呢？

她决定不再配合表演。在一个春雨潇潇的夜晚，她将志忱的房门敲得比雨点还要响。在她撕心裂肺的表白与哭诉下，志忱终于把春天的门打开了。私奔，一件很适合这个节气的事就要发生了。

然而，礼言的自寻短见翻转了整个情节轨迹。短见，这是个多么恰切的词语。一个属于男人的短见。他是崇高的，对于自己心爱的女人，他宁愿以死来成全。这时，苟活下来的妻子成了一切既得利益的享用者。然而，他的这番举动在把自己送上了道德领奖台的同时，也把妻子绑到了道德的十字架上。不知他是否想过，假如他真的死了，那么玉纹的余生将背负道德的枷锁。

他可不可以不死？在这场婚姻的危机中，他也不是毫无胜算。他仍旧年轻，薄有家业，与妻子并非没有感情。他的病是可以治愈的，其实心病大于身体上的疾病，战乱只是将他的家产损毁，是他自觉奉上了自己年轻的身体，而且，至少他可以给女人一个安稳的家。一个死水一潭的婚姻遭到突如其来的搅扰，可以沉沦亦可以重生。这样的危机，完全可以激发他内心潜在的斗志，如果他有昂扬的生之信念的话，请像男人那样去战斗。他心理与生理上的疾病借着这样的契机得以恢复也是可能的。相信痛苦难忍的时候，定有幸福在暗中靠近。

然而，他草率地选择了死，用死来维护他可怜的男性的尊严。后来，他没死，他的短见，情感上肤浅的成全，换来妻子的回归，一切又回到原点。这样的情节安排，一方面折射出男性人性中的伟大，另一方面也暴露了他们在婚姻中的脆弱，处理问题上的简单粗暴。死并不是解决问题的最佳方式，爱情更需要坚强地活着，开心地活着。

这里讲述的是一个古代的故事，反映的却是现代人的婚姻生活。随着女性经济地位的稳固，传统道德观念对女性约束的日渐松弛，男性在家庭中的领属地位日趋式微。现实中一段婚姻不必如剧情描写的那样千疮百孔，各种内在的外在的因素随时都可能掀起波澜。这是对婚姻稳定有着不一样考验的年代，传统的家庭建构形式正被摧毁，如何更合理地处理男女在婚姻中各自的地位，如何更好地维系两者的关系，如何构建一个新的婚姻序列，都是现代人们急需考虑的问题。

一个圆满而不完美结局，但无论如何希望会好起来，心存祝福。

垫底辣妹逆袭记

——电影《垫底辣妹》观后感

第一次看到影片片名《垫底辣妹》，我认知顺序是：辣妹、垫底、辣妹垫底。草根作家范雨素谈及余秀华的《穿过大半个中国来睡你》，说到媒体关注的是情色、残疾然后才是才华。于是，我明白了标题的由来。有点俗气的片名却写满了青春励志。这部根据真实故事改编的日本电影，讲述了一个只有小学四年级知识水平的问题少女，仅用了一年的时间，逆袭考上了日本名校庆应大学的故事。

下个月就将迎来中国一年一度的高考季，央视电影频道特地把这部去年就在中国公映的影片安排在这段时间放映，借此片献给即将高考的学子们，希望他们能从影片中汲取满满的正能量。我也再次欣赏了这部影片，又再次在别人的故事里洒下了自己的泪。

没有太多情节的逆转，没有大牌明星，平淡叙述之中更见真情的力量。文中的台词累加起来就是一篇励志文章。在沙耶加的故事里，值得我们去比对去反思的东西太多。父母如何爱孩子？老师如何教学生？个体又该如何自我成长？

"父母要相信孩子。"

愿你被世界温柔对待，如果整个世界都遗弃了你，起码还有我跟你在一起。沙耶加的母亲从小尽被她妈妈责骂，觉得自己是无能的，很多可能性都被限制地活过来。她不想自己的孩子在这样的模式中轮回。"沙耶加只要做让自己欢欣雀跃的事就行。"母亲毫无保留的爱贯穿影片始终。

　　女儿遭受校园欺凌，毅然帮她转了学。选择新学校的原因只是女儿喜欢这个学校的校服。即便后来女儿因抽烟之事被校方发现，又因不肯出卖其他同学被学校责令停学，母亲仍然毫无怨言地站在她身边。为支付女儿昂贵的补习费用，母亲加班加点出卖苦力。这些行为似乎也没有什么太过特别，但你若看到母亲对于女儿最终能不能考上大学的结果并不在意，她在意的是女儿笑了，在意的是女儿的生活开始变得积极努力了，你便会明白母爱的执着与无私。

　　影片善于安排相似的情节，从不同人物的不同表现里塑造生动的人物形象，并在对比中把观影者的思维拉到纵深的层面。慈母背后有一个严父。这个严父对她甚为冷漠，却偏爱她的弟弟龙太。在龙太身上父亲寄予他年少未竟的理想。龙太在"如山"的父爱里，享受着家中其他人没有的优渥的物质待遇，同时也承受着巨大的精神压力，以至于每次棒球比赛的前夜哮喘病都会发作。

　　当姐弟两人在各自奋斗的过程中遇到瓶颈的时候，哭泣的沙耶加冒着大雨来到母亲夜晚加班的地方，母亲给她最温暖的怀抱，严严实实的毛毯与热腾腾的姜汤，讲讲沙耶加小时候的笑容如何点燃母亲生活的焰火。龙太因为棒球技术远不如人擅自离队，绝望的父亲"赏"了他一顿拳脚。一想到明日将去学校见老师，那种预见的"羞耻"之感更令父亲暴跳如雷。而在母亲看来，她几次面见老师的经历中，她反倒感觉高兴，因为往往能借此事与沙耶加多说些话。事件根本无关"羞耻"二字。相对于父爱涉及颜面的敏感，母爱更显得尤为纯粹。

　　最终沙耶加成功了，而龙太崩盘了。当孩子人生中遭遇挫败时，我们给予他们的是一个怀抱还是指责甚至棍棒？

　　"像老师一样，为别人的未来拼命努力。"

　　你只是缺少一个从不放弃你的人，茫茫大千世界遇到一个对你不离不弃你的人是多么重要。幸运的沙耶加不仅有个爱她的母亲，更幸运是她碰到了补习机构青峰塾的坪田老师。坪田老师第一次看到一头金发、豹纹露脐背心配热裤的辣妹沙耶加，没有摆出一副恨铁不成钢的圣人模样，而是真心地肯定了她打扮时尚，甚至表示要向她学习时尚打扮。在摸底测试里，沙耶加得了零分，坪田表扬她就是天才级别的人，能成功避开了所有正确的答案，表扬她能把每个空格都填满。这些无条件的接纳和鼓励从最为积极的角度迅速与沙耶加建立起和谐的关系。

坪田老师引导沙耶加树立一个大学目标。对于当时知识水平处于小学四年级的沙耶加，考上大学无异于天方夜谭，但是积极乐观的坪田老师一句"如果把不可能的事变得有可能，就会变得自信的"，硬是将沙耶加布满阴霾的人生天空挤出一线光明。

坪田老师个性化的鼓励和辅导方式是整部影片的一个亮点。他让沙耶加卸掉假睫毛作为测试不合格的惩罚，以公开自己年轻时留着长发的相片为条件激励沙耶加学完英语课程，借助女孩最喜欢的漫画书让沙耶加熟记日本历史。他面对不同的孩子采取不同的激励机制，循着孩子们的思维走向，以最符合个体特征的方式方法引导他们的思想与学习。

他曾经感同身受这种垫底滋味，他发自内心想要拯救这些孩子。影片刻画了一个木讷得有点傻气的补习老师，但他坚定的眼神，对待学生之真诚、胸怀之博大无不令我们为之动容。当我们面对那些貌似无可救药的孩子，能否像他那样尽可能用昂扬向上的坚持替代悲观消极的放弃？

"青春不一定要狗血，要爱得死去活来、无病呻吟，青春也可以是为了家人为朋友更为自己的一场奋斗。"

影片的开头，还是小学生的沙耶加一脸茫然地望着疾驰的新干线。遭遇校园欺凌后，她拒绝再重返学校。当一身漂亮的校服落入了她的眼睛里，善解人意的母亲为她办理了转学。沙耶加被推到教室后面，几个女同学教她将校裙在腰部卷三卷，那一刻她爱美之情瞬间觉醒。她把整个的中学时光用来打扮、玩乐，她不学无术甚至对老师对父亲无礼。

直到遇到一个真诚待她的大人，她的人生才得以逆转。"世界上最大的谎言就是你不行。"一个人在生活一旦对自己有更清楚的认知，有了自信，有了明确的方向，那么他的人生便会开启无数的可能。如果连自己都轻视自己，那么还能奢望别人对你有所期待吗？相信你奋斗的样子，终将改变自己甚至别人的人生。在坪田老师的鼓励下，她的头发由黄变黑，由长变短，她目视新干线的眼神从迷离至坚定。

可能影片更多的着眼点是外力对于一个人成长的影响，然而不难发现个体的觉醒、奋发才是起决定作用的关键。沙耶加正把痴人说的梦化为现实。所有的励志电影无非有两种，一种是天才成功传，一种是笨蛋逆袭记。显然，沙耶加属于后者。天资一般的人在他通往成功的路途上将遭遇更多的质疑、打击和阻力，我们看到她几近绝望的哭泣，看到沙耶加夜以继日的拼搏，更看到她的韧性、不屈与坚强。

这个世界还有比自救更直接的救赎方式吗？

"如果你因心愿没实现而心灰意冷，为宏大目标而拼搏的这段经历，将来也一定会成为你的力量所在。"

一个人可以什么都没有，但是如果没有目标，就不会被任何人期待。最后，沙耶加如愿踏上了新干线的列车。沙耶加成功了，但是即使不成功，相信她的这段经历足以改变她的人生状态。今后，在她的人生中无论遇到什么坎坷，相信她都会有战胜的勇气与信心。

这是一篇老少咸宜的影片，撇开一些民族情感上的东西，这部日本影片的确可圈可点。很容易让人们联想到 20 世纪 80 年代风靡一时的《阿信》和《小鹿纯子》，这是一代人关于拼搏努力的共同记忆。最后想把这部影片推荐给家长们，带着孩子一起去看看，在影片中与具体生活相似的细节中去找寻共鸣点。如今正埋头苦读的高三学子也可以凭借此片调适一下紧张的情绪,从沙耶加的身上你会看到你们奋斗的身影,希望这杯鸡汤为你们加油鼓劲。

　　谨以此篇祝福 2017 届的高考学子们,相信自己,更相信未来。你们努力的样子,最美!

出走的意义

我是后知后觉的。

在闽南这片沃土我出生、成长、成家。我始终像个任性的孩子，从未静心去体味她的好，从小到大满怀强烈出走的意愿，总在不自觉地粉饰了外面的世界。可惜造化弄人，一路来我找不到可以出走的理由。

在我想要平息内心的欲念之时，机会却在不经意间降临。我终于可以直奔向往已久的城市。一场策划了几十年的阴谋就要得逞，我内心暗自得意。离开，离开，我要离开这片土地。一个繁华的都市在等待着我。

这是一座并不陌生的城市。从二十岁开始，每年我都会以一个游客的身份去小住。而今，我不再是游客，我带着企图想融入这个城市，可内心却不由得产生一个比对的坐标，这个坐标上刻着"故乡"两个字。不同的环境不同的语言，走出去的忐忑，陌生的怯懦，我感觉到自己的抗拒，同时萌生一种被拒绝的压抑。于是我又匆匆逃离，带着全然不同的心情回到我的闽南小城。又是张口顺溜的闽南话，又见街坊邻居脸上熟悉的亲切。

这是一个多么值得骄傲的古城。这里深埋着我童年的记忆，她的血脉根植在我身上。我被烙下太多的印记，以至于剥离显得如此铭心刻骨。我为何要舍她而去呢？但也正是这样的出走，让我与她产生了距离，距离让我清醒，迫使我思考。我内心涌动起不可遏制的冲动，我要提起笔来，写尽她的美。是的，她的美在于久远在于温润在于灵动，在于她不能轻易沉淀出的底蕴。

感恩生活在这里，她给我无数的灵感。如果我从心间流淌出来的文字，真正能将她的美显现出那么一点点，那么我的文字终是找到了意义。

感谢我的家人，特别是我的母亲，总是提醒我不忘初衷。还是黄口小儿时，我就莫名地告诉母亲我想当一名作家，母亲老是拿这事来调侃我。母亲不吝将她的记忆与我分享，让我得以透过岁月的雾霾，感知一些封闭在尘埃里的时光。更要感谢我的友人们，那么耐心地倾听一个小女子的絮叨，那么诚挚地鼓励与帮助我。

后知后觉想来也是好的，有些事不必急着知道，有些事不须迫不及待去做。慢慢地蓄积，再一点点地绽放。今后，我或许还会不断地出走，不过不同于最初，我已经将"故乡"都打包好了，她会一直装在我的行囊里，蕴藏在我的文字中。

图书在版编目(CIP)数据

流光浅藏/王燕婷著. —福州:海峡文艺出版社,
2023.8
(潮汐散文丛书)
ISBN 978-7-5550-3385-1

Ⅰ.①流… Ⅱ.①王… Ⅲ.①散文集—中国—当代 Ⅳ.①I267

中国国家版本馆 CIP 数据核字(2023)第 136501 号

流光浅藏

王燕婷 著

出 版 人	林　滨	
责任编辑	林　颖	
出版发行	海峡文艺出版社	
经　　销	福建新华发行(集团)有限责任公司	
社　　址	福州市东水路 76 号 14 层	
发 行 部	0591—87536797	
印　　刷	福建新华联合印务集团有限公司	
厂　　址	福州市晋安区福兴大道 42 号	
开　　本	720 毫米×1010 毫米　1/16	
字　　数	260 千字	
印　　张	20	
版　　次	2023 年 8 月第 1 版	
印　　次	2023 年 8 月第 1 次印刷	
书　　号	ISBN 978-7-5550-3385-1	
定　　价	79.00 元	